# KÖNIGSGIFT

## Zehn Autor:innen – Ein Roman

Ein Roman von

Bernhard Stäber, Christian von Aster, Sonja Rüther, Fabienne Siegmund, Vincent Voss, Alessandra Reß, Swantje Niemann, Christian Handel, Thilo Corzilius und Theresa Hannig.

Edition ✠ Roter ✠ Drache ✠

Dieses Buch wurde klimaneutral gedruckt.

Klimaneutral
Druckprodukt
ClimatePartner.com/14701-2102-1005

**1. Auflage Oktober 2023**



Edition Roter Drache, Holger Kliemannel, Am Hügel 7, 59872 Meschede

edition@roterdrache.org; www.roterdrache.org

Coverdesign: Anke Koopmann

Buchgestaltung: Holger Kliemannel

Lektorat: Isa Theobald

Gesamtherstellung: Wonka Druck, Deutschland



**ISBN 978-3-96815-065-9**

# VORWORT

Liebe Leserinnen und Leser,
dieses Buch haben zehn verschiedene Autor:innen verfasst. Dennoch ist es keine Sammlung von Kurzgeschichten, sondern ein Roman. In *Königsgift* erzählen fünf Autoren und fünf Autorinnen in zehn Kapiteln eine zusammenhängende Geschichte. Die Inspiration zu diesem Projekt geht auf ein Erlebnis in meiner Kindheit zurück, und auf ein Buch, das heute nur noch antiquarisch erhältlich ist.

Mit ungefähr elf Jahren stieß ich in der Gemeindebibliothek unseres Nachbardorfs in Bayern auf ein Kinderbuch mit dem Titel *Das Geheimnis der orangefarbenen Katze*. Es war ein ehrgeiziges Projekt, bei dem zehn Kinderbuchautoren aus zehn verschiedenen Ländern eine zusammenhängende Geschichte erzählten. Das Buch stammte aus dem Jahr 1968, und die beteiligten Autoren waren ausschließlich Männer – als hätte es nicht auch damals schon jede Menge Kinderbuchautorinnen gegeben!

Meinem ungefähr elf Jahre alten Ich sagten neun dieser Autorennamen gar nichts – nur einer stach für mich heraus und war der Grund, das Buch sofort mit nach Hause zu nehmen: Das vorletzte Kapitel (und in meinen Augen auch das beste) stammte von Otfried Preußler. Von ihm hatte ich natürlich schon gehört und liebte *Das kleine Gespenst*, *Die kleine Hexe*, vor allem aber seinen unheimlichen Märchenroman *Krabat*. Und wie in *Krabat* tauchte in seinem Kapitel ein angekettetes Zauberbuch auf. Ich habe nie vergessen, wie Preußler eine seiner Figuren aus dem magischen Buch vorlesen ließ: »*Probatum est. Das ist Lateinisch und bedeutet so viel wie: Man kann sich darauf verlassen.*« Ein passender Satz für einen Mann, der Lehrer gewesen war, bevor er den Klassenraum gegen die Bühne eines internationalen Geschichtenerzählers eintauschte.

Die Idee, ebenfalls einmal gemeinsam mit anderen eine zusammenhängende Geschichte zu erzählen, verließ mich all die Jahre über nicht. Im Sommer 2019 beschloss ich, einfach damit anzufangen, und schrieb das erste Kapitel, mit dem ich mich im Herbst desselben Jahres an Christian von Aster wandte. Ich hatte keine Ahnung, wie es mit meiner Hauptfigur, dem alten Bibliothekar Anders van der Linden, nach dem Ende meines Kapitels weitergehen würde. Was würde er in dem phantastischen Land, in das es ihn verschlagen hatte, alles erleben?

Christian von Aster war der erste Kollege, der bei diesem ungewöhnlichen Projekt mit an Bord ging. Ich sagte ihm, er könne mit seinem nachfolgenden Kapitel der Geschichte jede beliebige Wendung geben, ohne Einschränkungen. Von diesem Moment an war es nicht mehr nur meine Geschichte, sondern auch seine. Dieselbe Vorgabe galt für alle weiteren Autorenkolleg:innen, die im Laufe der nächsten beiden Jahre zu dem Projekt stießen: für die Dauer ihres Kapitels konnten sie mit der sich immer weiter entwickelnden Erzählung anfangen, was auch immer sie wollten.

Im Mai 2022 hatten wir zu zehnt einen Roman fertiggestellt. Es war eine aufregende Reise und faszinierend, zu erleben, wie Figuren und Themen, die eine Person in ihrem Kapitel ersonnen hatte, von anderen in deren jeweiligen Kapiteln aufgenommen und weiterentwickelt wurden. Und am Ende überraschte es mich nicht, dass wir ausgerechnet einen Roman verfasst hatten, in dem Geschichten eine mächtige und gefährliche Sache sind: in unserer Erzählung verändern sie die Realität und wirken sich nicht nur auf die Gegenwart aus, sondern geben auch der Vergangenheit neue Narrative – so wie wir Autoren und Autorinnen in diesem Buch einerseits eine zusammenhängende Geschichte erzählen, unsere einzelnen Stimmen aber dennoch mit all ihren kleinen Besonderheiten auch weiterhin zu vernehmen sind.

Vor allem aber freut es mich, dass wir etwas Gemeinsames geschaffen haben. Zu schreiben ist eine oft sehr einsame Arbeit. Wir schrieben diesen Roman während einer globalen Pandemie, die viele von uns noch mehr isolierte, als wir es aufgrund unserer Profession ohnehin schon sind. Dass ihr, liebe Leserinnen und Leser, dieses Buch gerade in den Händen halten könnt, ist ein Beweis dafür, dass ungewöhnliche Projekte sich mit wunderbaren, kreativen Menschen und jeder Menge Leidenschaft trotz aller widrigen Umstände auch nach langer Entstehungszeit schließlich realisieren lassen. Wie schrieb Herr Preußler? *Probatum est* – man kann sich darauf verlassen.

Ich bedanke mich herzlich bei Christian von Aster, Sonja Rüther, Fabienne Siegmund, Vincent Voss, Alessandra Reß, Swantje Niemann, Christian Handel, Thilo Corzilius und Theresa Hannig für ihren Ideenreichtum und ihren Teamgeist! Wir alle wünschen euch spannende Unterhaltung mit unserem Königsgift!

Bernhard Stäber, Vråliosen, im September 2023

# ERSTES KAPITEL

## Bernhard Stäber

Anders van der Linden hält es nicht zuhause aus. Ein Stock wird zu einem Baum und die schwarze Katze spricht. Der Geist unter der Brücke. Eine unbekannte Welt, verbotene Geschichten und ein verborgener Gasthof.

Die Brücke war alt, das war ihr schon von weitem anzusehen. Ein breiter, gedrungener Bogen aus hellgrauen Steinen, beinahe verdeckt vom hohen Gras, dessen Grün allmählich zu verbleichen begann, weil es schon seit Tagen nicht mehr geregnet hatte. Die nachmittägliche Sommersonne tauchte die Wiese am Rand der Siedlung in ihr warmes Licht.

Anders van der Linden, der eben die gefüllte Einkaufstasche abgesetzt hatte, lehnte am Balkongeländer. Schweiß stand ihm in dicken Tropfen auf der faltigen Stirn. Er wischte ihn mit dem Handrücken ab, während er seinen Blick bis zum Band des kleinen Flusses am anderen Ende der Wiese schweifen ließ.

Die Aussicht über das Feld war der einzige Grund, weshalb er die Eigentumswohnung gekauft hatte. Vor drei Tagen hatte er sie bezogen, und er hatte noch nicht einmal ansatzweise begonnen, sich in ihr zuhause zu fühlen. Sie roch neu und ungewohnt, die Hälfte der Umzugskartons war noch nicht ausgepackt, und nachts verlief er sich dauernd im dunklen Flur, weil er es jahrzehntelang gewohnt gewesen war, aus dem Schlafzimmer nach links zum Bad zu gehen, anstatt geradeaus.

Er drehte sich um, bückte sich mit einem leisen Seufzen und holte ein Bier aus der Einkaufstüte. Mit einem Feuerzeug, das er aus der Hintertasche seiner Jeans zog, öffnete er die Flasche. Der Deckel fiel zu Boden und kullerte davon. Anders sah ihm nach, wie er in den Schatten am Fuß der offenen Balkontür verschwand, aber mühte sich nicht ab, ihn zu finden. Es war einfach zu warm, und der Einkauf hatte ihn erschöpft.

Während er einen tiefen Schluck von dem kalten Bier nahm, glitt sein Blick wieder über die leeren Balkonkästen und zum Feld am Ende der Gartenanlage, nur abgetrennt von einem niedrigen Drahtzaun, wie für eine Viehweide. Er fragte sich, wie wohl der Garten zuhause gerade in diesem herrlichen Sommerwetter aussehen mochte.

Nein, nicht zuhause. Das Haus war verkauft, Anfang August würden die neuen Besitzer einziehen. Sein Zuhause waren jetzt die zwei Zimmer, Küche und Bad, die er vor drei Tagen bezogen hatte, mit Hilfe seines Sohnes Ulf, der den Umzugswagen gemietet hatte, und dessen schwangerer Frau Patricia. Aber eigentlich war die neue Wohnung kein Zuhause. Es war nichts weiter als eine Adresse. Sein Zuhause, ja, was war das eigentlich inzwischen? Er konnte es nicht sagen. Die Gedanken an den Garten und das Haus, in das er nicht mehr zurückkehren konnte, versetzten ihm einen so heftigen Stich, dass er schnell einen weiteren Schluck nahm. Er stellte die Flasche auf dem Balkongeländer ab und rieb sich geistesabwesend über die Brust.

Hinter sich hörte er die Tür zum Wohnzimmer zuklappen. Schritte näherten sich.

»Verdammt, ist das eine schöne Aussicht«, hörte er Ulf das Offensichtliche aussprechen. Sein Sohn trat auf den Balkon und legte die neuen Hausschlüssel zusammen mit denen zum Keller und zum Briefkasten auf den Balkontisch. Anders hörte damit auf, sich die schmerzende Brust zu reiben. Er blickte weiter stumm über das Feld hinaus. Sein Sohn stellte sich neben ihn.

»In der Tüte ist Bier«, sagte Anders, nachdem er das Gefühl hatte, dass sie beide nun genug geschwiegen hatten.

»Hmm«, gab Ulf zurück. Er blieb noch einen Moment neben seinem Vater stehen, die Hände auf das dunkle Metallgeländer gelegt, dann bückte er sich nach der Einkaufstüte, zog eine Flasche heraus und öffnete sie mit einem Flaschenöffner an seinem Schlüsselbund.

»Es war besser, das Haus aufzugeben«, sagte er schließlich, nachdem er einen Schluck getrunken hatte. Seine Stimme klang beinahe vorsichtig.

»Ich weiß«, brummte Anders. »Alle haben mir dazu geraten, nicht nur du. Die Ärzte, die alten Kollegen aus der Stadtbibliothek. Von Patricia ganz zu schweigen. Kann gar nicht mehr zählen, wie oft sie mir gesagt hat, dass sie nicht zusehen will, wie ich mir irgendwann die Gesundheit damit ruiniere, das Haus und vor allem den Garten instand zu halten.«

Ulf nickte. »Du warst nicht der Einzige, mit dem sie darüber geredet hat. Irgendwann liegt er noch mit einem Kreislaufkoller im Gebüsch, wenn er so weitermacht. Er ist jetzt 67, und er fühlt sich schon seit einiger Zeit nicht mehr ganz auf der Höhe.«

»Ihr tratscht hinter meinem Rücken? Ich enterbe euch. Gleich nächste Woche. Erinner mich dran, falls ich's vergesse.«

Ulf schnaubte ein Lachen, dem allerdings der letzte Rest an Überzeugung fehlte, als sein Vater ihn anblickte.

»Meinem Kopf ist das alles klar«, sagte Anders. »Auch, dass es auf lange Sicht besser ist, das Geld aus dem Hausverkauf anzulegen, für den Fall, dass ich irgendwann mal ein Seniorenheim bezahlen muss.«

Ulf runzelte unwillig die Stirn und öffnete den Mund, um etwas zu erwidern, aber sein Vater hob die Hand, und er hielt inne. Anders' kurz geschnittenes graues Haar begann schütter zu werden, und sein Gesicht wies eine Menge kleiner Falten wie rissige Erde auf, doch seine wasserblauen Augen waren klar und wach. Sie ließen ihn jünger aussehen, als er eigentlich war.

»Warum sollte ich mir keine Gedanken darüber machen? Ich werde nicht jünger, und wer weiß, was die Zukunft bringt. Aber noch fühle ich mich, als könnte ich mir ein Klavier unter den Arm klemmen, also mach dir keine Sorgen.«

Er ließ sich nicht anmerken, dass er das erleichterte Aufblitzen in der Miene seines Sohnes wahrgenommen hatte. Stattdessen nahm er einen weiteren Schluck Bier. Der Tag war noch immer warm. Vielleicht würde er später einen kleinen Spaziergang unternehmen.

Ulf sah auf seine Armbanduhr, wie um etwas klarzustellen. »Oh Mist, ich muss los. Bin spät dran, ich hab noch einen Klienten am anderen Ende der Stadt, am Ostbahnhof.« Er straffte sich. »Es tut mir wirklich leid.«

»Ist schon in Ordnung«, winkte Anders ab. »Ihr beide habt mir wirklich sehr geholfen. Alle Möbel und Umzugskartons sind in der Wohnung, das Auspacken schaffe ich auch allein.«

Erneut erschien Erleichterung in Ulfs Gesichtszügen, und diesmal blieb sie dort noch ein paar Momente länger. Anders konnte es ihm nicht verdenken. Sein Sohn arbeitete eine Menge. Er hatte sich extra freigenommen, um seinem alten Herrn beim Umzug zu helfen. Anders wollte ihn nicht länger als notwendig aufhalten. Er hatte ohnehin schon das Gefühl, seiner Familie mit jedem Jahr eine größere Bürde zu sein.

Sie verabschiedeten sich noch auf dem Balkon. »Wir besuchen dich spätestens am Sonntag«, sagte Ulf. »Lass Pat noch ein paar Bücherkisten übrig, die sie auspacken kann.«

Er winkte ihm zum Abschied vom Wohnzimmer aus zu und verschwand im Flur. Sein offenes Bier hatte er nicht weiter angerührt.

Wie aus heiterem Himmel durchfuhr Anders der Gedanke, dass die Wohnung, die er heute bezogen hatte, die erste war, die Anja nicht mehr gekannt hatte. Seine Frau war vor drei Jahren gestorben, an einem kalten Vorfrühlingstag im März. Schneeregen war in großen nassen Flecken auf ihren Sarg gefallen, und er hatte bei der Beerdigung so vor Kälte gezittert, dass alle gedacht hatten, er hätte einen Schlaganfall bekommen.

Er hatte seit beinahe zwei Monaten nicht mehr an Anja gedacht, so lange wie nie, seitdem sie in einem von Monitoren umrahmten Krankenhausbett für immer die Augen geschlossen hatte, ihre Hand so fest um die seine gekrampft, als ob sie ihn nie mehr loslassen wollte, nur um dann doch zu erschlaffen, während ihr Atem verging. Als der Umzug näher gerückt war, hatte er keine Zeit gehabt, sich in Erinnerungen zu verlieren, egal ob in traurigen oder schönen. Er hatte seine Entscheidung getroffen, und dann hatte er wochenlang nur funktioniert.

Aber nun lag es hinter ihm. Das Haus, in dem er zusammen mit Anja beinahe drei Jahrzehnte seines Lebens verbracht hatte, gehörte nicht mehr ihm, und der Gedanke, eine weitere Nacht unter diesem neuen, fremden Dach zu verbringen, bedrückte ihn so sehr, dass es ihm die Luft abschnürte. Selbst hier auf dem Balkon fiel ihm das Atmen schwer. Er musste nach draußen.

Ruckartig wandte er sich vom Balkongeländer ab, ergriff den Schlüsselring und durchquerte eilig das Wohnzimmer und den Flur, ohne die sich darin stapelnden Umzugskartons eines Blickes zu würdigen. Mit einem laut durch das Treppenhaus hallenden Klacken zog er die Wohnungstür hinter sich ins Schloss.

Vor dem Hauseingang stehend blinzelte er in den warmen, hellen Nachmittag. Als er erneut über das Feld vor der Siedlung hinwegblickte, konnte er am anderen Ende die Steinbrücke ausmachen, die er schon vom Balkon aus gesehen hatte. Unvermittelt fuhr ein Windstoß durchs

Gras und bewegte die Halme wie die verblichen grün schimmernde Oberfläche eines Meers.

Ein Fußpfad führte am rechten Rand des Feldes in die Ferne. Anders verließ den Asphalt der Siedlung und schlug ihn ein. Er war sich sicher, dass er zu der Brücke führen würde. Ohne dass er hätte sagen können, weshalb, zog das alte Steingebilde ihn an. Es dauerte nicht lange, bis er den Fluss am Ende des Feldes ausmachen konnte, ein träges Faultier, das sich in der Landschaft ausgestreckt hatte, als sei auch ihm der Tag zu warm und die Luft zu stickig. Die Steinbrücke schwang sich an einer Stelle über den Fluss, an der dieser beinahe parallel zum Feldrand verlief. Jenseits der Brücke führte der Feldweg in einen Wald hinein.

Ein Elsternpaar stieß schimpfend unter dem Brückenbogen hervor, als er sich dem Flussübergang näherte. Die beiden Vögel schossen an ihm vorbei und stiegen weiterhin umeinanderkreisend in das wolkenlose Blau hinauf. Er blickte ihnen nach, wie sie am Waldrand verschwanden, dann sah er die Böschung hinab. Das Rauschen des Wassers, das unter dem Brückenbogen hindurch lief, hallte von den Steinen wider. Etwas Metallisches blitzte dort unten auf seiner Flussseite am Boden auf, wo die tief stehende Sonne gerade noch hinreichte. Neugierig geworden und in der Hoffnung darauf, dass es dort unten etwas kühler war, verließ Anders den Feldweg und stapfte die Böschung hinab, die Arme ausgebreitet, um nicht ins Stolpern zu geraten.

Gerade als er ins Dämmerlicht unter der Brücke eintauchte, rutschte ein nur lose im Erdreich steckender Stein unter seinen Füßen weg. Er merkte, wie er das Gleichgewicht verlor, und ruderte wild um sich. Trotzdem kippte er zur Seite weg und setzte sich hart auf den Boden. Ein Stich fuhr durch sein Steißbein. Anders' schmerzhaftes Aufstöhnen hallte laut unter der Brücke wider. Das seltsam dumpfe Geräusch schien gar nicht seinem eigenen Mund zu entkommen, sondern in den Schatten gelauert und nur darauf gewartet zu haben, dass er sich stieß. Nervös blinzelnd sah er sich immer noch im Sitzen um.

Beinahe musste er auflachen, als er keinen Meter von sich entfernt unter dem Brückenbogen am Flussufer einen Stock im niedrigen Gras sah. Er war gestürzt, und halbwegs in Reichweite hatte ihm der Zufall eine Stütze bereitgelegt. Er wälzte sich auf die Seite, streckte einen Arm aus und zog den Stock zu sich heran.

Mit gerunzelter Stirn betrachtete Anders sein Fundstück. Er fragte sich, aus welchem Holz der Stock bestehen mochte. Er war glattpoliert und etwa so breit wie ein Spazierstock, aber länger, und ohne einen Griff am oberen Ende, nur mit einer Abrundung. Seine Farbe war von einem dunklen Weinrot, das Anders an das eines Kirschbaums erinnerte.

Er packte den Stock fest mit einer Hand und stemmte ihn auf den Boden, während er sich mit einem Aufkeuchen erhob. Er stand gerade wieder aufrecht, als er aus dem Augenwinkel eine Bewegung wahrnahm. Ein dunkler Fleck schälte sich aus den Schatten unter der Brücke hervor und nahm die Gestalt einer Katze an. Ohne Scheu trat sie mit langsamen Schritten nah an Anders heran. Dann hielt sie inne und hob den Kopf, um ihn anzusehen.

»Na, was machst du denn hier, Mieze?«, fragte Anders sie.

Wie erwartet, gab die Katze keine Antwort. Ihre flaschengrünen Augen musterten ihn aufmerksam, dann blinzelte sie einmal, zweimal und setzte sich ungerührt hin, um sich die Pfoten zu lecken. Ihr Fell war nachtschwarz, bis auf einen kleinen weißen Fleck auf ihrem Nasenrücken. Sie sah viel zu gepflegt für eine herrenlose Streunerin aus. Anders fragte sich, ob sie wohl jemandem aus der Siedlung gehörte.

Immer noch mit einer Hand um den Stock, der ihm bis unters Kinn reichte, sah er sich um, auf der Suche nach dem Gegenstand, den er vom Feldweg aus wahrgenommen zu haben glaubte.

Da war er! In einem Brennnesselgebüsch direkt am entfernten Fuß des steinernen Brückenbogens, das beinahe bis zur Uferböschung hinab wucherte, schimmerte etwas Metallisches. Es sah ganz nach dem Rahmen eines weggeworfenen Fahrrads aus. Anders trat einen Schritt näher, doch als er im Gehen den Stock anheben wollte, ließ er sich nicht vom Boden anheben. Er sah an ihm herab und konnte seinen Augen kaum trauen: vom Ende des Stocks ging etwas aus, das nichts anderes als Wurzeln sein konnte! Daumendick und knotig hatten sie sich dort, wo er den Stock am Boden aufgesetzt hatte, ins Erdreich gegraben.

Schlagartig hämmerte Anders das Herz hart bis zum Hals. Die Luft unterhalb der Brücke war schwer zu atmen, als hätte sich dicker, zähflüssiger Honig in sie gemischt, und ihm wurde schwindlig. Schwarze Flecken tanzten wie kleine schwarze Fliegen vor seinen Augen. Der Stock erbebte unter seinen Fingern. Einen Lidschlag lang glaubte Anders, das Holz hätte sich erwärmt, aber schon im nächsten Moment wurde ihm klar, dass es sich unter der Berührung seiner Finger ausdehnte. Er wollte den Stock loslassen, aber es war ihm unmöglich. Seine Hand war wie an ihm festgeleimt, und nun spürte er die Veränderung, die von dem Holz ausging, ein Aufbegehren des glatten Materials, das schnell an Breite zunahm und dabei spröde und rissig wurde, wobei seine tief weinrote Farbe einen graubraunen Ton annahm. Der Boden zu Anders Füßen brach auf, als sich die Wurzeln, die von dem Stock ausgingen, erst arm- und dann beindick ins Erdreich gruben. Gleichzeitig wuchs das andere Ende des Stocks rasant in die Höhe. Zweige sprossen seitlich aus seiner nun rauen Oberfläche heraus, verdickten sich ebenso wie der Stock selbst zu Ästen, denen rasch Blätter zu wachsen begannen.

Immer noch angestrengt nach Luft ringend und damit kämpfend, nicht ohnmächtig zu werden, legte Anders den Kopf in den Nacken. Über ihm spannte sich eine Baumkrone, die sich bereits gut fünfzehn

Meter in den Himmel reckte. Die frischen Blätter, die breit und herzförmig waren und ihn an die einer Linde erinnerten, verliehen dem einfallenden Sonnenlicht einen hellgrünen Stich. Der Stock, den er eben noch festgehalten hatte, war vor seinen Augen zu einem Baum geworden, der am Rand der Brücke emporgewachsen war und hoch über das steinerne Gebilde aufragte.

Ein erschrockenes Ächzen entkam seinem Mund, doch in dem Windstoß, der mit einem Mal durch die Baumkrone fuhr, hörte er sich selbst kaum. Wie in Trance stand er vor dem mächtigen breiten Stamm, seine Hand wie festgewachsen an die Borke gepresst.

Das war unmöglich. Was er erlebte, konnte einfach nicht sein. Er hatte sein Leben lang als Bibliothekar gearbeitet, umgeben von Tausenden von Geschichten, und viele davon hatten von fantastischen Geschehnissen gehandelt, aber im echten Leben verwandelten sich keine Stöcke innerhalb von Augenblicken in Bäume! Es gab nur eine Erklärung: der Umzug und die Hitze hatten ihm so zugesetzt, dass er sich Dinge einbildete.

Doch da brachte der Wind die Blätter in der Baumkrone über ihm zum Rauschen, und der Klang ließ alle Zweifel in ihm verstummen. Eine Vielzahl leise raunender Stimmen drang an sein Ohr, während sich gleichzeitig die Tönung des Sonnenlichts, das auf Anders herab schien, veränderte und dunkler wurde, als die Blätter des Baums über ihm an Größe zunahmen und ihr Grün reicher und kräftiger schimmerte. Weiße, sternförmige Blüten öffneten sich hoch über ihm, als hätte sich in dem dunklen Blätterdach ein Nachthimmel entzündet. Wenn er noch irgendeinen letzten Zweifel gehegt hatte, dass dies wirklich geschah, dann war es der süße, intensiv wie Bienenwachs von den Blüten ausgehende Duft, der ihn von der Wirklichkeit dieser schier unglaublichen Verwandlung überzeugte.

Wie in einem Zeitraffer veränderte sich das Licht über ihm erneut, als die sternenförmigen Blüten in Sekundenschnelle zu zahllosen kleinen

Nüssen mit milchig schimmernden Schalen heranwuchsen, während die Blätter ein tiefes Rot annahmen und sich schließlich von den Zweigen zu lösen begannen. Der Wind wehte nun so kalt, dass Anders die Zähne schmerzhaft aufeinanderschlugen. Nach und nach fielen auch die Nüsse auf den Boden. Einige von ihnen landeten auf seinem Kopf, und er zuckte zusammen, wenn sie ihn trafen, obwohl es nur irritierend und nicht schmerzhaft war. Die Kälte störte ihn mehr.

Schließlich stand der gesamte Baum völlig kahl vor ihm, eine knöcherne Hand mit zahllosen Fingern, die sich in einen schnell zum Sturm verfinsternden Himmel reckte. Windböen stießen gegen Anders, so dass er schwankte, aber immer noch konnte er seine Hand nicht vom Baumstamm lösen. Grelles, weißes Licht flammte für einen schier endlosen Moment direkt über ihm auf und verwandelte die blattlose Baumkrone in ein riesiges schwarzes Spinnennetz vor dem gleißenden Hintergrund eines Blitzes, der direkt in den Stamm einschlug. Anders spürte, wie das Holz bis in die Wurzeln erbebte, dann zuckte er selbst unter einem schier ohrenbetäubenden Donnerschlag zusammen, der sich anhörte, als würde die Erde auseinanderreißen. Als er mit eingezogenem Kopf nach oben blickte, sah er, dass die Baumkrone lichterloh in Brand stand. Die Flammen fraßen sich so schnell den Baumstamm hinab, dass er seinen Augen kaum trauen konnte. Das alles war völlig unmöglich, und doch geschah es direkt vor ihm!

»Ich würde den Stamm langsam mal loslassen«, ertönte eine leise weibliche Stimme, die regelrecht amüsiert klang.

Anders fuhr herum, immer noch eine Hand am Baumstamm. Er hatte erwartet, eine junge Frau direkt hinter ihm stehen zu sehen, die zu ihm gesprochen hatte, aber da saß nur die schwarze Katze. Völlig ungerührt ob des in Brand stehenden Baums starrte sie ihn an, und in ihren grünen Augen spiegelten sich die roten Flammenzungen. Erst jetzt fiel Anders auf, dass er die Stimme nicht wirklich gehört hatte. Es war mehr so gewesen, als hätte er sie in seinem Kopf vernommen. Wie war das möglich?

»Keine Zeit, dich zu wundern«, erklang die leise Stimme erneut, als hätte sie seine Gedanken gelesen. »Es sei denn, du willst dir die Hand verbrennen.«

Die Katze blinzelte ihn an.

»Ich... ich kann nicht«, stieß Anders hervor, der sich nach all dem Fantastischen, das in den letzten Minuten – oder etwa Wochen? Monaten? Jahren? – über ihn hereingebrochen war, nicht mehr darum kümmerte, dass er sich mit einer Katze unterhielt, deren Stimme er in seinem Kopf vernehmen konnte. »Ich komme nicht los!«

»Das kommt dir nur so vor«, erwiderte die Katze. »Die Alte Magie dieses Baums ist stark. Aber du steckst nicht wirklich fest.«

Anders begriff kein Wort von dem, was sie ihm gesagt hatte. Wenn es ihm jedoch wirklich nur so vorkam, dass er sich nicht freimachen konnte, dann schaffte er es vielleicht, seine Hand zu lösen, wenn er die Augen schloss.

Er kniff die Lider zusammen und versuchte krampfhaft, an etwas anderes zu denken als an Feuer, das sich den Baumstamm herab und auf ihn zu fraß. »Wie heißt du eigentlich?«, fragte er laut, um sich abzulenken. »Hast du einen Namen?«

»Natürlich habe ich einen«, drang die Stimme der Katze, die sich wie die einer jungen Frau anhörte, in seine Gedanken vor. »Aber lass uns nichts übereilen. Die eigenen Namen sind eine wichtige Sache und nichts, was man jemandem bei der ersten Begegnung nach drei Sätzen unter die Nase reibt.«

Noch während er ihre Stimme zu vernehmen glaubte, trat Anders mit geschlossenen Augen einen Schritt zurück, dann noch einen, und in der

Tat – seine Hand war nicht mit dem Baumstamm verbunden gewesen, der einmal ein Stock gewesen war. Mit einem erleichterten Seufzen öffnete er die Augen.

Er konnte gerade noch sehen, wie der Baum nun völlig in Flammen stand, von der Krone bis zu den Wurzeln. In atemberaubender Geschwindigkeit, als hätte er nur aus Papier bestanden, zerfiel er zu rauchender Asche. Die Flammen erstarben, und eine Windbö fegte unter der Brücke hindurch und trieb die Überreste des verbrannten Baums über den Fluss hinweg. Schon Momente später war es, als hätte es ihn nie gegeben.

Verwirrt blinzelte Anders die Stelle an, an der sich der Baum eben noch befunden hatte. Etwas berührte sein rechtes Bein. Es war die Katze, die sich an ihm rieb. Sie hob den Kopf und blickte ihn an.

»Ich ... ich glaube, ich werde verrückt«, murmelte er, mehr zu sich selbst als zu dem vor ihm sitzenden Tier.

»Ach, du hältst dich ganz gut, wenn du mich fragst«, erklang die Stimme der Katze in seinem Kopf.

Anders schloss die Augen. Im Dunkel vor seinen Lidern schien ihm der Boden unter den Füßen zu schwanken, daher öffnete er sie schnell wieder und blinzelte kopfschüttelnd, als ihm Schweiß in die Augen drang.

»Dann kommst du bestimmt auch mit der nächsten Überraschung klar«, hörte er die weibliche Stimme. »Ich bin keine Katze.«

»Du bist keine... was?«, echote er mühsam. Die Hitze. Das musste es sein. Bestimmt hatte er nicht genügend getrunken. Ältere Menschen sollten darauf achten, regelmäßig zu trinken. Doktor Weinert hatte ihm das immer-

»Ich bin ein Mensch, genau wie du«, fuhr die Stimme ungerührt fort und riss ihn aus seinen Gedanken. »Aber hier habe ich die Form einer Katze. Jedes verdammte Mal. Ich hab mir das nicht ausgesucht. Ich bin schon froh, dass ich überhaupt in deinem Geist sprechen kann, solange du dich nicht zu weit von der Brücke entfernst. Die Alte Magie ist stark an diesem Ort.«

Langsam, ganz langsam, wie die mit der Hand zu bedienende Kaffeemühle seiner längst verstorbenen Großmutter, drang die Möglichkeit zu Anders durch, dass er weder an einem Sonnenstich litt noch verrückt wurde. Beinahe konnte er die knirschenden Bohnen hören, während sich in seiner Erinnerung die Kurbel drehte.

»Wieso... wieso siehst du dann wie eine Katze aus, wenn du ein Mensch bist?«, wollte er wissen. Fragen stellen. Antworten bekommen. Solange er Antworten bekam, musste er nicht befürchten, dass er sich vielleicht doch alles nur einbildete.

»Weil ich durch das Portal gekommen bin, das sich unter der Brücke befindet«, erwiderte die Stimme der Katze in seinem Kopf. »Jedes Mal, wenn ich durch das Portal hierher in diese Welt gehe, nehme ich die Form einer Katze an. Ich weiß nicht warum. Die Alte Magie gibt keine Gründe für das an, was sie tut. Sie ist so unvorhersehbar wie Wetter an der Küste, und gleichzeitig so verlässlich wie ein Sonnenaufgang. Das Portal war da, seit es diese Brücke gibt. Vielleicht schon vorher, wer weiß. Es ist eine alte Brücke. Älter, als die meisten Menschen hier wissen.«

»Und woher kommst du?«, fragte Anders. »Wenn du sagst, dass du von der anderen Seite dieses... dieses Portals stammst« – er wies mit einer fahrigen Bewegung in das Dämmerlicht unter der Brücke, ohne dort irgendetwas erkennen zu können, das auch nur annähernd wie ein Durchgang aussah – »dann muss es dort ja irgendetwas geben. Einen Ort, wo du zuhause bist.«

Die Katze machte einen Buckel und begann im Kreis um ihn herum zu marschieren. »Ich komme aus Karran. So heißt das Land, in dem ich lebe. Es liegt in einer Welt, die ... anders ist als diese Welt. Wo ich herkomme, wissen nur wenige, dass es deine Welt gibt, und dass man sie aufsuchen kann. Ich habe gehört, dass dieses Portal unter der Brücke nicht das Einzige ist, aber es ist jedenfalls das Einzige, das ich selbst je entdeckt habe. Es hat keine Vorteile, im Körper einer Katze zu stecken, solange ich hier bin. Aber ich hatte keine andere Wahl.«

»Warum bist du hierhergekommen?«, fragte Anders.

»Wegen der Geschichten«, sagte die Katze. »Wo ich herstamme, waren Geschichten einmal so viel wert, dass du für sie gutes Essen und ein Dach über dem Kopf bekamst, und viele Leute erzählten sie als Bezahlung für Essen oder Kleider. Als Währung galten sie wie Silbermünzen. Am meisten erhielt man für eine Geschichte, die neu war, die noch nie jemand zuvor gehört hatte. Aber wir haben sie vor allem erzählt und kaum aufgeschrieben. In unserer Welt ist Papier teuer und Bücher sind etwas, das sich vor allem reiche Leute leisten können.«

Anders fragte sich, was für ein eigenartiges Land das sein musste, in der Geschichten so eine Art Währung dargestellt hatten. Und warum überhaupt *hatten*? War das jetzt nicht mehr so? Und was war das für eine Welt, aus der die Frau mit dem Körper einer Katze stammte? Und konnte es tatsächlich mehr als nur eine einzige Welt geben, wie in den fantastischen Geschichten aus den Büchern, die er im Laufe eines langen Lebens als Bibliothekar in Händen gehalten hatte? Und -

»Als ich deine Welt kennengelernt habe«, unterbrach die Stimme in seinem Kopf den Schwall an Fragen, der ihm auf der Zunge lag, »da war ich begeistert davon, wie viele Geschichten ihr in Büchern gesammelt habt. In meiner Gestalt als Katze habe ich in eine Menge Häuser geblickt, und in so vielen von ihnen standen Bücher, voll mit Geschichten. Aber die meisten waren an einem Ort gesammelt, den ihr Bibliothek nennt.«

All dem Seltsamen zum Trotz, das in den letzten Minuten über ihn hereingebrochen war, musste Anders schmunzeln. »Ich weiß. Bis vor zwei Jahren habe ich in einer Stadtbibliothek gearbeitet.«

Die Katze blinzelte überrascht. »Wirklich? Bei Callis Silberzunge, du musst eine Menge Geschichten kennen.«

Jetzt lachte Anders tatsächlich auf, wenn er auch nicht wusste, wer oder was Callis Silberzunge war. Sein eigenes Lachen in den Ohren zu hören, überzeugte ihn endgültig, dass er sich das, was er gerade erlebte, nicht einbildete. »Jeder denkt das, als würden Bibliothekare den ganzen Tag nichts anderes machen als Bücher zu lesen. Aber es stimmt schon, ich kenne so einige Geschichten.«

»Darum bin ich immer wieder hierhergekommen«, sagte die Katze. »Ich wollte neue Geschichten kennenlernen, um sie zuhause in meiner Welt zu erzählen und von ihnen leben zu können. Es war nicht einfach. In diesem Katzenkörper kann ich keine Bücher aufschlagen, und eure Schrift kann ich nicht lesen. Aber aus irgendeinem Grund verstehe ich eure Sprache, wenn ich hier bin. Vielleicht liegt es an der Magie des Portals, durch das ich gekommen bin, der Magie, die dafür sorgt, dass du mich in deinen Gedanken hören kannst, wenn du dich nahe genug an ihrer Quelle aufhältst.«

»Was hast du dann gemacht, wenn du keine Bücher selbst lesen kannst?«

»Du glaubst nicht, wie einfach es ist, als streunende Katze ein Zuhause zu finden, wenn man es darauf anlegt«, erwiderte die Stimme der Katze. »Ich habe meine Ohren aufgesperrt und genau zugehört, wenn andere Menschen aus Büchern vorgelesen haben. Und wenn sie diese kleinen Maschinen bedienen, die ihnen laut Geschichten erzählen.«

»Du meinst Handys. Oder Tablets?«, fragte Anders stirnrunzelnd, doch sie ging nicht darauf ein.

»Aber jetzt habe ich lange genug in einem Katzenkörper gesteckt. Ich habe genügend Geschichten gehört, um mich zuhause in Aarlund für Monate über Wasser zu halten.« Sie wandte sich von ihm ab. »Also, mach's gut, und bleib von dem Portal fern. Du hast ja eben erlebt, was an einem Ort passieren kann, an dem die Alte Magie stark ist.«

Ohne sich noch einmal nach ihm umzudrehen, begann die Katze unter die Brücke zu schleichen.

»Warte!«, rief Anders.

Sie hielt inne und blickte sich zu ihm um.

»Kann – kann ich es sehen, das Portal? Kann ich mit dir hindurchgehen?«

Einen langen Moment herrschte völlige Stille, so lange, dass er beinahe schon wieder begonnen hätte, daran zu zweifeln, was er eben erlebt hatte. Dann ertönte wieder die Stimme der fremden Frau in seinem Kopf.

»Warum willst du das?«

Er dachte nach. Ja, warum eigentlich?

Dann sprudelten ihm die Worte über die Lippen. »Ich bin alt, meine Frau ist tot, mein Haus ist verkauft, und in den vier Wänden, in denen ich jetzt zuhause bin, komme ich mir vor wie ein Fremder.«

»Ist das alles?«, fragte sie zurück. Sie klang nicht spöttisch, nicht einmal amüsiert, sondern neugierig.

Und Anders wusste, dass es nicht alles war. Er wusste es, seitdem er den Stock im Gras aufgehoben hatte, der sich vor seinen Augen in einen Baum verwandelt hatte. Sein Blick fiel auf etwas vor ihm im Gras, und er bückte sich. Seine Finger schlossen sich um eine kleine Nuss. Sie sah ein wenig wie eine Haselnuss aus, war aber größer, und ihre Farbe besaß den tiefen rotbraunen Ton von Kirschholz. Sie musste von dem Baum stammen, dessen Asche inzwischen längst mit dem Wind fortgeweht war.

»Ich weiß nicht, warum... «, sagte er so langsam, als würde er sich in Dunkelheit mit den Fingern vorantasten. »Aber der Baum vorhin, der so schnell aus dem alten Stock gewachsen ist, er... er hat mich an etwas erinnert. Ich weiß nicht mehr woran, es ist bereits weg, wie ein

Traum, der beim Aufwachen schon wieder dorthin treibt, wohin auch immer Träume verschwinden. Aber es war etwas Wichtiges, da bin ich mir sicher. Etwas Altes, aus meiner Vergangenheit, bevor -« Er hielt inne. Unwillkürlich schloss sich seine Hand fest um die fremdartige Nuss, ehe er weitersprach. »Darum will ich das Portal sehen, von dem du erzählt hast. Und die Welt, aus der du kommst.«

Die Katze hatte sich nicht gerührt. Ihre Augen starrten ihn unverwandt an. »Vielleicht habe ich mich geirrt«, hörte er sie schließlich sagen. »Ich dachte erst, der Stock hätte sich nur zufällig verwandelt. An Orten, an denen die Alte Magie stark ist, passieren manchmal seltsame und wilde Dinge, die sich nicht erklären lassen und keinen Regeln folgen. Aber vielleicht liegt es an etwas anderem. An deiner Anwesenheit. Also gut.« Sie drehte sich wieder um und blickte ins Dämmerlicht unter der Brücke. »Geh genau hinter mir und weich nicht vom Weg ab, egal, was passiert. Jedes Portal zwischen unseren beiden Welten wird von einem Geist bewacht, und der Geist unter dieser Brücke hier ist besonders mächtig. Er ist von der Magie des Portals fett geworden, aber sie hat seine Bösartigkeit nur wachsen lassen.«

»Was meinst du damit, ein Geist?«, wollte Anders wissen, aber die Stimme der Frau in seinem Kopf gab keine Antwort, und die Katze vor ihm setzte sich wieder in Bewegung. Mit einem Seufzen und mit immer neuen Fragen zu den Antworten, die er bekommen hatte, auf den Lippen folgte Anders ihr unter die Brücke.

Er sah, dass die Katze direkt auf das Brennnesselgebüsch mit dem fast überwucherten Fahrradrahmen zuschlich. Vorsichtig setzte sie einen Fuß vor den anderen, den Kopf weit vorgestreckt, wobei ihr Schwanz beinahe den Boden berührte. Plötzlich begannen die Brennnesselblätter sich zu bewegen, als etwas wie ein Windstoß durch das Gebüsch zu fahren schien. Anders bemerkte, wie sich die Speichen eines der beiden Räder in dem schmutzig-silbrigen Rahmen zu bewegen begann. Schneller und schneller drehten sich die Speichen des Rades, und mit einem Mal glaubte Anders zwischen den Brennnesseln einen tieferen Schatten wahrzunehmen, eine Masse aus dunklerem Grün, dessen Umrisse denen einer Gestalt glichen, die gebückt über dem sich immer rascher drehenden Rad kauerte. Anders' Herz schlug vor Aufregung schneller. Er bemerkte es kaum, wie er stehenblieb und wie gebannt auf das wirbelnde Rad in dem Fahrradrahmen starrte, das sich inzwischen so schnell drehte, dass die Speichen nicht mehr sichtbar waren. Stattdessen blitzte es in dem hellen Wirbeln inmitten des Rades hell auf, so dass er unwillkürlich blinzeln musste. Es war ihm, als blickte er aus großer Höhe in eine Wolkendecke, die von einem heftigen Gewitter durchzogen wurde.

»Beeil dich!«, erklang die Stimme der Katze in seinem Kopf. »Schau nur auf das Portal und durchquer es so schnell wie möglich!«

Unvermittelt rannte sie mit schnellen Sprüngen auf das wirbelnde Rad zu. Gleichzeitig begann sich die Masse aus dichtem Nesselgebüsch, die über dem Fahrradrahmen hing, der Katze und Anders zuzuwenden. Sie sah wie der Kopf der gebückten Gestalt aus. Zwei tiefrote leuchtende Punkte flammten tief in ihrem Inneren auf und musterten Anders. Ihm war, als ob eine tückische Intelligenz von diesem Blick ausging. Sie war so greifbar wie der süßliche Geruch von Brennnesselblättern, die sich in stehendem Wasser allmählich zersetzten und in beißende Jauche verwandelten. Warum war ihm dieser faulige Gestank nicht gleich aufgefallen? Er füllte die gesamte Unterseite der Brücke aus.

Die Katze hatte das wirbelnde Rad erreicht. Mit einem einzigen weiteren Satz katapultierte sie sich vorwärts und durch das von Blitzen durchzuckte Sturmwolkengrau. Anders glaubte wahrzunehmen, wie zwei der größeren Brennnesselpflanzen wie mit mehreren breiten grünen

Händen nach ihr griffen, aber sie war zu schnell. Im nächsten Moment war sie innerhalb des Portals verschwunden.

Anders wollte ihr hinterherrennen, doch da ertönte eine leise, eindringliche Stimme unter der Brücke, und gebannt vor Schreck hielt er mitten in seiner Bewegung inne. Die Stimme hörte sich wie das trockene Rascheln von Blättern im Wind an, aber es waren keine Blätter, die Anders jemals in irgendeinem Herbst zwischen den Fingern gehalten hatte. Diese Blätter waren zäh wie ledrige Haut mit rasiermesserscharfen Kanten.

Die Stimme wühlte sich tief in Anders' Knochen und lähmte seine Glieder. Er verstand ihre fremdartige Sprache nicht, dennoch wusste er, was die Worte bedeuteten. Sie waren eine Warnung davor, das Portal zu durchqueren. Der Geist unter der Brücke verweigerte ihm den Durchgang. Er selbst war der Durchgang, ein Riss zwischen den Welten, der gar nicht existieren sollte und sein eigenes Dasein verfluchte.

Anders war, als lehnte er sich gegen einen heftigen Wind an. In seiner Hand konnte er die Nuss fühlen. Er ballte die Faust um sie und kämpfte sich gegen den unsichtbaren Sturm der schabenden Stimme in seinem Kopf vorwärts. Mit schwankenden Schritten erreichte er das wirbelnde Rad. Er ließ sich auf die Knie nieder und kroch mit eingezogenem Kopf vorwärts.

Die Stimme des Geistes war mit jedem Schritt vorwärts lauter angeschwollen. Nun hatte sie sich in ein schrilles Kreischen verwandelt, das ihm vor Schmerzen die Augen tränen ließ. Die aufleuchtenden Blitze blendeten ihn. Er presste die Lider zusammen und stöhnte auf, als messerscharfe Finger an seinen Kleidern rissen, und ihm Stirn und Gesicht zerkratzten, während er auf allen Vieren vorwärts kroch. Das Herz schmerzte ihm so heftig in der Brust, dass ihm das Atmen schwerfiel, und die schrille Stimme herrschte ihn in ihrer unverständlichen Sprache an, nicht weiterzugehen. Einen Moment lang war Anders versucht, aufzugeben. Er war so erschöpft. Warum nicht einfach für immer liegenbleiben?

In diesem Moment packte ihn kalte Wut. Er hatte ein langes Leben gelebt, er hatte einen Sohn großgezogen, er hatte Anja begraben und aufgehört, seinen Beruf auszuüben. Aber das war noch lange nicht das Ende! Wenige Augenblicke zuvor war vor seinen Augen der schönste Baum herangewachsen, den er je gesehen hatte, von einem Schössling bis zu einem winterkahlen, knorrigen Stamm. Er wollte mehr Wunder wie dieses erleben, und er wollte sich nicht aufhalten lassen. Mit zusammengebissenen Zähnen und geschlossenen Lidern kroch er weiter voran.

Auf einmal riss die kreischende Stimme ab. Die grapschenden, kratzenden Finger waren fort. Stattdessen strich salziger Seewind über sein Gesicht. Anders öffnete die Augen.

Vor ihm erstreckte sich eine Grasfläche, die nach mehreren Metern abrupt abfiel. Sie mussten sich hoch auf einer Klippe befinden, denn im Hintergrund dehnte sich das Grau des Meeres bis zum Horizont hin aus, über dem eine tiefstehende Sonne hing, ihre rötliche Farbe blass von Dunst. Anders fröstelte. Er sah an sich herab und stellte fest, dass er völlig nackt am Boden kauerte. Beinahe augenblicklich überzog sich sein Körper mit Gänsehaut.

»Das hatte ich ganz vergessen«, ertönte eine Stimme hinter ihm, diesmal deutlich vernehmbar und nicht in seinem Kopf. Dennoch erkannte er sie sofort wieder. »Du kannst nichts mitnehmen, wenn du von einer Welt in die andere überwechselst. Auch keine Kleider.«

Er fuhr herum und kam stolpernd auf die Beine. Neben einem beinahe völlig runden Felsen, der ungefähr die Größe und Form eines Mühlsteins besaß und in der Mitte ein breites Loch aufwies, stand eine hochgewachsene junge Frau. Ihr kurz geschnittenes, glattes Haar glänzte pechschwarz im abendlichen Licht. Ebenso wie er war sie völlig nackt, im

Gegensatz zu ihm besaß ihre Haut den dunkelbraunen Ton von nasser Erde. Anders schätzte sie auf etwa Ende Zwanzig.

Sie trat zu einem Haufen mit mehreren flachen Steinen im kurzen Gras und schob ein paar davon zur Seite. Aus einem Loch darunter zog sie ein steifes Bündel aus gewachstem Leder. Sie öffnete es und entnahm ihm einen dunkelgrünen Umhang, den sie ihm reichte. »Zieh dir den hier an. Du kannst ihn mir zurückgeben, wenn du etwas Besseres gefunden hast.«

Anders konnte nicht sagen, wann er das letzte Mal eine andere nackte Frau als Anja direkt vor sich hatte stehen sehen. Er bemühte sich, sie nicht anzustarren, und griff nach dem Umhang. Als er mit den Armen durch die Ärmel des groben Wollstoffs fuhr, bemerkte er, dass er noch immer etwas festhielt. Er öffnete die Hand und streckte sie der Frau entgegen, die sich gerade eine weinrote Tunika überstreifte.

»Und was ist dann damit?«

Sie blickte die Nuss auf Anders' Handfläche an. Überrascht zog sie eine Augenbraue hoch. »Ist die von dem Baum, der aus dem alten Stock wuchs? Das ist eigenartig. Ich habe es noch nie erlebt, dass jemand etwas von einer Welt in die andere mitnehmen konnte.«

Anders' Hand schloss sich wieder um die Nuss. Der Himmel mochte wissen, was es mit dem Stock im Gras auf sich gehabt hatte. Er beschloss, das Mitbringsel aus seiner eigenen Welt zu behalten. Der Umhang, den die fremde Frau ihm geliehen hatte, besaß einen ledernen Strick, den er um seine Hüfte zusammenknotete. Bestimmt sah er nun wie ein barfuß gehender Bettelmönch in Grün aus. Er hoffte, bald in einen Spiegel blicken zu können, aber dann richtete sich seine Aufmerksamkeit auf den Felsen mit dem Loch. Seine Oberfläche war hellgrau und von einer Vielzahl blassgrüner und orangefarbener Flechten übersät.

»Da sind wir hindurchgekommen, nicht wahr?«, wollte er wissen.

Die Frau, die eben in eine zu der Tunika passende Hose aus einem hellgrauen, leinenartigen Stoff geschlüpft war, nickte. »Tritt nicht zu nahe an den Stein heran«, warnte sie ihn, als er sich bückte, um durch das Loch zu blicken. »Der Geist dieses Portals in meiner Welt ist nicht so stark wie der in deiner, und er schläft, weil wir es von der anderen Seite aus durchquert haben. Aber wenn du dich ihm näherst, besonders mit dem Vorsatz, es zu durchqueren, wacht er schneller auf, als es dir lieb ist.«

Stirnrunzelnd musterte Anders den aufrecht im hohen Gras vor ihm stehenden Stein. Als er genauer hinsah, glaubte er, in den Flechten ein geschlossenes Augenpaar wahrzunehmen. Vorsichtig trat er einen Schritt auf den Stein zu. Im gleichen Moment war ihm, als würde er in seinen Ohren ein leises Sirren vernehmen, das schnell in seinen Knochen zu vibrieren begann. Augäpfel schienen unter den noch geschlossenen Lidern zu rollen. Schnell trat er wieder von dem Stein zurück, und das leise Sirren wie auch das Beben in seinen Knochen hörte auf.

Anders wandte sich zu der jungen Frau um, die ihn aufmerksam beobachtet hatte. »Ist das nicht ganz schön leichtsinnig, deine Kleider direkt neben dem Portal bis zu deiner Rückkehr liegen zu lassen?«, fragte er.

Sie lächelte und schüttelte den Kopf. Ihre flaschengrünen Augen blitzten amüsiert. »Was glaubst du, wie viel Zeit hier vergangen ist, seitdem ich in deine Welt hinübergegangen bin? Außerdem kommt selten jemand aus Aarlund hier herauf. Die Leute denken, dass es auf den Klippen spukt.«

Anders atmete tief die kühle Seeluft ein und sah sich zum ersten Mal richtig an dem Ort um, an den er der Fremden gefolgt war. Die zum Meer hin steil abfallenden Klippen mit dem runden Stein an ihrem höchsten Punkt gingen landeinwärts in eine Hochebene über, auf der vereinzelte Schafe mit struppigem, graubraunem Fell grasten. Ein paar von ihnen hatten die Köpfe erhoben und starrten neugierig zu ihnen herüber. In nördlicher Richtung rissen die Klippen zu einer halbmondförmigen Bucht auf, in der Anders die Hafenanlagen einer Stadt sah. Sie erinnerten ihn an Darstellungen von mittelalterlichen Bauten, die Speicherhäuser mit Fundamenten aus Stein mit der Farbe von meergebleichten Knochen und hölzernen Aufbauten. Einige Zweimaster und eine Vielzahl kleiner Fischerboote lagen an den Pieren vor Anker. Dahinter erstreckte sich ein Gewirr von engen Gassen und einer wie zu einem Ameisenhaufen zusammengepackten Ansammlung von Häusern. Landeinwärts konnte Anders weit im Osten ebenfalls die Mauern einer Stadt ausmachen, die am Fuß eines Hügels lag. Auf dessen flacher Kuppe ragten mehrere Türme einer Burg in die Höhe.

Die fremde Frau war neben ihn an den Rand der Klippen getreten.

»Aëlis«, hörte er sie sagen. Der Blick ihrer Augen suchte die Hafenstadt unter ihnen ab.

Er wandte sich ihr zu. »Was?«

»Das ist mein Name«, erwiderte sie. »Wir haben gemeinsam ein Portal zwischen den Welten durchquert – da ist es nur angemessen, dass ich ihn dir verrate. Es ist nicht mein wahrer Name, aber für alltäglichen Gebrauch ist er gut genug.«

»Ich heiße Anders«, sagte Anders. »Anders van der Linden.«

Jetzt wandte sie sich ihm zu und sah ihn an. Wo das Fell der Katze am Nasenrücken einen weißen Fleck besessen hatte, wies Aëlis' Nase eine alte Narbe wie von einem Schnitt über ihrer tiefbraunen Haut auf. »Es freut mich, deine Bekanntschaft zu machen, Anders van der Linden. Du bist der erste fremde Besucher in meiner Welt, von dem ich je gehört habe.«

»Die Freude ist ganz auf meiner Seite«, gab Anders formelhaft zurück. Es war ihm ein wenig unangenehm, so direkt von dieser jungen Frau angestarrt zu werden. Er blickte an sich herab und musste unwillkürlich auflachen. Aëlis musterte ihn wortlos und aufmerksam. »Noch mehr würde ich mich allerdings freuen, wenn ich wüsste, wie ich an Kleider komme. Der Umhang ist nicht besonders dick, und der Wind hier oben weht verflucht kalt. Ich habe keine Lust, deine Welt mit einer Erkältung zu entdecken.«

Aëlis' seltsam ernsthafte Miene riss zu einem bemerkenswert breiten Grinsen auf. »Das können wir auf gar keinen Fall zulassen!«, verkündete sie mit lauter Stimme. »Komm mit mir in die *Harpune*, da kannst du dir im Handumdrehen mit einer Geschichte etwas Geld für Kleider verdienen.«

Halb amüsiert, halb skeptisch blickte Anders die junge Frau in ihrer Tunika vor sich an, die ihn um mehr als einen Kopf überragte. Die Seeluft dieser anderen Welt roch frischer als alles, was er in den letzten Wochen eingeatmet hatte, vielleicht in den letzten Monaten. Er hatte keine Ahnung, wer Aëlis war und an was für einem Ort er sich nun mit ihr befand. Aber er wusste, dass sie sich hier auskannte, und er hatte vor, Aëlis' Zuhause kennenzulernen, wie auch das Land, in dem es sich befand.

Mit ihren letzten Worten im Ohr erinnerte er sich wieder an die Frage, die er sich schon zuvor unter der Brücke gestellt hatte. »Vorhin hast du noch gesagt, Geschichten hatten hier in Karran so eine Art Währung dargestellt. Wieso *hatten*, wenn ich doch etwas erzählen soll, um neue Kleider zu bekommen?«

Ihr Gesicht wurde schlagartig düster, während sie sich einen Rucksack umlegte, den sie zusammen mit ein paar schweren Schuhen aus dem Lederbündel mit ihren Kleidern gezogen und vor sich ins Gras gelegt hatte. Sie straffte sich, bevor sie zu einer Antwort ansetzte. »Ich will dir nichts vormachen, du hast schließlich dem Geist unter der Brücke getrotzt. Aber mein Zuhause ist bei weitem nicht so sicher wie deine kleine behütete Stadt. Nicht einmal streunende Katzen müssen sich dort große Sorgen machen, wo du zuhause bist. Hier in Karran ist es seit zwölf

Wintern anders. Prinzipalin Jarika hat den Beruf des Geschichtenerzählers verboten. Ihr Vater hatte schon das Geschichtenerzählen missbilligt, aber mit Timorans Tochter ist alles noch schlimmer geworden.«

Sie wandte sich einem dünnen Fußpfad zu, der von dem Portalstein und dem Klippenrand weg und abwärts zur Bucht und der Stadt führte. Anders folgte ihr, wobei er vorsichtig einen nackten Fuß vor den anderen setzte, um es zu vermeiden, sich die Zehen an einem im Gras verborgenen Stein zu stoßen. »Wer ist Prinzipalin Jarika?«, wollte er wissen.

»Sie ist Karrans Regentin«, gab Aëlis zurück und hob ihren Arm, um zu der Stadt am Fuß des Hügels landeinwärts in der Ferne zu deuten. »Sie lebt in der Burg, die du da weit im Osten sehen kannst, und sie herrscht über Hunderte und Hunderte von Meilen Richtung Sonnenaufgang, bis zur Großen Elva. Der Fluss ist die Grenze zum Freien Rätebund und den Handelsstädten im Osten. Prinzipalin Jarika ist auf mehrere Tagesreisen die mächtigste Frau dieser Welt. Sie hat ihr Reich eisern im Griff. Und sie hasst Geschichtenerzähler.«

»Warum das denn?«, fragte Anders, der sich bemühte, nicht zu weit hinter ihr zurückzubleiben.

»Früher, als die Alte Magie noch stark in der Welt war, konnten die Menschen Geschichten erzählen, die vor den Augen ihrer Zuhörer lebendig wurden.«

»Was?«, fragte Anders. Er musste sich ungläubig angehört haben, denn Aëlis blieb so unvermittelt stehen, dass er beinahe von hinten gegen sie geprallt wäre. Sie drehte sich zu ihm um. Der Blick aus ihren dunklen Augen war mit einem Mal düster, und der Ton ihrer Stimme todernst. Ein Schauer überfiel ihn, als sie ihm antwortete. »Damals waren Geschichten reine Magie. Starke Magie, wie sie heute nur noch an wenigen Orten wie den Portalen vorhanden ist. Und in wenigen Menschen. Aber das hat Prinzipalin Jarika nicht davon abgehalten, Geschichtenerzählern die Zungen aus den Mündern herauszuschneiden, wenn man sie bei ihrer Arbeit erwischte. Jede Geschichte, in deren Worten die Alte Magie lebendig ist, verändert diese Welt, wenn ein mächtiger Geschichtenerzähler sie erzählt. Meist sind die Veränderungen so klein, dass sie kaum auffallen. Aber manchmal haben sie schwere Folgen, und die Regentin wollte es nicht zulassen, dass dahergelaufene Unterhalter unkontrolliert eine derartige Macht ausübten.« Sie hielt einen Moment lang inne, und etwas wie Stolz hatte in ihre Stimme gefunden, als sie weitersprach. »Aber es gibt noch immer diejenigen, die diese Kunst im Geheimen ausüben. Leute, für die Geschichten mehr sind als nur eine andere Währung wie Silber.«

»Die es auf sich nehmen würden, ein gefährliches Portal zu einer anderen Welt zu durchqueren, um neue Geschichten zu erfahren«, sagte Anders.

Aëlis blickte ihn schweigend an, und ihre ernste Miene weichte sich wieder auf. »Wir lassen uns das Erzählen von Geschichten nicht verbieten, und wenn wir diese Kunst heimlich ausüben müssen«, sagte sie schließlich. »Du musst einfach nur vorsichtig sein, dann kann dir nichts passieren. Auch die Regentin kann ihre Wachleute nicht jedes Haus überwachen lassen, und die *Harpune* ist ein sicherer Ort.« Sie drehte sich wieder um und begann den Weg hangabwärts zu gehen. »Außerdem zapfen sie dort das beste Bier der Stadt«, rief sie Anders über die Schulter zu. »Hier in Karran sind vielleicht nur ein paar Augenblicke vergangen, seitdem ich weg war, aber in deiner Welt habe ich mehr als einen Mond lang als Katze nur Wasser getrunken.«

Als sei damit alles Wichtige gesagt, ging sie weiter.

»Mir wäre es ehrlich gesagt lieber, wenn du dich ein wenig länger bei dem Teil deines Berichts aufgehalten hättest, in denen Leuten fürs Erzählen von Geschichten die Zunge herausgeschnitten wird!«, rief

Anders ihr hinterher. Erst jetzt kam ihm schlagartig der Gedanke, wie wahrscheinlich es war, dass er sich mit irgendeiner unbedachten Handlung in dieser Welt jenseits des Portals in Lebensgefahr begab. Er kannte schließlich weder Karrans Gesetze noch die Sitten und Gewohnheiten seiner Bewohner.

Eilig folgte er der jungen Frau den Pfad hinterher. Sie wirkte wie eine Person, die sich in dunklen Ecken auskannte. Wenn er sich in ihrem Schatten hielt und die Augen aufsperrte, war er bestimmt sicherer, als wenn er die Stadt vor ihm allein zu erkunden versuchte.

Der Pfad verlief noch eine Weile so steil, dass er sich mit der linken Hand an der Felswand neben sich abstützen musste, während es zu seiner Rechten beinahe senkrecht in die Tiefe ging. Über ihnen kreisten Möwen und schrien ihre Verstimmtheit darüber, dass ihre Abgeschiedenheit gestört wurde, in den Abendhimmel. Die Wolkenbank dicht über dem Horizont hatte die Farbe von auf heller Haut verschmiertem Blut angenommen. Mit beinahe jedem Schritt fuhr Anders ein stechender Schmerz durch die nackten Füße, aber er fühlte ihn nur wie aus weiter Ferne. Irgendwo in einer anderen Welt stand eine offene Flasche Bier auf einem Balkon in einer Wohnung voller Umzugskartons, die er nie wirklich hatte bewohnen wollen. Stattdessen hatte er herausgefunden, dass es so etwas wie Magie tatsächlich gab. Und so erschreckend ihre Kraft auch gewesen war, mit ihrer Hilfe war er an einen Ort gelangt, an dem er sich lebendiger fühlte als in den letzten Jahren.

Der Pfad zu seinen Füßen wurde immer ebener und mündete schließlich in einem Karrenweg, der nach Osten ins Landesinnere führte und nach Norden in einem ausladenden Bogen durch von Sanddorn überwucherte Dünen zu einem offenen Tor in der steinernen Stadtmauer von Aarlund. Sie hatten einen Weg betreten, der offenbar regelmäßig instandgehalten wurde, da auf ihm nur wenige lose Steine herumlagen.

Das Gehen war nun weniger schmerzhaft für Anders, und er schloss mühelos zu Aëlis auf.

Sein Herz schlug schneller, als ihm vor dem Stadttor zwei Wächter in dunkelbraunen Lederrüstungen auffielen. Sie hatten einen Wagen aufgehalten, der von einer grauen Stute gezogen wurde, und unterhielten sich nun mit dem Fahrer auf dem Bock. Die drei schienen sich zu kennen, denn der Mann auf dem Karren machte eine Bemerkung, die Anders nicht verstand. Die beiden Wächter begannen schallend zu lachen. Sie wechselten noch ein paar Worte miteinander, dann winkten sie den Fahrer weiter. Rumpelnd setzte sich sein Wagen in Bewegung und verschwand jenseits des Tors im Inneren der Stadt.

Nun waren Anders und Aëlis heran. Anders hielt sich etwas hinter der jungen Frau und versuchte, so harmlos und unbefangen wie möglich auszusehen. Er hoffte, dass ihn niemand aufhalten würde. Gleichzeitig fiel ihm auf, wie ihm mit einem Mal das Herz bis zum Hals klopfte.

Einer der beiden Wachleute hatte noch immer mit einem Grinsen auf dem Gesicht dem beladenen Karren hinterher geblickt. Jetzt ging er ein paar Meter die Stadtmauer entlang, drehte sich um und begann gegen die Steine zu pissen. Aëlis trat auf die andere Wache zu, wobei sie mit einem Mal hinter sich griff und Anders am Arm packte. Ihre Miene war ernst und angespannt. »Ich muss deinen Vorgesetzten sprechen!«, sagte sie leise, aber mit dringlich scharfer Stimme. »Dieser Mann hier«, sie zerrte Anders neben sich, »gehört zu einem der mächtigsten Handelsfamilien des Freien Rätebunds. Würde man seinen Kleidern nicht anmerken, nicht wahr?«

Der überrumpelte Wachmann starrte auf Anders' nackte Füße und blickte dann langsam an seinem restlichen Körper empor. Anders' Aussehen passte nicht zu seinem Auftritt. Sein Gesicht war das eines wohlgenährten Mannes, und er besaß einen kurzen, aber gut ausgeführten

Haarschnitt. Obwohl er barfuß lief und offensichtlich nichts anders als einen Reiseumhang am Körper trug, war er bestimmt kein Bettler.

»Er ist von Wegelagerern überfallen worden!«, fuhr Aëlis fort. Ihre Stimme hatte einen anklagenden Ton bekommen. »Keine vier Meilen östlich von hier!«

»Ist nicht unsere Aufgabe, die Handelsstraße von diesem Dreck freizuhalten«, zischte der Wachmann, dem es anscheinend peinlich war, sich verteidigen zu müssen, mit bemüht leiser Stimme. »Wir haben schon genug damit zu tun, die Stadt selbst abzusichern!«

»Ich bin gespannt, ob der Rat das auch so sehen wird, wenn er von dieser Sauerei erfährt!«, gab Aëlis schroff zurück. »Lass uns durch, oder soll Meister van der Linden sich noch den Tod holen, weil er hier halbnackt herumzustehen hat? Ich muss ihn vor den Rat bringen, damit er uns von den Wegelagerern erzählen kann.«

Der Wachmann biss sich auf die Unterlippe und trat mit missmutiger Miene zur Seite. Im gleichen Moment drehte sich sein Kamerad, der damit fertig war, dem Ruf der Natur zu folgen, zu ihnen um. Seine Gesichtszüge froren ein, als er Aëlis bemerkte, die gerade mit Anders hinter sich durch das offene Tor in der Stadtmauer schritt.

»He du, bleib stehen!«, herrschte er sie an.

»Halt nicht an«, murmelte Aëlis Anders zu. »Geh einfach weiter, und wenn ich es sage, dann lauf.«

»Das ist dein Plan?«, zischte Anders ungläubig, aber seine Stimme ging in der des Wachmanns hinter ihm unter.

»Halt sie auf, du Idiot! Die verdammte Gaunerin ist jenseits der Stadtmauer verbannt! Ja kennst du denn ihre Visage nicht?«

»Lauf!«, stieß Aëlis hervor. Gleichzeitig begann sie von einer Sekunde zur anderen mit weiten Sätzen zu rennen, sodass Anders Mühe hatte, ihr auf nackten Füßen zu folgen. Hinter sich vernahm er Flüche. Das harte

Klacken von beschlagenen Stiefeln auf dem Kopfsteinpflaster hallte ihm in den Ohren. Er achtete nicht auf seine Umgebung, er versuchte nur verzweifelt, Aëlis vor sich nicht aus den Augen zu verlieren.

Er hetzte an hölzernen und steinernen Bauten rechts und links von ihm vorbei. Aëlis war gleich hinter dem Tor vom Hauptweg scharf nach rechts in eine Seitengasse ausgewichen. Er schaffte es gerade noch, ihr zu folgen. Nun hetzte er ihr durch ein Labyrinth von verwinkelten Gassen hinterher, das er nicht kannte und von dem er nur hoffen konnte, dass sie selbst wusste, wo sie sich gerade befanden und wo sie hinwollte. Eine Vielzahl unterschiedlicher Gerüche brandete ihm wie von einem heißen Wind angefacht überwältigend heftig ins Gesicht: Fisch, Pisse, ein scharfes Gewürz, dass ihn an Chili erinnerte, strenger Stallgeruch, schlagartig überdeckt von frischem Lavendelduft. Die Mischung, zusammen mit dem Schweißgestank einer Vielzahl von Menschen, die sich eindeutig schon länger nicht mehr gewaschen hatten, ließ ihn schwindeln. Angestrengt rang er im Laufen nach Atem, und ein Stich fuhr ihm die Seite empor, sodass er stolperte. Er stieß gegen eine Frau, die sich gerade noch an der Fensterbank eines der Gebäude in der engen Gasse festhalten konnte, um nicht hinzufallen. Ihre wüsten Beschimpfungen verhallten hinter ihm, während er der Gestalt von Aëlis mehrere Meter vor sich in einen dunklen Durchgang zwischen zwei windschiefen Holzhäusern folgte.

Er war kaum ins Halbdunkel eingetaucht, als die junge Frau direkt vor ihm stehenblieb und herumwirbelte. Er konnte nicht mehr bremsen und stieß mit ihr zusammen, doch bevor er etwas sagen konnte, drückte sie ihm schon ihre Hand auf den Mund und zischte: »Keinen Mucks!«

Ihr Blick ging an seiner Schulter vorbei und richtete sich auf den Eingang zur Gasse, durch die sie eben noch gerannt waren. Sie zog ihn in den Schatten, immer noch eine Hand auf seinem halb geöffneten Mund. Er schmeckte salzigen Schweiß auf seinen Lippen und schnaufte angestrengt durch die Nase ein. Schwere Schritte polterten in seinem Rücken die Gasse entlang und verklangen wieder. Als nichts anderes mehr als die Straßengeräusche der Stadt zu vernehmen waren, löste Aëlis ihre Hand von seinem Mund.

»Das war knapp«, flüsterte sie. Die Erleichterung war ihr anzuhören.

»Das war völliger Irrsinn!«, schnaufte Anders. »Einfach so durch die Vordertür in die Stadt spazieren zu wollen. Du wusstest doch genau, dass die dich erkennen!«

»Ich hab gehofft, dass nicht alle Wachen mein Gesicht kennen«, entgegnete Aëlis. »Und es gibt keine andere Tür als die Vordertür in diese Stadt. Jedenfalls nicht für uns.«

»Was war das überhaupt mit dir und den Wachleuten? Die haben dich eine Gaunerin genannt.« Anders stemmte die Hände in die Seiten. Seine Stimme hatte den Ton angenommen, den er auch Ulf gegenüber auf dem Höhepunkt seiner Teenager-Allüren angewendet hatte. Er hatte den Verdacht, dass er damit bei Aëlis ebenso wie bei seinem Sohn auf Granit stoßen würde, aber er war zu erschöpft, um sich auf die Schnelle eine bessere Strategie auszudenken.

»Ach, die haben immer jemanden auf ihrer schwarzen Liste«, winkte Aëlis ab. »Aber nimm's leicht, wir sind nur noch ein paar Meter von der *Harpune* entfernt. Schau!«

Sie deutete auf eine steinerne Hausfassade am Ende des schmalen Durchgangs. Über einer schmalen Tür hing vor einem Schild mit einem Wort in einer verschnörkelten Schrift, die Anders nicht lesen konnte, ein langer Wurfspieß. Sein Holz war von Wind und Wetter beinahe völlig ausgebleicht. Die weißlichgraue Knochenfarbe schimmerte blass im Dämmerlicht. Die Tür darunter war eisenbeschlagen und geschlossen. Anders fand, dass sie aussah, als hätte das Wort »Ungastlichkeit« materielle Form angenommen.

»Bist du wirklich sicher-«, begann er.

»Bist du dir sicher, dass du nicht mehr länger barfuß herumlaufen willst?«, gab sie zurück.

Er gab keine Antwort, sondern seufzte nur leise mit gesenktem Kopf. Tatsächlich begannen seine Füße schon bei dem Gedanken daran, weiter durch die Straßen dieser unbekannten Stadt zu laufen, vor Schmerzen laut zu protestieren. Er musste sich hinsetzen. Vor allem aber brauchte er Schuhe und Kleidung.

Als er wieder aufblickte, sah er, dass Aëlis vor die verschlossene Tür getreten war. Sie schlug mit ihrer bloßen Faust gegen das Holz.

»Macht auf! Ihr habt Kundschaft!«, rief sie mit erhobener Stimme.

Anders sah sich unwillkürlich zum Eingang zu der Gasse um, aber keiner der wenigen Leute, die im Vorübergehen das helle Rechteck am anderen Ende des schmalen Durchgangs kreuzten, wandte den beiden Gestalten im Dämmerlicht den Kopf zu. Es war ihm, als seien sie an einen Ort vorgedrungen, der sie vor den Blicken neugieriger Augen verbarg.

Ein schabendes Geräusch ertönte, als in der Tür ein Sichtschlitz zur Seite geschoben wurde, und dahinter ein Augenpaar sichtbar wurde.

»Du?«, ertönte die heisere Stimme eines Mannes, die sich überrascht anhörte. »Bei Callis Silberzunge, du hast ja Nerven, dich hier noch mal blicken zu lassen.«

»Freu mich auch, dein verschwiemeltes Mondgesicht zu sehen«, gab Aëlis trocken zurück. »Und jetzt lass mich und meinen Freund rein. Wir sind am Verdursten.«

»Wie bist du überhaupt an der Stadtwache vorbeigekommen?«, fragte der Mann auf der anderen Seite der Tür ungerührt. »Hauptmann Garris hat an seine Leute die Parole ausgegeben, dich aus der Stadt zu werfen, und dass sie dich nicht noch einmal hereinlassen sollen, falls dich irgendjemand draußen antrifft.«

»Die Parole hat nicht alle erreicht. Und es ist genauso gut mein Aarlund wie seines«, erwiderte Aëlis. »Jetzt mach schon die Tür auf, Orthun.«

»Nicht so schnell. Boss Alfgard ist immer noch schlecht auf dich zu sprechen, nach all dem, was du angerichtet hast. Ich will keinen Ärger mit ihm.« Die Stirn des Mannes, die gerade noch im Sichtfenster zu sehen war, legte sich in nachdenkliche Falten, während sich sein misstrauischer Blick auf Anders richtete. »Und deinen Freund hab ich noch nie bei uns gesehen«, fuhr Orthun fort. »Der muss draußen bleiben, der hat ja noch nicht mal ein Paar Schuhe an den Füßen. Wird schon schwierig genug, dem Boss zu erklären, warum du wieder in der *Harpune* auftauchst.«

»Wenn du denkst, dass er ein Habenichts ist, schaust du nicht richtig hin«, sagte Aëlis ruhig. Sie trat so dicht an das Sichtfenster heran, dass Anders Orthuns Augen nicht mehr sehen konnte. »Er ist ein... Geschichtenerzähler. Der Kerl kommt von weither. Er kennt Geschichten, von denen habe noch nicht mal ich was gehört, und ich kenne eine Menge.«

Völlige Stille trat ein. Aëlis sagte nichts weiter, sondern ließ ihre Worte auf den Mann hinter der Tür wirken, und auch Orthun war in nachdenkliches Schweigen verfallen. Anders hatte nach all dem, was die junge Frau ihm erzählt hatte, zwar begriffen, dass mündlich erzählte Geschichten in Karran einen ernstzunehmenden Wert besaßen, ja, dass ihnen sogar eine gefährliche Macht zugeschrieben wurde, wenn ihm auch immer noch nicht ganz klar war, worin sie bestehen mochte. Aber jetzt erlebte er zum ersten Mal, wie ernst Geschichten hier tatsächlich genommen wurden.

Schließlich schnaubte Orthun. »Also gut, ich beiße an, alte Tricksterin. Du darfst reinkommen. Ein paar unserer Besucher haben sich sowieso schon nach dir erkundigt.«

»Kunden mit Geschmack offensichtlich«, sagte Aëlis mit einem zufriedenen Lächeln auf dem Gesicht.

»Mehr mit einem Mangel an gesundem Menschenverstand«, brummte Orthun. »Aber solange sie keinen Aufstand darüber machen, dass du ihnen die Haare vom Kopf stiehlst, und weiter das nächste Bier bestellen, soll's mir egal sein. Jede Minute kommt ein neuer Trottel auf die Welt.«

Ein dumpfes Rucken ertönte, als ein Riegel zurückgeschoben wurde. Die Tür öffnete sich gerade so weit, dass eine Person hindurchgehen konnte. Dahinter war ein schummrig beleuchteter Flur zu erkennen, und Anders konnte fernes Stimmengewirr hören. Aëlis berat den Gasthof. Als Anders ihr folgen wollte, stellte Orthun sich ihm in den Weg.

»Nicht so schnell. Aëlis kenne ich, aber du bist ein Fremder. Einer wie du muss sich den Eintritt erst mal verdienen.«

Jetzt, mit der halboffenen Tür vor sich, konnte Anders Orthun zum ersten Mal richtig sehen. Irgendwie hatte er sich den gedrungen wirkenden Mann größer vorgestellt. Dennoch hatte der etwa dreißig Jahre alte Mann beeindruckend muskelbepackte Oberarme, die aus einem ärmellosen grauen Hemd stachen, als hätten sie sich ihren Weg mit schierer Kraft ins Freie gebahnt. Seine nackte Haut glänzte matt, und Anders war sicher, dass er sie sich eingeölt hatte. Die kleinen Schweinsaugen funkelten ihn halb neugierig, halb herausfordernd aus tiefen Höhlen an.

»Was willst du von ihm?«, fragte Aëlis, die hinter ihm stehengeblieben war.

»Er soll mir eine Geschichte erzählen«, erwiderte Orthun, ohne den Blick seiner dunklen Augen von Anders abzuwenden. »Es muss keine lange Geschichte sein, aber wenn er tatsächlich von weither kommt, dann weiß er bestimmt einige, die wir noch nicht kennen und die hier bei uns bares Silber wert sind.« Jetzt wandte er sich direkt an Anders. »Wie heißt du?«

»Mein Name ist Anders«, sagte Anders.

Orthun rieb sich mit einem hörbaren Schaben das stoppelige Kinn. Es klang, als würde ein Schreiner ein Möbelstück mit Sandpapier abschmirgeln. »Komischer Name. Warum hast du ihn bekommen? Was ist anders an dir?«

Anders fehlten die Worte. Danach hatte ihn noch nie jemals jemand gefragt. »Ich... keine Ahnung, warum ich so heiße, wie ich heiße. Ich glaube nicht, dass sich meine Eltern etwas dabei gedacht haben, als sie mir meinen Namen gegeben haben.«

»Dann haben sie etwas völlig *anders* gemacht als wir hier«, erwiderte Orthun. Ein breites Grinsen erhellte sein vierschrötiges Gesicht. »Und dann trägst du den Namen ja doch zurecht.« Er verschränkte seine baumstammbreiten, muskulösen Arme vor der Brust. »Also gut, Anders. Erzähl mir eine Geschichte. Und ich hoffe für dich, dass ich sie nicht schon kenne. Erzähl mir eine, die neu für mich ist, und du hast dir deinen Eintritt in die *Harpune* verdient.«

Anders war baff. Als er noch jünger gewesen war, hatte er öfters Clubs aufgesucht, aber zu all den Gelegenheiten war es ihm nur selten passiert, dass Türsteher ihn abgewiesen hatten. Würde es diesmal ausgerechnet in einer fremden Welt passieren? Sein Blick glitt an Orthuns Schulter vorbei und zu Aëlis hinüber, die zurück sah und ihm kaum merklich zunickte, als wollte sie ihm Mut machen.

Plötzlich wurde ihm die Bedeutung dessen bewusst, was von ihm verlangt wurde. Er sollte eine Geschichte erzählen, und wenn sie nicht gut war, würde das Konsequenzen haben. Dann blieb er halbnackt in dieser fremden Stadt gestrandet. Gut, er konnte wieder umkehren, sich auf den Weg zu dem Portal hoch auf den Klippen machen und dort sein Glück mit dem Weg nach Hause zu versuchen.

Nach Hause.

In eine eben erst bezogene Wohnung, so fremd und inzwischen für ihn so unwirklich wie die Unzahl an möblierten Räumen in den Hallen von

IKEA, die immer den Anschein von echten Wohnungen zu erwecken versuchten und dabei doch nur eine Ansammlung von Kulissen waren.

Das gab den Ausschlag. Er hob eine Hand, wie um sich einen Moment Ruhe auszubedingen, und schloss die Augen. Er hatte keine Ahnung, was diesem Türsteher gefallen mochte, aber er erinnerte sich beinahe unmittelbar an eine Geschichte, die er einmal Ulf erzählt hatte, als der noch zur Schule gegangen war, und sie in den Sommerferien in Schweden gecampt hatten. Er hatte keine Ahnung mehr, von wem sie stammte, er wusste nur noch, dass er sie in einer Sammlung von Kurzgeschichten gelesen hatte.

»Also gut, du sollst deine Geschichte bekommen«, sagte er laut und öffnete die Augen.

Orthun zog mit einem Bein einen Schemel zu sich her und setzte sich gemütlich darauf, während Aëlis hinter ihm stehenblieb. Die Miene des Türstehers kündete von gespannter Erwartung.

Anders räusperte sich.

Er holte tief Luft, verschränkte seine Arme auf dem Rücken wie ein Schuljunge, der vorhatte, ein Gedicht aufzusagen, und begann zu erzählen.

# ZWEITES KAPITEL

## Christian von Aster

Anders erzählt von Königsgift und Totenknechten, riecht Wankelblatt und hört vom Zungenbusch der Prinzipalin.

*Es begab sich in jenen Tagen, da die Schwarze Pest das Land und die Herzen der Menschen verdunkelte. Tag um Tag, Woche um Woche und Monat um Monat wucherte sie von Dorf zu Dorf und Stadt zu Stadt tiefer in die Welt. Nichts und niemand vermochte sich der launischen Hand des Todes zu entziehen. Im Vorübergehen streifte er die Menschen, die man, gleich wie gesund, wie alt und welchen Standes sie auch waren, Tage später nur verendet und entstellt auf den Feldern, in den Straßen und Häusern fand. Herrenlos streifte das Vieh durch die Lande.*

*Gleich ob Mann oder Frau, Knecht oder Herr, Kind oder Greis, Pfaff' oder Ketzer, sie starben. Ein jeder und jede. Mit Blut auf den Lippen und schwarz verfärbter Haut. Als ob eine sonderbare Laune des Todes sie hinfort gerafft hätte. Und niemand wusste weshalb. Denn doch nie zuvor hatte der Tod in jener Gegend die Menschen auf solch eine Weise hinfort geführt. Und so begannen nun ebenso weise Frauen wie auch Männer des Glaubens und der Wissenschaft auf jede erdenkliche Art wagemutig und gewissenhaft nach Antworten zu suchen. Und starben ausnahmslos, bevor sie eine fanden.*

*Die einen gaben den Ratten die Schuld. Andere den Göttern. Und wieder andere den Sternen. Doch Schuld fand sich schließlich so wenig wie Antwort. Da war nichts als ein großes Sterben, das die Krähen nährte und die Hoffnung im Land zu einer Fremden machte. Die Menschen schlossen sich ein. Flohen, da sie sich vor dem Tod verbergen wollten, vor dem Leben, der Welt und voreinander. Und erklang in jenen Tagen ein Lachen, dann war es aus dem Munde eines Kindes oder eines Schwachsinnigen. Jene, die noch lebten, taten es in Angst. Und wie die Haut der Sterbenden hatte der Tod längst auch begonnen, die Gedanken zu verfinstern. Das Schwarz war überall. Niemand wusste, wen es wann warum ereilte. Von ihm übermannt starben, Ratten, Götter und Sterne verfluchend, wie es dem Tod gefiel, die Menschen ...*

*Die Pest war gekommen und blieb. Und war, selbst als ein Jahr sie gewütet hatte in der Welt, und nicht eine Familie von ihr verschont geblieben war, noch immer ein Rätsel.*

*Der Einzige, der den Launen des Todes zu entkommen in der Lage schien, war König Magnus, der es womöglich einzig vermochte, weil er die größten Zauberer und Gelehrten in seinem Herrschaftssitz um sich geschart und diesen seit einem Jahr nicht verlassen hatte. Hinter mächtigen Mauern, Gebeten und Zaubern verbarg er sich auf dem Herrenberge vor all dem Schwarz und dem Sterben. Und Abend für Abend blickte er vom höchsten Turm seiner Burg hinab auf das Land, sah den Tod toben ohne Sinn, die Pest wuchern wie ein Geschwür und musste fürchten, bald bloß über ein Volk von Toten noch zu herrschen. Um den Hals trug er dabei jene von alters her den weltlichen Herrschern vorbehaltene Phiole, in der sich das befand, was die älteren Schriften Königsgift nennen, und das jenem, der es nahm, auf dass sie einander Auge in Auge gegenüberstehen, vor den Thron des Todes daselbst brachte. Oft schon hatte Magnus nachgesonnen, ob er vor den Tod treten und diesen bitten sollte, innezuhalten und sein Volk zu verschonen. Doch, ach, zu sehr am Leben hing der alte König und hatte es doch nicht gewagt.*

*Und noch immer suchten in der Bibliothek jenes einzigen Hauses, in das die Pest nicht drang, Tag um Tag die größten Gelehrten des Landes vergebens nach Antworten, weshalb der Tod sich derart absonderlich verhielt. Immer wieder glaubten sie, selbst abseits von Göttern, Ratten und Sternen, welche gefunden zu haben. Sie gingen hinaus, ihr Wissen zu erproben und starben an der Seuche.*

*So war die einzige Wahrheit jener Tage, dass niemand niemanden zu retten vermochte.*

*Und König Magnus begriff, vom schwarzen Übel verschont, dass er womöglich eine Krone trug, die in Wahrheit einem anderen gebührte …*

*Und ob auch das Schicksal von alters her den Königen gibt, was den Untertanen verwehrt bleibt, sollte es doch nicht Magnus sein, der dem Schwarz am Ende Einhalt gebot. Nicht er noch einer seiner Zauberer, keiner seiner Gelehrten und niemand aus seinem Hofstaat in jener Burg über der Welt vermochte das Sterben zu beenden. Dafür hatte die Vorsehung jemanden bestimmt, von dem niemand es erwartet hätte.*

*Da das Schwarz ein Jahr zuvor zu wüten begonnen hatte, war Airin noch Tochter, Schwester und Freundin gewesen. Nun aber war sie nichts mehr von all dem. Denn jeder Mensch, der ihr jemals etwas bedeutet hatte, war ihr vom Tod, der um nichts sich scherend wie ein spielendes Kind über Land zog, genommen worden. Nicht Freunde noch Familie waren ihr geblieben, die einen wie die anderen versunken in der schwärenden Schwärze der Pest.*

*Und sie, die von Schatten zu Schatten huschte, die Äpfel stahl und aus Pfützen trank, die selbst gern gestorben wäre und nicht wusste, warum sie es nicht tat, hätte sich niemals träumen lassen, einst vor dem Tor der Burg auf dem Herrenberg zu stehen und einem König abzutrotzen, was seit ehedem das Schicksal seinesgleichen vorbehalten hatte.*

*Bereit, sich dem Tod zu stellen zog Airin, kaum mehr ein Kind und noch keine Frau, übers Land.*

*Schwarz und Sterben säumten ihren Weg. Gleichgültigkeit, Verzweiflung, Trauer und Wut bestimmten ihre Tage. Und ob auch des Lebens überdrüssig lernte sie doch zu trotzen. Allem, was sie fand. Den Göttern, den Sternen, den Ratten, der Welt, dem Tod und der Gier alter Männer. Und wieder und wieder traf sie dabei den Tod, sah Menschen von Alter oder Unglück hinfort gerafft werden. Und dann war da immer wieder die Pest. Von niemandem verstanden, aus dem Nichts gekommen und heimlich längst auf ihrem schwarzen Haupt die Krone jenes Reiches tragend.*

*Als jenes erste Jahr sich schließlich seinem Ende zuneigte, hatte niemand mehr Menschen als sie am Schwarz verenden sehen. Sie nahm, was sie brauchte, gab, was sie hatte, und stets zog doch der Tod an ihr vorüber, ohne sie zu berühren. Mit kleinen*

*Familien saß sie an Öfen, an Feuern mit trunkenen Männern, vor Kerzen in Kirchen und auch allein im Dunkel bisweilen. Und wo immer der Tod ihr begegnete, studierte sie ihn und versuchte zu verstehen.*

*Sie beobachtete ihn und mit ihm jene, die ihm halfen. Totenknechte, die, wo immer er auch weilte, ein warmes Essen, ein weiches Bett und ein schnelles Pferd für ihn bereithielten. Wofür im Gegenzug der Tod seine Knechte bis ins hohe Alter verschonte. Airin lernte, diese Menschen zu erkennen, sah den Tod die Pferde tauschen, ihn abends einkehren und morgens gestärkt sich wieder in den Sattel schwingen. Sie sprach mit seinen Knechten, nutzte Wein und Schmeicheleien und horchte sie aus. Einen um den anderen, bis einer ihr etwas verriet, wovon die anderen zu sprechen nicht gewagt hatten.*

*Als das Jahr vorüber war, glaubte Airin endlich verstanden zu haben, und begab sich zwischen verlassenen Häusern und Gräbern hindurch zum Herrenberg, um dort an das Tor der Burg des Königs zu schlagen. Sie sagte, sie wisse den Schwarzen Tod zu bezwingen und man ließ sie ein. So erfuhr der König aus dem Mund eines von Schmutz starrenden Mädchens, was nicht Zauberer noch Gelehrte ihm hatten sagen können. Und ihre Worte vernehmend staunte er. Denn was sie sagte, klang absonderlich. Vermutete sie doch, dass der Tod, folgend einem größeren Plan und stets der Welt seit ehedem nichts als Sterben bringend, seiner Bestimmung überdrüssig geworden war und, wenn sie den Worten des Totenknechtes Glauben schenken konnte, der Trunksucht verfallen war. Und jene Totenknechte, die ihm um ihrer Verschonung willen alles gaben, wonach er verlangte, versorgten den Tod auch mit Wein und Schnaps, dass seinem dunklen Drang er frönen konnte.*

*Oh, wie leuchtete das dem guten König ein. Weil doch alles, das ewig man zu tun gehalten ist, dazu gereicht, das Gemüt zu trüben. Selbst er, der herrschen und vielerlei tun durfte, hätte sich dafür kein zweites Leben wünschen mögen. Und wenn dann noch einer bestimmt war, den Menschen nichts als Tod zu bringen …*

*Und da all das Magnus nicht abwegig schien, lauschte er Airin weiter. Das Mädchen hatte draußen im Land viele gesehen, die Trost und Vergessen in Wein und Schnaps gesucht hatten. Traurige gebrochene Gestalten, jeden Alters und Geschlechts, die, wenn niemand sie errettet hatte, meist zwischen Trunkenheit und Tagwerk zugrunde gegangen waren. Und eben darin lag ihren Worten zufolge auch der Grund für die Pest, jene Krankheit, die niemand sich zu erklären vermochte und die womöglich einzig der Trunkenheit jenes Todes entsprang, dessen Handeln man doch sonst zu verstehen vermochte. In einer Laune, geboren aus Verzweiflung und Verdruss, brachte der trunkene Tod der Welt die Schwarze Pest. Und auch, was Airin weitersprach, leuchtete dem guten König ein. Denn bei allem, was sie in der Welt gesehen hatte, hatte sie begriffen, dass einem der Trunksucht verfallenen Gemüt einzig Verständnis und ein warmherziges Wesen Heilung zu bringen vermochten. Sie hatte gesehen, wie Liebe verbitterte Männer zurück ins Leben gebracht und Freundschaft trübsinnige Frauen aus den Tiefen der Verzweiflung geholt hatte. Und sie hatte den Tod gesehen. Des Abends, wenn er gebeugten Hauptes und traurigen Auges in die Häuser seiner Knechte eingekehrt war …*

*Und da verstand König Magnus, weshalb jenes Mädchen den Herrenberg erklommen hatte. Sie hatte niemanden mehr in der Welt. Denn der trunkene Tod hatte ihr alles genommen. Noch immer nicht gestorben und des Lebens überdrüssig, trieb sie nun weniger der Wunsch nach Rache als vielmehr der, zu verhindern, dass der Tod noch mehr Familien derart sinnlos zerriss. Was sie jedoch nur vermögen würde, wenn es ihr gelang, im Haus des Todes vorzusprechen …*

*Und so kam es, dass Magnus sein Königsgift und damit das ihm angestammte Recht einer Audienz im Totenreich einem Mädchen überließ, das er nicht kannte, das alles verloren hatte und das nicht mehr Kind und noch nicht Frau war. Auf dass es dem Tod eine Freundin werden und ihm die Trunksucht austreiben konnte.*

*Von all den Plänen, die jemals die Welt der Lebenden mit der der Toten verbunden hatten, schien dies der merkwürdigste. Der Gedanke, dass sich dieses Mädchen, um dem Tod ein Freund zu sein und der Schwarzen Pest ein Ende zu bereiten, zwischen all die Könige, die jemals vor seinen Thron getreten waren, einreihen würde …*

*Und im Wissen, dass Könige nicht gemacht sind, irgend jemandes Freund zu sein, war Magnus auch zugegen, als Airin die Phiole leerte, sich niederlegte und ihre Augen ein letztes Mal in dieser Welt schloss.*

*Niemand weiß zu sagen, was hierauf jenseits des Lebens geschah. Welche Worte im Rahmen jener Audienz gewechselt wurden, was das Mädchen sagte oder der Tod entgegnete. Gewiss ist nur, dass die Pest alsbald schwand, wie sie gekommen war. Dass der Tod den Schnaps, den seine Knechte des Abends ihm bereitstellten, nicht mehr anrührte, und dass heute, wann immer ihn Trübsinn ob seiner Bestimmung beschleicht, an seiner statt seine Frau erscheint.*

*Man sagt, sie sei milder gestimmt als er, dass ihr Name Airin und es ein besonderes Privileg ist, von ihr hinüber geleitet zu werden.*

*Und eben diese Geschichte erzählt man von alters her, wann immer jemand fragt, weshalb inmitten der Burg auf dem Herrenberge die Statue eines Mädchens mit wildem Haar steht, das nicht Kind noch Frau zu sein scheint.«*

Orthun schwieg.

Nachdenklich vor sich hinstarrend hockte er mit verschränkten Armen auf seinem Schemel. Nichts an seinem Gesichtsausdruck ließ darauf schließen, was er von Anders' Geschichte hielt. Oder ob sie ausgereicht hatte, Einlass in die *Harpune* zu erlangen. Nachdem er den massigen Türsteher einen Moment lang abwartend betrachtet hatte, hob Anders den Kopf und schaute zu Aëlis hinüber, die sich, noch immer hinter der Tür an der Wand lehnend, eine Pfeife angesteckt hatte und den Rauch versonnen ins Zwielicht des Vorraums blies. Sie schien seinen Blick spüren, hob den Kopf und lächelte Anders zufrieden an.

Im gleichen Moment erhob der Türsteher sich. Langsam, wie in Zeitlupe, schoben sein riesiger Kopf und der muskulöse Oberkörper sich empor. Der Blick des Hünen war, als er sich nun derart vorbeugte, dass Anders seinen Atem riechen konnte, so ausdruckslos wie zuvor. Plötzlich aber leuchteten seine Augen auf. Völlig unerwartet machte er einen Schritt in Anders' Richtung und schloss ihn in die Arme.

»Wer immer du auch sein magst, wo immer du herkommst und was immer Aëlis mit dir will: so etwas habe ich noch nie gehört.« Der kräftige Hüne lachte und drückte Anders dabei derart fest, dass dieser einen Moment lang keine Luft bekam. »Ich ahne, weshalb du diesen Namen trägst, Bursche. Wenn einer, der so etwas zu erzählen weiß, noch am Leben ist und unerkannt in Aarlunds Mauern weilt, dann muss er wahrlich anders sein …«

»Heißt das, ich darf eintreten?«

»Dürfen? Anders Werauchimmer, ich bestehe darauf! Nicht nur darauf, dass du die *Harpune* mit deiner Gegenwart beehrst und mich dein Bier bezahlen lässt, sondern auch darauf, dass du dir die Zeit für eine kleines Gespräch mit Boss Alfgard nimmst.«

In diesem Moment ging Aëlis dazwischen.

»Nicht so ungestüm, Orthun. Er ist meiner. Ich hab ihn hergebracht. Vergiss das nicht«, zischte sie. Dann griff sie nach Anders' Arm und zog ihn, während sie den Türsteher anfunkelte, hastig durch die Tür ins Innere.

Ihn mit sich zerrend, wendete sie sich über ihre Schulter noch einmal Orthun zu:

»Und wenn die Stadtwache kommt, schenk ihr eine Geschichte!«, rief sie und eilte zusammen mit Anders weiter.

Durch einen grob gemauerten Gang, in dem Fackeln in rostigen Halterungen knisterten, folgte er ihr tiefer in das Gebäude. Mit jedem Schritt wurden der Lärm und die Hitze, die ihnen aus dem Schankraum entgegenschlugen, intensiver. Anders konnte die wohlige Wärme der steinernen Bodenplatten unter den Füßen spüren. Er konnte es nicht erwarten, bald wieder Kleidung zu tragen.

»Ich wusste, dass ich mich in dir nicht getäuscht habe.« Sie zwinkerte ihm zu. »Aber du solltest nächstes Mal vielleicht nicht ganz so hoch einsteigen.«

»Wie… wie meinst du das?« fragte er stirnrunzelnd. Er hatte sich selbst gewundert, wie er in der Lage gewesen, diese Geschichte derart zu erzählen. Es war, als ob er jeden Satz, jede Formulierung exakt so wiedergegeben hatte, wie all das einst niedergeschrieben worden war. Aber wie lang mochte es her sein, dass er dieses Buch gelesen hatte? Zehn Jahre? Oder zwanzig gar? Ulf jedenfalls war schon lange aus der Schule. Und doch war es, als ob jene Geschichte all die Zeit nur darauf gewartet hatte, heute und an diesem Ort, wo immer das auch sein mochte, aus ihm herauszubrechen.

Aëlis blieb abrupt stehen und blickte ihn an.

»Anders van der Linden, Geschichten vom Tod sind viel wert in diesen Breiten. Weil sie Antwort auf jene Fragen geben, die weder die Prinzipalin noch ihre Minister, ja nicht einmal die Ärzte der vergessenen Universität zu beantworten vermögen. Wenn einer in Aarlund drei Geschichten kennt, dann wird er die vom Tod als letztes und erst dann erzählen, wenn die anderen ihm nicht mehr weiterhelfen.«

»Oh«, entgegnete Anders erstaunt. Er ahnte, dass er über die Rolle von Geschichten hier noch einiges zu lernen hatte und musste sich unweigerlich vorstellen, was einige biblische Geschichten in Karran wohl angerichtet hätten. »Und wer genau ist Boss Alfgard?«, fragte er.

»Was er ist, ist schwer zu sagen. Aber unter Timoran, als es noch die Erzählerenklaven gab, war er einer der besten überhaupt. Es heißt sogar, dass er einst Callis Silberzunge in einem Geschichtenwettstreit bezwungen hätte. Aber wenn das stimmt, ist es eine Ewigkeit her. Inzwischen fault Alfgards Zunge zwischen zahllosen anderen auf einem Dorn am Busch …«

Anders schwirrten die Sinne. Jede Frage hier schien einer Hydra gleich, kaum dass sie beantwortet wurde, zwei weitere nach sich zu ziehen.

»Was … was für ein Busch?«

»Der Zungenbusch, mein fremder Freund. Auf dessen Dornen die Zungen jener Erzähler landen, deren Worte bis ans Ohr der Prinzipalin Jarika dringen, die keine Liebe für Geschichten hegt. Und der einer der Gründe ist, weshalb du, wenn ich dir, Anders van der Linden, etwas raten darf, mit deinen Talenten hier ein wenig achtsamer umgehen solltest.«

Er starrte sie entgeistert an. Für einen Moment durchzuckte ihn die Ahnung, dass es aller Langeweile zum Trotz, auf der anderen Seite des Portals womöglich doch nicht so schlimm gewesen war. Bevor er sich aber zur Umkehr hätte entschließen können, sprach Aëlis bereits weiter: »Aber um auf die Frage zurückzukommen, was Boss Alfgard eigentlich ist: alt. Und nicht gut auf mich zu sprechen. So viel jedenfalls kann ich dir mit Sicherheit sagen.«

Mit diesen Worten klopfte sie Anders auf die Schulter »Dafür ahne ich ein bisschen mehr von dem, was in dir steckt. Aber lass es besser niemand anderen wissen. Dies mag ein sicherer Ort sein, aber das heißt nicht, dass du irgend jemandem hier drin trauen kannst.«

»Ich fürchte, du wirst mir noch einiges erklären müssen.«

Sie nahm einen Zug von ihrer Pfeife und blies ihm den Rauch übermütig ins Gesicht.

»Sicher. Sobald du wieder Hosen trägst.«

Anders konnte deutlich den eigentümlich süßlichen Duft des Tabaks riechen. Aëlis ahnte offenbar, was er dachte.

»Wankelblatt. Zerstoßen unter den Tabak gemengt, macht es Geschichten noch besser.« Kritisch hob er eine Braue. Sie lachte leise auf. »Natürlich ist es verboten. Aber nicht so sehr wie Geschichten ... Aber jetzt komm. Zeit für Hosen.«

Sie bedeutet ihm, ihr weiter ins Innere der *Harpune* zu folgen. Wenige Schritte später mündete der Gang in einen riesig anmutenden Raum, dessen Inneres von einer eigentümlichen Geschäftigkeit erfüllt schien. Auf den ersten Blick wirkte das Ganze wie eine Mischung aus Schankraum und Wochenmarkt. Stände mit allerlei Waren wechselten sich mit groben Tischen ab, an denen verschwörerisch dreinblickende Gestalten flüsternd die Köpfe zusammensteckten. Anders sah Tiere in geflochtenen Weidenkäfigen, Gemüse in Körben und Trockenfisch, der an dünnen Strippen baumelte. Die Luft war zum Schneiden dick. Überall waren Menschen in aufgeregte, von wildem Gestikulieren begleiteter Konversation verstrickt. Hier wurde gehandelt. Ohne Zurückhaltung, in zig Sprachen derart geflüstert und geschrien, so dass Anders sich vorkam, als hätte er sich auf einem fremdländischen Bazar verirrt …

Hier war der Geruch des Wankelblatts kaum noch wahrnehmbar. Denn hier mischte er sich mit dem von Schweiß, Gewürzen und Geheimnissen, die den Raum bis unter die Decke anzufüllen schienen. Seiner Größe zum Trotz war er fensterlos. Stattdessen wurde er von verschiedenen in seinem Inneren verteilte Laternen erhellt. Abgesehen davon bemerkte Anders ein gutes Dutzend Bewaffneter, die weit bedrohlicher als die Stadtwachen aussahen und inmitten des regen Treibens patrouillierten.

Er blickte Aëlis fragend an. Die aber winkte ab. Weil in eben diesem Moment durch die Menschenmenge hindurch eine verzogene schwarze, von vier Männern in schmucklosen Kutten getragene Sänfte auf sie zuwankte. Auf dieser thronte, inmitten zerschlissener Kissen, ein kleiner alter Mann, der Anders' Begleiterin mit grimmen Blicken musterte.

Boss Alfgard.

Aber mehr als der Anblick jenes kleinen zornigen Greises verwunderte Anders etwas anderes: Von den vier geschnitzten hölzernen Säulen an den Ecken der Sänfte baumelten an Lederbändern zahlreiche Fetische. Er erkannte Federn, Knochen und Vogelschädel. Außerdem einen rostigen Hammer, einen verbeulten Helm, sogar einen vierfingrigen

Handschuh. Da war auch noch einiges mehr, das er auf den ersten Blick jedoch nicht genau zu erkennen vermochte. Im Gegensatz zu dem, was ihn am meisten irritierte. Weil doch das, was dort an einem jener Pfosten hing, nach allem, was er bis jetzt über diese Welt wusste, hier nicht hätte existieren dürfen. Denn inmitten all dieser Dinge, die dem Schamanen eines vergessenen Stammes alle Ehre gemacht hätten, baumelte ein uralter rostiger britischer Armeerevolver …

# DRITTES KAPITEL

## Sonja Rüther

Anders, die unerzählte Geschichte,
eine Hose und ein Revolver.

Anders Blick blieb an dem Revolver hängen, der so viele Fragen in ihm aufwarf, dass er glatt vergaß, wie heikel dieses Aufeinandertreffen war. So wie der Greis Aëlis ansah, befanden sie sich kurz vor einem Rauswurf aus der *Harpune*. Die vier Männer, die die Sänfte trugen, standen fest wie aus Stein unter der Last. Nicht ein Schweißtropfen war zu sehen. Der Alte hob den Kopf, doch als er den Mund öffnete, kamen nur undeutliche Laute hervor. Ein anderer Mann trat hinter den Trägern hervor. Mittleren Alters, dünn und großgewachsen, trug er bestickte Kleidung, als wäre er von Adel. Gold und Silber woben sich durch die Jacke, wodurch die Blumen und Ranken im Licht der Laternen glänzten. Der dünne, schwarze Bart an seinem Kinn war mit Perlen geschmückt, die aneinander klangen, wenn er sich bewegte oder redete, wie Anders im nächsten Moment feststellte.

»Du wagst es, wieder herzukommen«, sprach er in Boss Alfgards Namen.

Aëlis deutete eine Verbeugung an. »Nun, ich habe dir versprochen, zurückzukehren, wenn mir etwas eingefallen ist, wie ich die Vergangenheit wiedergutmachen kann.«

Boss Alfgard setzte sich aufrecht hin, wodurch die eisern gehaltene Sänfte nicht mal ins Wanken kam. Wieder unverständliche Laute.

Anders fuhr sich mit der Zunge durch den Mundraum, froh sie spüren zu können, weil die Vorstellung, derartig verstümmelt zu werden eine Gänsehaut verursachte, die bis in die Eingeweide zu spüren war.

»Ach, und wie sieht die Wiedergutmachung aus?«, übersetzte der hochgewachsene Mann.

Aëlis legte Anders eine Hand auf die Schulter. »Ich weiß, dass ich dir deine Zunge nicht zurückbringen kann, aber wenn du meinem Freund gewährst, sich angemessene Kleidung zu verdienen, wirst du noch am Ende dieser Nacht eine Geschichte hören, die noch kein Mensch vor dir gehört hat. Er wird sie dir schenken und nie wieder vor anderen Ohren in Worte fassen.«

Der Greis sah nun zu Anders, bleckte seine alten, lückenhaften Zähne wie zu einem Lächeln, das böser kaum aussehen konnte. Anders wurde ganz mulmig im Bauch. Wie konnte Aëlis so etwas versprechen, ohne ihn zuvor in ihren Plan eingeweiht zu haben? Dieser Mann sah aus, als habe er die Geschichten unzähliger Generationen in seinem Kopf gehortet. Mit den knochigen Händen winkte er Anders zu sich heran, der dieser Aufforderung nur wegen Aëlis' sanftem Druck an seiner Schulter nachkam. Er musste seine Hand heben und die Berührungen der eisigen, fast ledrigen Finger ertragen, die in seiner Handinnenfläche die Linien nachmalten. Dann sagte der Alte wieder etwas, das übersetzt wurde. »Boss Alfgard will wissen, wie Aëlis darauf kommt, dass du einen solchen Schatz in deinem Wissen trägst, der dir längst weitaus mehr als Kleidung eingebracht haben könnte. Welches Pfand tragt ihr bei euch, damit er sichergehen kann, dass ihr nicht verschwindet, bevor der Abend vorbei ist und ihr eure Schuld beglichen habt?«

Mit der anderen Hand fasste Anders in die Tasche seines einzigen Kleidungsstücks und holte die Nuss hervor. Es war nicht viel, vielleicht würde es nicht mal reichen, aber es war ein Versuch. »Dies ist unser

Pfand«, sagte er mutig und reichte die Nuss an den Alten. Aëlis schüttelte leicht den Kopf und trat einen Schritt von ihm weg. Gut möglich, dass er genau das Falsche tat – diese Welt war ihm ein Rätsel – doch genau das weckte in ihm eine Lebendigkeit, die er seit Anjas Tod schmerzlich vermisste. So waren es doch stets die Fragen des Lebens, die den Alltag in Bewegung hielten. Mit ihrem letzten Atemzug waren alle Antworten dagewesen, in erschreckender, nüchterner Endgültigkeit. Niemand brauchte Anders mehr. Ulf und Patricia führten eigenständige Leben, die regelmäßige Gastspiele zu Terminen in ihren Kalendern machten, aber sie folgten nun den Fragen ihrer eigenen Leben. Anders war der alte Witwer, um den man sich kümmern musste, keiner, den sie einluden, um gemeinsam Antworten zu finden. Die Nuss, die der Greis zwischen seinen Fingern drehte, erschien Anders wie ein Schlüssel zu dieser wundersamen Welt, die mit jeder Sekunde dafür sorgte, dass die Neugierde gegen das wachsende Gefühl der Bedrohung gewann.

»Was soll das sein?«, übersetzte der Hochgewachsene die Laute.

»Es ist wie die Dinge, die von deiner Sänfte baumeln – nicht von dieser Welt. Ein wahres Element einer phantastischen Erzählung, dem etwas innewohnt oder nicht innewohnt, das alles zu ändern vermag. Solange du die Nuss nicht knackst, ist alles möglich.« Hier würde niemandem auffallen, dass er bei Schrödingers Katze geklaut hatte. An dem Funkeln in den alten Augen erkannte er, wie sehr er Boss Alfgards Geschmack getroffen hatte. Der Greis schloss seine Faust um die Nuss, nickte und sagte wieder etwas.

»Er nimmt das Pfand an«, sagte der Hochgewachsene. Aëlis Erleichterung strömte mit ihrem ausgestoßenen Atem in die dicke Luft dieser Halle.

»Wenn du den Anfang deiner Geschichte hier und jetzt erzählst«, ergänzte der Hochgewachsene. »Und zwar auf dem Fass. Wenn alle Besucher lautstark verlangen, du mögest weitererzählen, darfst du herabsteigen und dir deine Kleider verdienen. Ohne ein weiteres Wort der unerzählten Geschichte zu verlieren. Simmie wird euch bis zum Ende des Abends nicht von der Seite weichen, zuhören und aufpassen.« Auf seinen Wink hin trat ein junger Mann aus dem bunten Treiben hervor, der Anders zuvor nicht aufgefallen war. Aëlis reagierte mit deutlicher Ablehnung. Sie kreuzte die Arme vor der Brust und verlagerte das Gewicht auf ein Bein. »Simmie? Ist das dein Ernst? Du weißt, dass er immer dazwischenredet und selbst die besten Geschichten zu ruinieren weiß. Mit ihm an unserer Seite können wir froh sein, wenn mein Freund sich überhaupt eine Socke verdient.«

Der Alte lachte, gab ein Zeichen und ließ sich zu einem Podest weitertragen, von dem aus er alles überblicken konnte. Die *Harpune* war sein Reich, er war der zungenlose König derer, die hier Schutz und Handel suchten.

»Verdammt, das wird nicht einfach«, raunte Aëlis Anders zu, dessen Blick noch immer auf den jungen Mann gerichtet war. Er sah aus wie ein Hofnarr. Grell bunte Kleidung, wirre, etwas zu lange blonde Haare und den Schalk im Nacken. Aëlis beachtete ihn gar nicht und fing an, Anders zu erzählen, was er nun zu tun hatte. Die Angst vor der öffentlichen Rede verging, weil er gebraucht wurde. Die junge Frau hatte ihm diese Verantwortung in die Hände gelegt, weil sie darauf vertraute, er bekäme das alles hin. Niemand hatte ihn in den vergangenen drei Jahren gebraucht.

»Du steigst auf das Fass, ich sorge für Ruhe und dann fängst du an. Weißt du schon, welche Geschichte du erzählen willst?« Sie ging vor und zog ihn an einer Hand hinter sich her.

Anders zuckte mit einer Schulter. »Mir fällt schon was ein.«

Abrupt blieb sie stehen und drehte sich zu ihm um. »Dir fällt schon was ein?«, fragte sie ungläubig. »Anders, deine Geschichte muss herausragend sein, sonst wird das nichts.«

Er deutete an ihr vorbei Richtung Fass und schob sie sanft weiter. »In meinem Kopf sind so viele Geschichten, ich werde einfach die erzählen, die mir gleich als erstes einfällt.«

»Aber sie muss etwas mit der Nuss zu tun haben«, erinnerte sie ihn an das Pfand, das er durch vollmundige Worte mit einem haltlosen Wert belegt hatte.

»Wie ist der Revolver hierhergekommen? Ich dachte, alle Dinge bleiben in den jeweiligen Welten zurück, nun haben wir schon eine Nuss und einen Revolver, die das Gegenteil beweisen.«

Simmie ging dicht hinter ihm. Seine schlurfenden Schritte erzeugten in Anders Kopf eine Menge Tadel, der jeden Moment aus seinem Mund zu dringen drohte. Seinem Sohn hatte er Schmatzen, Schlürfen und Schlurfen nicht durchgehen lassen, damit aus ihm ein manierlicher Erwachsener wurde. Dem jungen Kerl hinter ihm hätte eine strenge Erziehung ebenfalls gutgetan.

Sie kamen beim Fass an, Aëlis stützte sich auf der hohen Kante ab und schüttelte den Kopf. »Ich weiß es nicht. Manche glauben, derartige Relikte wären ein Zeugnis dafür, dass einst ein reger Austausch zwischen den Welten stattgefunden hat. Allerdings werden alle historischen Aufzeichnungen in der Burg unter Verschluss gehalten. Jene Dokumente seien die einzig wahre Geschichte, die den Reichtum der wechselnden Regentinnen und Regenten unermesslich macht. Manche glauben, Prinzipalin Jarika würde Geschichtenerzählenden deshalb die Zunge rausschneiden lassen, damit jene Sage nicht weitergetragen wird, die das Geheimnis Karrans an die Oberfläche bringt. Hier in dieser Halle haben wir alle Geschichten des Landes schon gehört, aber eine derartige Sage ist seit Generationen nicht dabei gewesen. Ich denke, Jarika ist einfach nur wahnsinnig und liebt es, ein ängstliches Volk zu regieren.«

Anders dachte an die Regentinnen und Regenten seiner Welt. Egal, wo man hinkam, wenn man dort auf Menschen traf, waren sie alle gleich. »Nun, dann machen wir mal aus einer Nuss ein kleines Wunder«, sagte er leichthin, erklomm die Kisten, die wie eine Treppe zum Fassdeckel führten, und kam sich sehr nackt vor, als er über den Köpfen des Publikums stand. Die dicke Luft stieg unter den Stoff der Tunika und erinnerte ihn daran, dass eine falsche Bewegung reichte, damit jeder seinen Penis sehen konnte. Auch wenn die feuchtwarme Luft an eine Sauna erinnerte, war dieser Auftritt nicht mit dem freiwilligen Schwitzen unter ebenso freiwillig Nackten zu vergleichen. Sein alter Körper war schon lange keine Augenweide mehr. Er hatte sogar Falten an den Knien, dann noch ein paar schuppige Stellen an den Unterschenkeln und rote Sprenkel, die je nach Tagesform mal heller und mal dunkler wirkten, je nach Durchblutung. Das Meer aus Köpfen tobte noch im Sturm der Verhandlungen, Feilschen und Anpreisen. Woanders hoben sie die Becher und grölten irgendwas Ausgelassenes. Anders war sich nicht sicher, ob diese Menschen nun seine Sprache sprachen oder er wie von Zauberhand ihre übernommen hatte, doch diese Barriere war nicht mehr existent. Er konnte seine Arme heben und um Ruhe bitten, und jeder reagierte darauf. Die einen früher, die anderen später, aber nach und nach wurde es so still, dass Anders die verstümmelten Laute von Boss Alfgard hören konnte. Anders sah zu ihm und deutete eine Verbeugung an. Er fühlte sich wie ein ganz anderer Mensch, wie jemand, der er schon immer sein wollte, ohne je die Gelegenheit bekommen zu haben, herauszufinden, wer das sein könnte. »Hört mir zu, liebe Leute, ich will euch eine Geschichte erzählen, die noch keiner von euch je zuvor gehört hat«, kündigte er an. Aus dem Augenwinkel sah er den bunten Stoff von Simmies Ärmel. Der junge Kerl lehnte lässig am Fass und sah ebenfalls zum Publikum. Aëlis stand wie eine unheilvolle Gewitterwolke neben ihm.

*»Es war einmal eine Nuss«*, begann Anders.

»Ist die wie die drei Bohnen, die Ranken in den Himmel wachsen lassen?«, fragte Simmie.

»Oh nein, du wirst die Geschichte hören müssen, um zu verstehen, was sie so besonders macht.«

»Dann fang doch endlich an«, entgegnete Simmie, und Anders begriff, dass dieser junge Mann mehr als ein Ärgernis war. Er gehörte zum Test dazu. Anders schloss für einen tiefen Atemzug die Augen, um sich zu sammeln. In seinem beschaulichen Leben als Bibliothekar hatte er höchstens danebengestanden, wenn jemand anderes eine Rede halten musste. Manchmal waren Autorinnen oder Autoren Gäste in der Bibliothek gewesen und hatten vor maximal fünfzig Leuten aus ihren Romanen vorgelesen. Seine Kollegin hatte sich dabei um die Vorstellung der Ehrengäste gekümmert, Anders war für die Getränke zuständig gewesen. Nun stand er vor mindestens hundert Fremden, die ihn ungeduldig anstarrten und die er so sehr begeistern musste, dass sie die ganze Geschichte hören wollten.

*»Es war einmal eine Nuss«*, setzte er erneut an.

»Hatten wir schon!«, rief Simmie dazwischen.

*»Sie fiel eines Herbsttages von einem Baum, den es gar nicht geben durfte, auf Erde, die davon unberührt bleiben sollte, an einem Ort, der nicht existierte.«*

»Das geht doch gar nicht«, rief Simmie wieder dazwischen.

Anders beugte sich etwas zu ihm hinab und lächelte. »Oh doch, mein junger Freund, alles ist möglich. Wie sonst könnte Boss Alfgard diese Nuss jetzt in seinen Fingern halten?«

Aller Köpfe drehten sich zum Greis, der stolz sein Haupt hob und bereitwillig die Nuss emporhielt. Ein leises Raunen ging durch die Zuhörerschaft.

»Aber bevor ich euch sage, welch Zauber dieser Nuss innewohnt, oder auch nicht, will ich euch berichten, was geschah, nachdem die Nuss hinabgefallen war.« Er machte eine bedeutsame Pause, wie an Ulfs sechstem Geburtstag, als zehn kleine Augenpaare auf ihn gerichtet gewesen waren, weil sein Sohn behauptet hatte, sein Papa könne zaubern. Damals hatte er mit einer Münze und etwas Fingerfertigkeit den Tag gerettet, etwas, das hier nicht reichte.

*»Die Erde tat sich auf und die Nuss fiel in einen Spalt, rutschte immer tiefer, bis sie in eine geheime Quelle plumpste, die unterirdisch ein Netz aus Wasseradern speiste, durch die eben jene Nuss so lange schwamm, bis sie in einem Fluss wieder freigelassen wurde und langsam an die Oberfläche stieg. Was die kleine Nuss nicht wusste: diese Quelle war nicht irgendeine Quelle. Ihr Wasser war so besonders, dass ein Zauber durch die harte Schale gedrungen war, der nun im Herzen der Nuss pulsiert. Wenn man die Nuss fest in seine Faust schließt, kann man es spüren.«*

Boss Alfgard tat auch dies, zog skeptisch die Brauen zusammen und fing dann an, leicht zu nicken. Anders wusste, wie bereitwillig Menschen Dinge fühlten, die nicht da waren, wenn es ihrer Sache dienlich war.

»Dumme Nuss«, rief Simmie. »Wann kommt denn der spannende Teil?«

*»Als die Nuss die Wasseroberfläche des Flusses durchbrach, wurde es schlagartig Nacht, obwohl es mitten am Tag gewesen ist. Die Leute in der kleinen Stadt, durch die das Gewässer floss, kamen aus den Häusern, blieben auf den Straßen stehen und schauten gen Himmel, als erwarteten sie ein Ungetüm, das die Sonne verdunkelte. Dabei war es einfach nur Nacht geworden, weil die Nuss es lieber dunkel mochte. Jetzt fragt ihr euch sicher, warum? Oder?«*

Als er diesmal eine Pause machte, schrien die Leute durcheinander, forderten, dass er weitererzählen möge, stellten Fragen oder bewerteten das bereits Gehörte. Anders' Kopf spuckte eine Idee nach der nächsten aus, wie die Geschichte weitergehen könne, es fing sogar an, richtig Spaß zu machen, aber der Hochgewachsene – die Stimme vom Boss – brachte alle mit einem lauten Ruf zum Schweigen. »Das reicht! Boss Alfgard ist vorerst zufrieden. Du wirst die Geschichte am Ende des Abends weitererzählen.« Dann wendete er sich ans Publikum. »Unser Neuankömmling möchte sich etwas Kleidung verdienen. Lasst euch was erzählen, bezahlt dafür, aber fragt ihn nicht nach dieser Geschichte, die gehört Alfgard.«

Das war einfacher gelaufen als gedacht. Und viel schneller. Interessierte Menschen kamen auf das Fass zu, vor dem sich Aëlis so positionierte, dass niemand an ihr vorbeikam. Wer eine Geschichte haben wollte, musste mit ihr verhandeln. Zufrieden mit sich, kam Anders die provisorische Treppe hinabgestiegen und konnte es kaum erwarten, sich eine Hose und ein besseres Hemd zu verdienen. Mit dem Wissen in meinem Kopf könnte ich sehr lange in dieser Welt gut leben, dachte er, aber dann vernahm er wieder die verstümmelten Laute Alfgards, als müsste Anders daran erinnert werden, was ihm blühte, wenn andere mitbekamen, dass er Geschichten erzählte. Wie sollte er seinem Sohn gegenübertreten? Dem könnte er wohl kaum sagen, dass eine Regentin einer anderen Welt ihm die Zunge aus dem Schlund geschnitten habe. Dann würde auf seine alten Tage noch in der Klapse enden, was noch viel trostloser als die neue Wohnung klang. Während Aëlis mit den Leuten feilschte, Simmie immer wieder dazwischenredete, und ansonsten das Treiben in der Halle wieder seinen Lauf nahm, stand Anders wie auf einem Flecken Niemandsland dahinter und fühlte sich seltsam fehl am Platz. Als löste sich seine neue Existenz in dieser Fremde ebenso auf wie seine alte beim Auszug aus dem Haus. Eben hatte er sich noch so wohl in seiner Haut gefühlt, jetzt standen die jüngeren Menschen vor ihm und redeten über seinen Kopf hinweg über das, was er als nächstes zu tun hatte. Auch wenn es bei diesen Gesprächen nicht um betreutes Wohnen oder die Vorzüge eines kleineren Wohnraums, der ja viel weniger Arbeit machte, ging, sondern um ein Talent, das ihm in dieser Welt zugesprochen wurde, fühlte es sich gleich an.

»So sei es«, sagte Aëlis abschließend, umfasste Anders' Arm und zog ihn einem Mann und Simmie folgend durch die Gesellschaft bis zu einem Tisch, an dem eine Frau und zwei Männer saßen und freudig zu ihnen hinsahen. Anders sah sich immer wieder um, weil er sich beobachtet fühlte. Als streckte sich eine Hand nach ihm aus, die ihn jeden Augenblick im Nacken packen und in die Finsternis ziehen würde. Dann entdeckte er eine schwarze Gestalt zwischen den Menschen. Auch wenn sie in seine Richtung gewandt war, konnte er ihr Gesicht nicht erkennen. Was sein Unbehagen noch steigerte war, dass sein erster Gedanke den weiblichen Tod in seinem Kopf zurückließ. Er lockerte seine Schultern, bekam eine freundliche Begrüßung zustande und setzte sich schnell neben Aëlis auf die Bank. Es wurden Bier und Eintopf bestellt, dann drehten alle ihre Köpfe zu Anders. Irritiert sah er sich nochmals zur Gestalt um, die unbeweglich wie eine Säule in dem Gewusel stand und in seine Richtung starrte. Solange sie nicht näherkam, war alles gut.

»Gut, was für eine Geschichte möchtet ihr hören?«, fragte er in die Runde.

»Eine Liebesgeschichte«, sagte der Mann, der mit Aëlis verhandelt hatte. Er war groß und breitschultrig, mit dem leicht ramponierten Aussehen nach jemand, der direkt von harter, körperlicher Arbeit hierhergekommen sein musste.

»Und es muss einen Kampf geben«, ergänzte die Frau. Sie war blass und zog das fliehende Kinn eng zur Brust, wodurch sie etwas einfältig wirkte, aber die Tinte an ihren Fingern mahnte ihn, nicht vorschnell ein Urteil über sie zu fällen.

Anders sah sich nochmals um. Die Gestalt war näher gerückt, obwohl sie noch immer starr wirkte. Er warf Aëlis von der Seite einen Blick zu und nickte in die Richtung. Sie folgte seinem Blick und sah ihn dann fragend an.

»Siehst du die dunkle Frau?«, flüsterte er ihr zu.

Aëlis schüttelte den Kopf. »Ich sehe viele Frauen, was meinst du mit dunkel?«

Ihm war unbegreiflich, wie Aëlis die Fremde übersehen konnte. Unheimlicher ging es fast nicht. »Na die Frau, die wie eine schwarze Säule in dem bunten Treiben steht.«

Diesmal stand Aëlis auf und sah sich um, aber sie schien die Frau nicht zu sehen. Das machte sein Unbehagen nicht gerade besser.

»Was'n jetzt, erzählst du oder nicht?«, drängte der dritte im Bunde.

Aëlis setzte sich wieder und stieß Anders mit einem Ellenbogen an. »Denk dran«, erinnerte sie ihn flüsternd. »Fang etwas kleiner an. Gute Erzähler steigern das Wundersame, die Spannung und das Erstaunliche von Geschichte zu Geschichte. Verschieße nicht gleich dein ganzes Pulver.«

Anders nickte, fuhr sich durchs schüttere Haar und veränderte die Sitzposition, weil die grobe Bank nicht für nackte Hintern gemacht war und zunehmend ungemütlicher wurde. Er brauchte dringend eine Hose, egal, was er sich dafür aus den Fingern saugen musste.

*»Es war einmal ein Zimmermann, der lebte sehr bescheiden nahe einem kleinen Fluss. Tagein und tagaus verbrachte er jede Stunde, in der die Sonne schien, bei der Arbeit, anschließend wusch er sich, aß etwas Kräftigendes und ging ins Bett. Allein. Ihm blieb keine Zeit, eine Frau zu finden und mit ihr eine Familie zu gründen.«* Immer mehr Leute versammelten sich um den Tisch und lauschten der Geschichte. *»Dann kam ein Winter wie es noch keinen je zuvor gegeben hatte. Der Schnee jagte wie eine Horde weißer Schimmel über das Land, drückte mit seiner Last Dächer ein, begrub Schuppen und Scheunen unter sich, als würde er versuchen, alles Leben auf der Erde zu ersticken.«*

Gebannt legten einige die Hände vor die Münder. So reagierte also eine Gesellschaft, in der es kein Fernsehen oder Internet gab. Es machte unbändigen Spaß, im Zentrum dieser Aufmerksamkeit zu stehen, direkte Reaktionen zu bekommen und niemanden zu sehen, der die Augen verdrehte, weil der Alte mal wieder zu langsam, umständlich oder über die falschen Themen sprach. Hier könnte er sogar die Geschichten erzählen, die niemand sonst mehr hören mochte, weil er sie in seinem Leben schon zu oft erzählt hatte. Das waren nun mal die Glanzmomente seines Lebens, die er so gern beschrieb, weil er glücklich war, sie erlebt zu haben. Sogar Anja war so mancher davon überdrüssig geworden, aber andere hatten sie einander immer wieder bis zu ihrem Tod erzählt. Ulfs Geburt, ihr erstes gemeinsames Auto, das sie liebevoll *das grüne Sofa* genannt hatten und das am Ende nur noch von Klebeband und Spucke zusammengehalten worden war. Die Familienurlaube, der Hamster, der eine Woche im Sofa gelebt hatte, der Hausbau.

Wieder stieß Aëlis ihn mit dem Ellenbogen an. Anders war nicht aufgefallen, dass er sich in Gedanken verloren hatte.

»Was war in dem Winter?«, fragte die Frau nach. Ihrem leidenden Gesichtsausdruck nach, erwartete sie ein schönes Drama, das ihr ein paar Tränen entlocken könnte.

*»In jenem Winter wurden alle Kerzen, alles Brennholz und alle Lebensmittel restlos aufgebraucht. Die Leute zerschlugen ihre wenigen Möbel, um ein wärmendes Herdfeuer zu entfachen, über dem sie Schnee schmelzen konnten, um wenigstens etwas zu trinken zu haben. Es sah wahrlich finster für diese Menschen aus. Und der Zimmermann stand jeden Tag vor Sonnenaufgang auf, zog sich an und verbrachte die Zeit bis zum Sonnenuntergang vor dem Fenster, damit er den Augenblick nicht verpasste, in dem der Schnee verging und der eisige Griff des Winters sich lockerte. Tage vergingen, wurden zu Wochen, dann zu Monaten, in denen die verzweifelten Menschen alles verbrannten und alles kochten, was sie zwischen die Finger bekamen, um zu überleben. Holzspänesuppe, Spinneneintopf, Sockensud – kaum etwas war nahrhaft gewesen, und doch brachte es die Hungernden über die Tage. Sie wurden dünn und ausgezehrt. Ihnen fielen*

*die Haare aus, die Nägel wurden brüchig und sie verloren sämtliche Farbe. Die Haut eines jeden wurde so weiß wie der Schnee.«*

Sein Blick fiel auf Simmie, der ihn noch nicht ein einziges Mal unterbrochen hatte. Verwundert stellte Anders fest, dass der freche, junge Kerl sogar verängstigt wirkte, aber nicht wegen Anders. Er sah mit weit aufgerissenen Augen über seinen Kopf hinweg, und Anders konnte nichts dagegen tun, er musste sich umdrehen und hinschauen, obwohl er wusste, wer dort war.

Ein Ächzen kam über seine Lippen, als die schattenhafte Frau genau hinter ihm stand. Sie musste nur ihre Hand wenige Zentimeter ausstrecken und könnte seinen Nacken umfassen. Diesmal ignorierte er den Ellenbogenstoß und sah der Frau mutig ins Gesicht. Beinahe glaubte er, Anja zu erblicken, aber die Züge änderten sich ständig, als würden sie sich den Anwesenden anpassen. »Bitte, erzähl weiter«, bat sie freundlich, und bei ihrem Lächeln lief ihm ein eisiger Schauer über den Rücken. Das konnte unmöglich der Tod aus seiner Geschichte sein.

Mit einem tiefen Atemzug drehte er sich von ihr weg. *»Als der Zimmermann die Hoffnung verlor, der Winter würde je wieder enden, packte er alles, was er besaß – was nicht viel und absolut nicht von Wert war – dann zog er sämtliche Kleidung an, die er noch nicht für etwas Wärme verbrannt hatte, und verließ sein Heim. Den einzigen Ort, an dem er sich wohlfühlte, um ins eisige Ungewisse zu gehen. Jeder Schritt fiel ihm schwer, der Schnee blieb an seinen Stiefeln und der Hose kleben, als wären es weiße Finger, die ihn aufhalten wollten. Doch dann erinnerte er sich an Anja, die er nie zum Tanz gebeten hatte, die er stets hatte umwerben wollen, aber glaubte, auf den richtigen Zeitpunkt warten zu müssen. Während er immer weiter voranschritt, wurde ihm erst bewusst, dass der richtige Zeitpunkt von Anbeginn bereits dagewesen war. Er war wie ein glänzendes, neues Werkzeug gewesen, das der Zimmermann nicht in die Hand nehmen wollte, weil es noch so makellos war. Er hatte das, was Liebe in sein Leben schmieden sollte, all die Jahre lang nicht benutzt.«* Etwas, das Anders sich selbst nicht vorwerfen konnte. Er war mit der Frau verheiratet gewesen, die er noch jetzt über alles liebte, aber viele gemeinsame Ziele waren dann doch so oft verschoben worden, bis es zu spät dafür gewesen war. *»Während der Zimmermann seinen großen Fehler erkannte und die Tränen auf seinem Gesicht zu Eistropfen wurden, führten ihn seine Füße zu einem Haus. Eines, das er selbst erbaut hatte, ohne zu wissen, wer nun darin lebte. Er sah erst zur Tür auf, als er beinahe dagegen stieß, und er wusste, dass er klopfen sollte. Das Schicksal hatte ihn durch die brutale Kälte dorthin geführt, aber wen oder was sollte er hier erwarten?«*

Simmies Blick blieb auf die Frau hinter Anders gerichtet, die sich nun zu bewegen schien. Den kleinen, blauen Augen nach bewegte sie sich rechtsherum und auf Simmie zu. Im nächsten Augenblick sah Anders den Schatten aus dem Augenwinkel.

Er beobachtete die Frau und Simmie, während er weitersprach. *»Nachdem der Zimmermann geklopft hatte, polterte es hinter der Tür. Ein altes Weib verlangte, den Namen des Eindringlings zu erfahren, und der Zimmermann antwortete ihr. Die Alte, die ihm öffnete, war verhärmt und gebeugt, ihr Gesicht ähnelte mehr einem Totenkopf, weil sich die faltige Haut über den Schädel spannte, aber in den Augen erkannte er Anja. Der Zimmermann war noch immer jung und kräftig, er verstand nicht, warum Anja so grauenhaft gealtert war. Doch ihre Liebe strahlte unverändert aus den wunderschönen, blauen Augen. Der Zimmermann blieb bei ihr, und kümmerte sich um die alte Frau. Als sie noch schwächer wurde, schnitt er sich von jedem Fuß zwei Zehen ab und kochte sie, damit Anja wieder zu Kräften kam. Seine Finger würde er ja noch brauchen, wenn der Winter endlich vorbei war.«*

Simmie zitterte am ganzen Leib, als die finstere Frau ihn erreichte, und ihm eine Hand auf die Schulter legte. Über seinen Kopf hinweg sah sie Anders an. »Und? Schneidet er sich noch mehr ab, damit seine Liebe überlebt?«, fragte sie interessiert.

Anders schüttelte den Kopf. *»Eines Nachts wagte es der Zimmermann, seine Liebste zu fragen, was mit ihr geschehen war. Diese senkte den Kopf und sagte:*

*‚Das bist du gewesen. Du hast jeden Sonnenstrahl herbeigesehnt, um zu arbeiten, du hast die Sommer verlängert, Herbst und Frühling verkürzt und den Winter nicht haben wollen. Jahr für Jahr. Niemand von uns hat Einspruch eingelegt, wir alle wollten längere Tage, kürzere Nächte und keine Zeit der Entschleunigung haben. Aber das hätten wir tun sollen.' Der Zimmermann war sich nicht sicher, ob er verstand, was Anja ihm sagen wollte. Er war so fleißig und ehrenhaft gewesen, weil er glaubte, das Richtige zu tun. Die kurze Wintersonne ging bereits hinter den Bäumen unter, und der Zimmermann wollte aus alter Gewohnheit ins Bett gehen, aber Anja hielt ihn auf. Sie sagte, dass er sie nicht mehr lebend wiedersehen würde, wenn er nun auch diesen Abend verschenkte, der auf die Menschen dieser Stadt als Lebenszeit verteilt würde. Nicht, dass sie Minuten dazugewännen, sie würden nur schlagartig älter werden.«*

Die finstere Frau lächelte zufrieden, sah einen Herzschlag lang wieder wie Anja aus, drehte sich um und verschwand zwischen den Zuhörenden. Simmie liefen stille Tränen übers Gesicht.

*»An diesem Tag blieb der Zimmermann wach und redete mit Anja bis zum Morgengrauen. Als er erschöpft ins Bett fiel, glaubte er, draußen ein Tröpfeln zu hören. Bis zum Mittag schlief er so fest, dass sein Rhythmus vollkommen durcheinandergeriet. Anja sah besser aus, als sie ihn mit Rindensuppe weckte. Irgendwie frischer. Auch an diesem Abend blieb er wach, länger noch als Anja, aus dem Tröpfeln wurde ein Fließen. Und am nächsten Tag war er sich sicher: die Zeit, die er ihr auferlegt hatte, konnte er ihr auch wieder nehmen. So ging es dann Tag für Tag. Der Schnee schmolz, das Leben erwachte, trieb die Menschen aus ihren Häusern, ließ Schneeglöckchen und Krokusse durch die letzten Eiskristalle sprießen, und der Zimmermann wurde älter und älter. Einen Tag lang saßen sie gleichalt einander gegenüber. Anja war es gelungen, Zutaten für einen richtigen Eintopf zu bekommen, sie hatte den Tisch schön gedeckt, beim Essen lachten sie viel und waren einander näher als in den Tagen zuvor. Genau so hätte es immer sein sollen, wenn er sich nicht dazu entschieden hatte, auf den richtigen Zeitpunkt zu warten. Sie küssten einander, liebten einander*

*und am Morgen standen eine junge Frau und ein Greis aus dem Bett auf. Sie verließ das Haus, um in der Bäckerei zu arbeiten, er setzte sich in den Sessel und starb. Es heißt, als sie am Abend zurückgekehrt ist, lag nur noch eine dicke Staubschicht auf dem Sessel.«*

Anders teilte das Schweigen, nachdem seine Geschichte zu Ende war, und er sich fragte, wo all diese Worte hergekommen waren. So etwas hatte er gar nicht erzählen wollen. Ja, den Anfang schon, aber wer um alles in der Welt kam auf so ein grauenvolles Ende? Unsicher sah er in die Gesichter um sich herum. In den meisten Augen entdeckte er Tränen und eine gewisse Zufriedenheit, weil diese Menschen anscheinend bekommen hatten, was sie hören wollten. Bier und Eintopf wurden gebracht, was alle aus der Starre befreite. Erlöst redeten sie übers Essen und tasteten sich nur langsam thematisch an die Geschichte heran. Als müsse man sich von dem Gehörten erstmal entfernen, um es anschließend zu verarbeiten. Anders war dies nur recht. Er beugte sich über die Schüssel, freute sich, dass der Eintopf besser roch als der Rest der Halle und fixierte Simmie, der schweigsam und blass einen Krug Bier umklammert hielt. »Du hast sie gesehen?«, fragte Anders leise.

Simmie nickte mit einem Ausdruck, der klar sagte, wie sehr dem jungen Mann sämtliche Scherze und Provokationen vergangen waren. »Ehrlich, ich wollte dich nicht ärgern«, sagte Simmie weinerlich und wurde ganz klein auf seinem Platz. »Hol sie bitte nicht zurück, ich tu, was immer du willst.«

Das Unverständnis war wie ein nerviger Gesichtsausdruck im Geiste, der nicht zu übersehen war, Anders jedoch nicht weiterbrachte. Nur, weil die Frau mit ihm geredet hatte, bedeutete es nicht, dass er sie nach Belieben zurückholen konnte. Wofür auch? Er wusste ja nicht mal, wer sie war. Und wenn sie doch unter die Kategorie weiblicher Tod fiel, dann wollte er sie erst recht nicht um sich haben.

»Die gehört nicht zu mir«, sagte Anders ungehalten. Aëlis wurde auf das Gespräch aufmerksam und lehnte sich ebenfalls vor. »Wer gehört nicht zu dir? Du meinst hoffentlich nicht mich?«

»Nein, diese unheimliche, finstere Frau«, sagte Simmie und kam damit Anders zuvor. »Als sie mich angefasst hat, konnte ich spüren, wie ich sterbe.«

»Dafür bist du aber noch ganz schön lebendig.« Aëlis lachte und trank von ihrem Bier.

»Wie kommt es, dass er sie sehen konnte, aber du nicht?«, fragte Anders, der diese Situation so überhaupt nicht komisch fand.

»Vielen Dank«, sagte der Mann, der Anders als Erzähler verdingt hatte, und legte ein paar Münzen auf den Tisch. »Das war eine großartige Geschichte. Ich kann kaum erwarten, sie meiner Familie zu erzählen. Auf Wiedersehen.«

Die anderen verabschiedeten sich ebenfalls. Zurück blieben ein paar Leute, die anscheinend warteten, bis sie ebenfalls ein Angebot für eine Geschichte machen konnten. Aëlis nahm das Geld vom Tisch und zählte es. »Zusammen mit dem Essen und dem Bier ist das in Ordnung. Aber sagte ich nicht, du sollst dich langsam steigern?« Jetzt, da sie fast allein am Tisch saßen, zeigte sie ihren Ärger. »Eine Geschichte vom Tod … die anderen werden sie weitererzählen. Wie konntest du so einen Schatz mal eben weggeben? Hast du mir nicht zugehört?«

Doch, Anders hatte ihr zugehört. Er war jeder Anweisung gefolgt, aber es war die Geschichte gewesen, die genauso und genau jetzt erzählt werden wollte.

»Wenn du satt bist, können wir dir schon mal eine Hose kaufen«, sagte sie, als er nichts erwiderte.

»Du hast meine Frage nicht beantwortet.« Irgendwas stimmte hier nicht. »Wieso hast du diese finstere Frau nicht gesehen?« Langsam zweifelte er daran, ob ihre Begegnung so zufällig gewesen war. Andererseits hätte sie die Wahl zwischen 7,77 Milliarden Menschen gehabt, warum sollte sie ausgerechnet den alten Vorortwitwer in diese Welt holen?

»Fein, ihr beide fandet eine der Frauen besonders interessant, was hat das mit mir zu tun? Ich interessiere mich nicht für Frauen, wahrscheinlich habe ich sie deshalb nicht gesehen.«

Simmie schüttelte den Kopf und hob abwehrend die Hände. »Die musst du gesehen haben, die war unheimlich.«

Anders nickte zustimmend. Dabei aß er vom Eintopf, der ganz lecker war. Je schneller sie fertig waren, desto eher bekam er eine Hose. Die Fleischstücke ließ er jedoch in der Schüssel, weil sie knorpelig und sehnig waren. Was Essen anging, war er immer recht leidenschaftslos gewesen. Er aß das, was auf den Tisch kam. Die Frage nach seinem Lieblingsessen hatte er sein Leben lang mit einem Achselzucken beantwortet, weil das nichts gewesen war, worüber er sich Gedanken machte. Da er selbst nie Kochen gelernt hatte, war er im Grunde für alles dankbar, was ihm serviert wurde. In Lokalen hatte er meist Preis und Leistung abgewogen. Wenn er besonders hungrig gewesen war, dann tendierte er zu Fleisch mit satten Beilagen, wenn nicht, dann wählte er Fisch oder einen Salat. Zum Salat war es allerdings nur selten gekommen, weil er keinen Sinn darin erkannte, ohne Hunger ein Restaurant zu betreten. Anja hatte gewusst, was ihm schmeckte und was nicht. Ihr war es ganz leichtgefallen, all die Kleinigkeiten bei ihren Mitmenschen wahrzunehmen, die etwas über Vorlieben oder Abneigungen aussagten. Deswegen war sie wohl auch in seiner Geschichte aufgetaucht. Er hatte ihren Namen nicht sagen wollen, aber dann war die Geschichte wie eine Analogie zu seinem Verlust gewesen. Durch ihren Tod hatte er auch sich selbst verloren. Wer war er denn jetzt noch? Ein alter Mann, der einer Katze durch ein Portal gefolgt war, um sich als Geschichtenerzähler feiern zu lassen. Das klang alles in allem doch eher nach einem Schlaganfall. Vielleicht lag er im Delirium noch unter der Brücke und niemand fand ihn, weil dort kaum jemand entlang spazierte.

»Bist du noch bei uns?«, fragte Aëlis und stieß ihn schon wieder an. Anders war kurz davor, so richtig unhöflich zu werden, weil er das Gestupse nicht leiden konnte.

»Ich will jetzt eine Hose kaufen«, sagte er unwirsch. Es ging die anderen nichts an, was gerade in seinem Kopf vorging. Alles, was er fühlte, wirkte real. Der Geschmack in seinem Mund, die piksende Bank unter seinem blanken Allerwertesten, die Gerüche und das Angestupse, ebenso das gebraucht Werden, die Aufmerksamkeit und diese eigenartige Bedrohung, die eisig in dieser stickigen Halle lauerte.

»Dann komm mit.« Aëlis stand auf und winkte ihn mit sich hinüber zu den Ständen. Simmie folgte, als wäre er eine hoffnungslose Beute, bliebe er allein zurück.

Die Hosen, die Aëlis auf einem Tisch aus dem Angebot zog, gefielen Anders nicht im Geringsten. Die meisten waren solche Stoffdinger, in denen alles frank und frei umherschwingen konnte, wie es gerade wollte. Das würde nur dafür sorgen, dass er sich weiterhin nackt fühlte, ganz gleich, ob ein dünner Stoff seinen Intimbereich verdeckte. Deshalb dauerte die Suche nach vernünftigen Beinkleidern unerwartet lange. Mit der beigefarbenen Leinenhose war Anders nicht wirklich glücklicher, aber der Stoff war fest genug, um zumindest das Gefühl einer Hose am Körper zu haben. Das weiße Hemd gefiel ihm schon besser. Es erinnerte an alte Piratenfilme mit den Schnüren, die es zusammenhielten, und den Rüschenärmeln. Endlich konnte er den Umhang zurückgeben und fühlte sich etwas besser. Was Kleidung für die Selbstsicherheit bedeutete, wurde erst richtig deutlich, wenn diese fehlte.

Nach einer Weile war das frischverdiente Geld für Kleidung, Pfeifentabak und kleine Zuckerkugeln aufgebraucht. Aëlis lutschte an den

Süßigkeiten und machte einen sehr zufriedenen Eindruck. »Du musst nachher nur noch deine Geschichte zu Ende erzählen, dann haben wir das Schwierigste geschafft.«

Die Geschichte war nicht das Problem. Wie Anders bislang mitbekommen hatte, konnte er erzählen, was er wollte, und die Menschen ließen sich begeistern. Ihn beschäftigte vielmehr, warum er überhaupt hier war. Die Erfahrung hatte ihn gelehrt, dass es fatal war, sich an irgendeinem Punkt im Leben zu wohlzufühlen oder zu denken, man wäre glücklich, weil stets etwas auf diese Gedanken folgte, das einem das Gegenteil bewies. Was hatten er und Anja sich über den Ruhestand gefreut, bevor sie plötzlich krankgeworden war. Also, was würde hier auf ihn warten, wenn er annahm, er könne hier als Geschichtenerzähler ein wichtiger und erfolgreicher Mensch sein? Der weibliche Tod? Die Apokalypse? Das Herausschneiden der Zunge? Es gab keine Medaille ohne Kehrseite – nicht in seinem Leben.

»Freust du dich denn nicht?«, hakte Aëlis nach. »Du begeisterst alle, sie lieben deine Geschichten.«

»Sag mir, warum du mich in diese Welt geführt hast.« Anders Stimmung drohte zu kippen, weil seine Erfahrungswerte eine Wahrheit manifestierten, die alles Gute auf den Prüfstand stellten.

»Na, weil du mitkommen wolltest«, hielt sie locker dagegen.

»Ach, und dann hast du dir gedacht: Wenn der Alte in eine Welt reisen will, in der man Leuten wie ihm die Zunge abschneidet, warum nicht? Ha ha, das wird sicher lustig.«

Aëlis verzog beleidigt das Gesicht. »Ich bin nicht wie du und deinesgleichen. Wir glauben an Schicksal, an das große Ganze, das uns zu den Orten bringt, an denen wir sein müssen, um das zu tun, was in unserer Macht liegt. Du sollst hier sein, sonst wäre unter deinen Fingern nicht der Baum gewachsen, du hättest die Nuss nicht behalten, als du den Geist passiert hast, und du würdest jetzt nicht alle mit deinen Geschichten in deinen Bann schlagen. Du, mein lieber Anders, wirst der Wandel sein, auf den wir alle gewartet haben.« Sie strich über sein neues Hemd und lächelte ihn an. »Du bist wie der Vater, den ich nie hatte. Wenn du Geschichten erzählst, legt sich ein Gefühl wie eine warme Decke um meine Schultern und sagt mir, dass ich zuhause bin. Es bedeutet etwas, das du hier bist. Ich schlage vor, du gibst Boss Alfgard nun das, was er verlangt, danach sehen wir weiter.«

Anders sah sich zu dem Greis um, der eine Geschichte mit der Nuss erwartete, die seine Macht und seinen Reichtum steigern würde. Er fühlte die Worte in seinem Kopf reifen, spürte, wie ein Wissen in ihm wurzelte, das über Angst und Lampenfieber erhaben war. Der Greis sollte seine Geschichte bekommen, das war nur ein kleiner Schritt auf dem langen Weg, der nun vor Anders lag. Nach Aëlis' Worten war eine Erkenntnis zurückgeblieben, die alles in der *Harpune* für nichtig erklärte. Er war gekommen, um Größeres zu leisten.

# VIERTES KAPITEL

## Fabienne Siegmund

Der Versuch, eine angefangene Geschichte zu beenden. Die Schwarze Dame kommt und geht und nimmt jemanden mit sich. Eine Kette legt sich wie von Zauberhand und um einen Hals und lässt Erinnerungen erwachen. Schatten machen sich auf, zu jagen.

Unsichtbare Hände schienen ihn zum Fass, seiner Bühne, zu tragen. Vielleicht war es auch das Hochgefühl, das ihn schweben ließ. Die Menschenmenge teilte sich vor ihm, nur um sich gleich hinter ihm wieder zu schließen, Motten gleich, die ein strahlend helles Licht umschwärmten. Hände streckten sich nach ihm aus, aber da war keinerlei Berührung. Irgendwo, am Rande seiner Wahrnehmung folgten Aëlis und Simmie ihm. Er glaubte sogar die Angst des jungen Mannes zu spüren. Aber sie war nur ein kurzes Aufflackern von Dunkelheit in seinem persönlichen Meer aus Licht. Es verging und verhallte in Nichtigkeit.

Schon saß Anders auf dem Fass, und wo es ihm zuvor noch wackelig vorgekommen war, schien es nun der sicherste Ort überhaupt zu sein. Weil es der Ort war, an den er gehörte.

Er räusperte sich.

Sofort war es mucksmäuschenstill, jedes noch so leise gewisperte Wort verstummte. Nur die Fetische an Boss Alfgards Sänfte berührten sich mit leisen Geräuschen, als wollten sie seine Geschichte ankündigen. Anders hob leicht den Kopf. Die Blicke des alten Geschichtenerzählers ruhten auf ihm. Er konnte das Verlangen des anderen nach den unbekannten Worten fast körperlich wahrnehmen.

Anders öffnete leicht die Lippen, bereit das erste Wort freizulassen. Boss Alfgard hob die Hand, er hielt die Nuss, bereit, die Magie darin zu erhalten. Genau in diesem Augenblick verstand Anders, was der zungenlose Mann sich erhoffte, was er sich wünschte, aus seiner Geschichte zu erhalten.

Er lächelte und ließ die ersten Worte der Geschichte von seiner Zunge gleiten, die Augen weiterhin auf den alten Mann in der Sänfte gerichtet. Fast war es, als würde dieser die Worte mit seinen stummen Lippen nachformen.

»Die Nacht, die von der Nuss über die Welt gebracht worden war …«

Ja, Boss Alfgard wiederholte die Worte, Anders konnte es genau erkennen, genau wie er sah, dass der alte Mann plötzlich stockte. Und obwohl es schummrig in der *Harpune* war, meinte Anders, dass sich die Augen seines Gegenübers weiteten. Suchend schaute er dorthin, wo Boss Alfgards Augen hingerichtet waren.

Da, da war sie. Die schwarze Dame, der weibliche Tod.

Sie war nur drei oder vier Menschen von der Sänfte des Alten entfernt, näherte sich ihm aber schnell und offenbar ebenso unbemerkt. Niemand, an dem sie sich vorbeischlängelte, zeigte die geringste Regung. Nur Boss Alfgard sah sie, und er hatte Angst. Seine Hände tasteten nach seinen Fetischen, vielleicht wollte er den Revolver greifen, aber sie entglitten ihm, ohne dass er ihrer habhaft werden konnte.

Nur noch zögernd verließen die Worte Anders' Mund. Der Mantel der Nacht lag immer noch über der Stadt, ohne dass er erklärt hatte, warum.

Die schwarze Dame erreichte die Sänfte. Anders verstummte gänzlich.

Alles war so still. Da war nicht einmal ein Schnauben, kein leises Räuspern, kein Rascheln von Kleidung oder auch nur ein tiefes Atmen. Fast war es, als hätte sein abruptes Schweigen die ganze *Harpune* angehalten.

Nur die dunkle Frauengestalt bewegte sich unbeirrbar weiter. Sie stieg gerade auf die Sänfte, als gäbe es Stufen in der schattengeschwängerten Luft, die niemand sehen konnte. Boss Alfgard unterdessen versuchte, sich aufzurichten, sein Mund war zu einem stummen Schrei geöffnet, den niemand außer Anders wahrnahm. Keiner sah zu dem alten Geschichtenerzähler auf, weder die Männer, die seine Sänfte trugen, noch der Hagere, der für ihn gesprochen hatte. Alle Augen im Raum waren auf Anders gerichtet, der immer noch kein Wort der Warnung über die Lippen brachte. Längst war die Geschichte um die Nuss aus seinen Gedanken verschwunden, genau wie das Hochgefühl aus seinem Inneren.

Die dunkle Dame unterdessen drehte sich nun zu ihm um. Ihre rechte Hand lag auf Boss Alfgards Brustkorb. Jede Ähnlichkeit mit Anja war fort. Von ihren Augen ging eine Dunkelheit aus, die tiefer als alles war, was Anders je erlebt hatte.

Jetzt hob sie ihre Hand von Boss Alfgards Oberkörper, bot sie ihm nun wie zum Tanz dar. Der alte Geschichtenerzähler ergriff sie. Die Gesichtszüge des Mannes waren vollkommen entspannt, er lächelte sogar, wie er jetzt neben seiner unheimlichen Begleiterin stand. Wie zum Gruß tippte er sich an die Stirn.

Dann gingen sie, einfach so, stiegen von der Sänfte und liefen abermals unbemerkt durch die Menge, tiefer in die Finsternis hinein, bis sie nicht mehr zu sehen waren.

Sprachlos sah Anders ihnen nach, bis sein Blick eher zufällig die Sänfte streifte. Ihm stockte der Atem. Dort saß, mit geschlossenen Augen, Boss Alfgard. Sein Kinn war auf seine Brust gesunken, sein Mund stand offen.

Es war das Gesicht eines Toten.

Gerade fiel die Nuss aus der Hand des Alten.

Mit einem dumpfen Klang kam sie irgendwo auf den Boden auf.

Es war nur ein kurzes Geräusch, aber es löste alle Stille auf. Menschen bewegten sich, flüsterten miteinander. Einige murrten, wollten, dass sie Geschichte weiterging. Anders suchte nach Aëlis. Sie stand direkt neben ihm, gerade drehte sie den Kopf, versuchte, die Lage zu erfassen.

Anders würde es ihr später erklären. Jetzt waren andere Dinge wichtig. Bald würde jemand den Tod Boss Alfgards bemerken.

Simmie.

Er stand neben Aëlis, schaute gerade zur Sänfte. Die Erkenntnis schlug einem Blitz gleich in sein Gesicht ein. Dann hob er den Kopf, und als würde er etwas erblicken, das jedem sonst verborgen blieb, und seine Augen weiteten sich. Anders schluckte. Er kannte diesen Ausdruck, glaubte sogar, die Spiegelung der schwarzen Dame in Simmies Iriden ausmachen zu können, obwohl das unmöglich war.

Doch als wäre sein Gedanke eine Vorhersehung gewesen, drehte Simmie sich um und riss seinen Arm nach oben. Mit ausgestrecktem Zeigefinger deutete er auf Anders.

»Boss Alfgard ist tot! Und er hat seinen Tod hierher gerufen! Ich habe sie gesehen!«

Verwunderte Stimmen erklangen, aufgeregte Rufe wurden laut, immer mehr Köpfe schnellten hin und her, die Blicke abwechselnd auf die Sänfte mit dem Toten und Anders auf seinem Fass gerichtet.

Allein Aëlis richtete seine ganze Aufmerksamkeit auf ihn. »Komm da runter!«, herrschte sie ihn an. »Wir müssen hier verschwinden!«

Um sie herum setzten sich die Menschen in Bewegung, doch dieses Mal war da kein Respekt, keine Bewunderung. Aggression und Trauer schlug ihm entgegen.

Wie zum Teufel sollten sie hier wegkommen? Sie waren eingekesselt, und er war keine zwanzig mehr.

»Jetzt komm schon!« Aëlis zerrte an ihm und Anders kletterte ungelenk vom Fass. Schon griff jemand nach ihm. Mit einem Ruck wurde Anders nach links gerissen. Er verdankte es allein Aëlis, dass er nicht fiel. Er konnte die Wut der Umstehenden fast greifen. Sie war wie ein lebendiges Wesen, das seiner habhaft werden wollte. Wohin er blickte, sah er zornverzerrte Gesichter, hasserfüllte Fratzen, sogar tiefe Traurigkeit. Anders verstand: Jedem hier war Boss Alfgard wichtig gewesen. Und er, er hatte seinem Tod mit Worten die Tür geöffnet.

Es war ein Gefühl, dass sie aus dem Schlaf riss. Etwas hatte sich verändert, sie war sich sicher. Aber die Nacht war so still, wie es alle Nächte waren, unterbrochen nur von den schlurfenden Schritten der Wachen vor dem Tor und unter dem Fenster im Hof.

Sie waren zu ihrem Schutz dort, aber es gab Tage, an denen Regentin Jarika sich wie eine Gefangene in ihrer eigenen Festung fühlte.

Dabei könnte sie überall hingehen. Niemand würde sie aufhalten!

Sie schüttelte den Gedanken mit einer Kopfbewegung ab. Etwas hatte sie geweckt, aber so wie es kein Geräusch gewesen war, hatte sich auch das Dunkel der Nacht nicht plötzlich erhellt. Nur das Mondlicht tropfte wie ein schmales Rinnsal Milch durch einen Spalt in den Vorhängen.

Langsam richtete Jarika sich auf. Ihr Herz schlug schneller, als es sollte, und als sie saß, spürte sie ein Gewicht an ihrem Hals, eine Berührung an ihrer Brust. Rasch griffen ihre Hände dorthin, ertasteten einen glatten, kalten Gegenstand, der an einer Kette hing.

Jarika trug nie Schmuck, wenn sie schlief.

Hektisch schob sie das Federbett von sich und rutschte ins Mondlicht. In ihren Händen lag ein kleines Fläschchen, verkorkt und versiegelt. Sein Inhalt wirkte selbst im silbrigen Mondschein wie ein Stück flüssige Dunkelheit.

Einen Moment war sie ganz starr, dann versuchte sie, die Kette abzunehmen. Sie hatte zwar keinen Verschluss, war jedoch lang genug, um sie einfach über den Kopf ziehen zu können. Nur, dass es nicht ging. Was sie auch tat, die Kette ließ sich weder abnehmen noch zerreißen, obwohl ihre Glieder aus feinstem Silber bestanden.

Außer sich vor Wut schrie Jarika, sodass innerhalb von Sekunden sowohl eine Wache als auch eine Dienerin in ihrem Schlafgemach standen. Beide sahen sich alarmiert im Raum um. Als sie keine unmittelbare Gefahr ausmachen konnten, ließ der Wächter seine Hellebarde sinken und die Dienerin eilte herbei, um ihr eine Stola über die Schultern zu legen. »Eure Hoheit, was ist passiert?«

Kurz glaubte die Regentin, echte Sorge in ihren Worten zu hören, aber sie wusste es besser. Niemand sorgte sich um sie. Jeder empfand Furcht vor ihr.

»Kleidet mich an!«, befahl sie. »Und Ihr«, wandte sie sich an den Wächter, dessen Hacken sofort zu einem Salut aneinanderschlugen, »Sorgt dafür, dass mir auf dem Weg in den Ostturm niemand begegnet!«

Der Wachmann nickte. Blässe trat in sein Gesicht und er beeilte sich, den Raum zu verlassen. So reagierten sie alle, wenn die Sprache auf den Ostturm kam.

Jarika erhob sich, kaum dass sich die Tür hinter ihm geschlossen hatte. Auch die Hände ihrer Dienerin, die ihr gerade das Mieder schnürten, zitterten. Ohne dass Jarika es wollte, zog sich ihr Herz ein wenig zusammen. Äußerlich ließ sie sich nichts anmerken, im Gegenteil. Sie straffte die Schultern, hob ihr Kinn und machte sich so größer, wie sie es von ihrem Vater gelernt hatte.

Als sie wenig später ihr Gemach verließ, war sie allein in den Gängen der Burg, auch wenn sie wusste, dass die Wachen sie nie wirklich aus den Augen ließen. Sie passierte einen abgehangenen Spiegel. Seit dem Tod ihres Vaters war jeder einzelne Spiegel mit einem blutroten Tuch aus Samt verhangen. Die Regentin wollte sich nicht sehen, nicht die Ähnlichkeit zu ihrem Vater, nicht die zu ihrer Mutter, von der sie nur aus Erzählungen wusste. Ihr eigenes Ebenbild erinnerte sie nur daran, warum sie Geschichten mehr hasste als jeder andere.

Für ihren Vater waren Geschichten gefährliche Wesen gewesen, die alles ins Chaos stürzen und die natürlichen Gefüge der Macht verschieben konnten – aber er hatte auch immer noch die guten Aspekte der Geschichten gesehen.

Sie, Jarika, war immer der allerschönste Aspekt für ihn gewesen. Ein bitterer Geschmack breitete sich in ihrem Mund aus. Allein sie wusste, dass sie nichts als das Ergebnis einer Geschichte war. Ihr Vater hatte es ihr erst auf seinem Totenbett offenbart. Davor waren Geschichten auch für sie nur eine Bedrohung im Machtgefüge gewesen, ganz wie ihr Vater es sie gelehrt hatte. Geschichten konnten Aufstände entfachen, Attentäter hervorbringen, Kämpfe und Kriege entfesseln – die mächtigsten Erzähler vermochten es sogar, Ernten zu zerstören und das Wetter zu beschwören.

Aber erst die letzte Geschichte, die ihr Vater ihr erzählt hatte, hatte den Hass in ihrem Herzen gesät.

Leise und stockend war sie ihm über die Lippen gekommen.

Ihre Mutter hatte nicht schwanger werden können. Sie hatten Heiler und Hexen kommen lassen, aber alle Tränke, Tinkturen und Prozedere hatten den Wunsch nach einem Kind nicht erfüllen können. Schwermut hatte von ihrer Mutter Besitz ergriffen, deren Fröhlichkeit und Herzenswärme zuvor stets das ganze Reich verzückt hatte. Immer öfter hatten ihre Schritte sie auf die drei Türme der Burg geführt, hoch und runter war sie langen, gewundenen Treppen gelaufen. Jarikas Vater hatte alles versucht, die dunklen Wolken über dem Haupt seiner Frau zu vertreiben und die Sonne zurück in ihr Herz zu bringen, doch was er auch getan hatte, nichts brachte ihr Heilung und Seelenfrieden. Die Regentin verweilte nur immer länger auf den Türmen, am meisten aber saß sie in der obersten Kammer des Ostturms. Dort ließ sie sogar ihr Schlafgemach herrichten. Alle – vom Regenten bis hin zum jüngsten Stallburschen – glaubten, sie würde sich eines Tages von dort hinabstürzen, auf dass ihr Körper ebenso zerbersten würde wie ihr Herz.

An dieser Stelle hatte ihr Vater kurz eine Pause gemacht. Jarika hatte ihm eine Schale mit Wasser an die Lippen gehalten, damit er trinken konnte.

Ewigkeiten vergingen, bis er weitergesprochen hatte.

Ihre Mutter hatte sich nicht den Turm herabgestürzt. Stattdessen hatte sie aufgehört, Nahrung oder Flüssigkeit zu sich zu nehmen. Ihre Schönheit war ebenso in sich zusammengefallen wie ihr Geist.

Schließlich hatte ihr Vater es nicht mehr ausgehalten und war zu einem Geschichtenerzähler gegangen. Der Mann hatte ihrer Mutter mit Worten ein Kind unter das Herz gesprochen.

Klug und schön wie sie selbst sollte es sein, stark und mutig wie sein Vater.

So, wie der Geschichtenerzähler es gewollt hatte, geschah es. Die Regentin wurde schwanger. Sie blühte wieder auf.

Jarika schnaubte. Ihr Vater hatte gesagt, dass er Geschichten in jenen Tagen beinahe geliebt hatte.

Aber dann wurde sie geboren.

Und wo freilich noch niemand sagen konnte, ob ihr Klugheit, Stärke und Mut in die Wiege gelegt worden waren, konnte schon die

Hebamme erkennen, dass sie zum Ebenbild ihrer Mutter heranwachsen würde.

Doch ihr Leben hatte einen hohen Preis: Ihre Mutter verlor bei ihrer Geburt das Leben. Untröstlich, wie ihr Vater über den Tod seiner geliebten Frau war, erließ er ein erstes Gesetz gegen die Geschichten. Doch weil er trotz aller Wut auch überglücklich nach der Geburt seiner kleinen Tochter war, bannte er sie nicht ganz. Er ließ den Handel zu und griff nur dann ein, wenn Geschichten zu groß oder stark wurden.

Jarika aber wuchs ohne Mutter auf, und gleich wie sehr ihr Vater sie liebte, jedes Mal, wenn er sie ansah, blickt er in das Gesicht seiner geliebten Frau, die er verloren hatte.

Die Trauer verbitterte den König, und er übertrug die Bitterkeit wie einen Samen in das Herz seiner Tochter, wo sie heranwuchs. Als Kind hatte sie sich noch bemüht, Freunde zu finden, doch als Tochter eines Königs war Freundschaft oft mit Lug und Trug gleichzusetzen, und mit jeder Hänselei, jeder Verletzung hatte Jarika ihr Herz verschlossen. Und irgendwann hatte sie begriffen, dass es besser war, gefürchtet zu werden als beliebt zu sein. Wer sie hänselte, den ließ sie einsperren, manchmal sogar foltern. Heute sagte das Volk über sie, sie sei grausam, und vielleicht sprachen diese Stimmen die Wahrheit. Sie hatte es sich zur Aufgabe gemacht, alle Geschichten auszumerzen.

Doch jetzt war eine Geschichte lebendig geworden und hatte ihr eine Kette mit einer Phiole um den Hals gelegt.

Laut hallten ihre Schritte auf der steinernen Treppe. Ihre Wut wuchs mit jeder Stufe und entlud sich in einem zornigen Schrei, als sie die Tür zur obersten Kammer entriegelte und in den Raum trat.

Auf dem Bett, in dem einst ihre Mutter geruht hatte, umschwirrt von hunderten Fliegen, lag der Geschichtenerzähler. Seine Augen waren weit aufgerissen, der tote Blick milchig trüb. Alles um seinen Mund war schwarz, als hätte er Tinte getrunken.

Unten am Fuß des Turms nahten Schritte – natürlich. Ihr Schrei. Die Wachen. Ihre Gedanken überschlugen sich. Wer konnte den Gefangenen getötet haben? Wer hatte ihr die Rache an dem Mann genommen, der sie in diese Welt erzählt hatte?

Sie hatte ihn gefangen nehmen lassen, kaum dass ihr Vater seinen letzten Atemzug getan hatte. Aber niemanden hatte sie Hand an ihn legen lassen. Er hatte gespeist, was auch ihr zur Mahlzeit gereicht worden war – alles vorgekostet, auf Gifte überprüft. Die Kammer war zwar sein Gefängnis gewesen, aber dort hatte sie ihm alle Freiheiten bis auf die eine gelassen: Er war geknebelt gewesen, und wenn man ihm dem Knebel für die Mahlzeiten erlassen hatte, war ein Wächter dort gewesen, damit er keine Geschichten erzählen konnte.

Jetzt aber befand sich kein Knebel mehr in seinem Mund.

Jarika ballte die Fäuste. In ihrer Brust tobte unbändige Wut wie ein Feuer.

Den ersten Wachmann, der sie erreichte, riss sie am Kragen zu sich. »Findet heraus, wer das war«, brüllte sie ihm ins Gesicht. Ihr Speichel benetzte seine Wangen, so nah war sie ihm. Überraschung und Furcht war in sein Gesicht geschrieben. Er hatte die Leiche des Geschichtenerzählers noch gar nicht gesehen. Erst, als sie ihn losließ, weiteten sich seine Augen und er nickte, bereits wieder auf dem Weg nach draußen. Jarika hörte, wie er die anderen Wachen informierte. Befehle wurden gebellt, Schritte entfernten sich wieder.

Ihre Schultern bebten. Nur langsam beruhigte sich ihr Herzschlag.

Was immer hier geschehen sein mochte, es war nicht mehr als ein weiterer Beweis, dass da eine neue Stimme im Reich laut wurde. Machtvoller vielleicht als jede, die es zuvor gegeben hatte. Erneut griff sie nach der kleinen Flasche um ihren Hals.

Sie hatte sich in diesem Zimmer Antworten erhofft, nun würde sie andere Wege einschlagen müssen. Aber erst später. Jetzt galt es, dieser einen, neuen Stimme habhaft zu werden.

Sie fuhr herum. Beinahe rannte sie in eine weitere Dienerin hinein, die wahrscheinlich ebenso von ihrem Schrei alarmiert wie die Wachen, die Treppe hinaufgeeilt war. Jarika widerstand dem Drang, dem keuchenden Ding eine Ohrfeige zu geben. »Geh mir aus dem Weg«, herrschte sie. Die junge Frau sprang zur Seite und ließ sie vorbei. Die Säume ihrer Röcke streiften sich raschelnd.

In der Türschwelle drehte sie sich um. »Ruf einen Heiler. Er soll untersuchen, wie das hier geschehen konnte. Und dann lasst einen Alchimisten kommen.«

Stumm nickte die Dienerin. Man konnte ihr ansehen, dass sie wusste, nur um Haaresbreite dem Zorn ihrer Herrin entgangen zu sein.

Oh ja, die Dienerschaft kannte sie. So oft vernahmen ihre Ohren Tränen und Schluchzen, wenn sie glaubten, sicher hinter Wandvorhängen oder in Nischen zu stehen. Da waren Momente, in denen sie darüber nachdachte, in die Schatten zu treten und Trost zu spenden, aber so wie es niemanden gab, der sie tröstete, so würde auch sie keine Schwäche zeigen. Obwohl sie es sich manchmal wünschte, wenn sie selbst ihr Kissen mit Tränen fütterte und ein Schluchzen unterdrückte, damit es die Wachen nicht hörten.

Jetzt aber war da kein Mitleid. Es gab nur Zorn in ihr, und er trug sie die schier endlos scheinenden Turmstufen wieder herunter und noch weiter herab, bis sie das Kellergewölbe erreichte. Nicht eine Fackel erhellte die Dunkelheit, aber es war nicht nötig.

Der, den sie suchte, war hier, wie er es immer war. Nicht gefangen – es gab weder Schlösser noch Ketten, die ihn einzusperren vermochten, und doch verließ er die Tiefen des Turms nur, wenn sie es ihm befahl. Er wollte es nicht, aber es war sein Fluch, ihr zu folgen und zu dienen.

Ihr Vater hatte ihm die Geschichte geraubt und ihn so an sich gebunden, und nun war sie seine Herrin.

Seine Stimme erklang, ehe sie ihn entdeckt hatte. Seine Gestalt war aus der Dunkelheit geformt, die ihn umgab. Er hatte keinen Namen. Sie nannte ihn ihren Schatten, und vielleicht war er das, denn ihr eigener Schatten wirkte selbst im hellsten Tageslicht verkümmert.

»Was verschafft mir die Ehre deines Besuches?«

Die Worte erschreckten Jarika. Er war der Einzige, der sie nicht formell mit Titel ansprach. Jeden anderen hätte sie dafür gehängt, aber wie sollte man Luft hängen? Mit ihm zu sprechen war, als würde man mit dem Nachtwind selbst ein Gespräch führen, seine Stimme war mal hier, mal dort.

»Eine neue Geschichte ist erwacht«, begann sie. »Eine Kette mit einer kleinen Glasflasche liegt um meinen Hals. Der Erzähler von der Turmspitze wurde umgebracht.«

Ihre Hände ballten sich erneut zu Fäusten, ihre Fingernägel bohrten sich schmerzhaft in die Handflächen.

Der Schatten lachte. Das Geräusch ließ ihr einen Schauder über den Rücken laufen. Am liebsten wäre sie einfach gegangen, hinauf ins Mondlicht. Aber er war ihr bester Jäger, denn wo Menschen sich ablenken, von Mitgefühl überwältigen oder gar von Geschichten beeinflussen ließen, war es mit ihm anders.

»Warum lachst du?«

Die Regentin hatte sich wieder im Griff, auch wenn sie ihre Stimme als zu laut und unbeherrscht empfand, ihre Bewegung zu ruckartig.

»Dir ist das Königsgift geschenkt worden. Der Weg, dem Tod gegenüberzutreten und mit ihm oder ihr zu verhandeln.« In seiner Stimme lag immer noch das Echo seines Lachens.

»Mit ihm oder ihr?« Jarika verstand nicht.

»Der Tod hat fortan mehr als ein Gesicht.« Wieder meinte sie ein Schmunzeln in den rätselhaften Worten zu vernehmen und sie schluckte ihren Zorn herunter. Die Beherrschung kostete sie Kraft, aber es war ihr noch nie ratsam erschienen, dem Schatten Einblick in ihre Emotionen zu geben. Je beherrschter sie sich ihm gegenüber benahm, desto sicherer fühlte sie sich. Kurz dachte sie über das Gehörte nach. Und plötzlich verstand sie.

Der Tod hat fortan mehr als ein Gesicht ... also hatte der Geschichtenerzähler, der ihr diese Kette umgelegt und den Gefangenen im Ostturm getötet hatte, auch den Tod heraufbeschworen, ihm gar eine neue Gestalt gegeben? Schwindel erfasste sie angesichts der bloßen Vorstellung dieser Macht, und als ihre Stimme dieses Mal erklang, war sie fest und sicher: »Bring mir diesen Erzähler und alle, die mit ihm im Bunde stehen!«

Wie stets, wenn Jarika einen Befehl im Angesicht des Schattens aussprach, flammte ein goldenes Licht in der Dunkelheit auf, nicht länger als das Funkeln eines Sterns. Eine Gestalt wurde sichtbar, annähernd menschlich, groß und schlank. Es hieß, wenn er durch die Welt streifte, war der Schatten wie jeder Mann und jede Frau.

»Wie du befiehlst«, raunte er.

Im nächsten Moment war Jarika von Stille umgeben. Der Schatten war fort, und mit der Anspannung, die von der jungen Regentin abfiel, tropften auch die Tränen aus ihren Augen. Sie hatte Angst und wünschte sich nichts sehnlicher, als dass ihr jemand dieses Gefühl nehmen konnte.

Der Morgen dämmerte bereits, als sie den Ostturm verließ. Wie sie ihrer Dienerin aufgetragen hatte, wartete der Alchimist in ihrem Thronsaal. Seine Augen waren geschlossen, offenbar schlief er im Stehen, denn er schreckte auf, als sich die beiden Türflügel hinter ihr schlossen. Eilig verbeugte er sich, während Jarika auf dem schlichten Thron Platz nahm.

Mit einer beifälligen Handbewegung erlaubte sie ihm, sich wieder aufzurichten.

»Was wisst ihr über das Königsgift, Meister Marius?«

Falls möglich, wurde der Alchimist noch blasser als zuvor. Er kennt die Geschichte, dachte Jarika. Natürlich. Auch ihr war sie auf dem Weg hierher wieder in den Sinn gekommen, so wie es immer geschah, wenn eine Geschichte wirklich wurde. Plötzlich trug man sie im Herzen und in der Erinnerung, als wäre sie immer dort gewesen, obwohl man sie erst seit wenigen Augenblicken kannte.

Für einen Moment fragte sie sich, weshalb sie den Alchimisten hatte rufen lassen. Auch das war vor dem Wissen um die Geschichte gewesen … scharf dachte sie nach.

Sie hatte wissen wollen, um was es sich bei der Flüssigkeit in der Flasche handelte – eine Frage, die sich bereits geklärt hatte.

Der Alchimist räusperte sich nervös. »Nun, ich kenne die Geschichte des Königs, der sich weigerte, seinen Tod für sein Volk hinzunehmen und die des Mädchens, die es an seiner Stelle tat und dem Tod eine Freundin wurde. Manche sagen sogar, dass er sie sich ebenbürtig machte.«

Der Tod hat fortan mehr als ein Gesicht … echoten die Worte des Schattens durch ihre Gedanken. Ein kalter Schauer rann ihr über den Rücken.

»Gibt es eine Möglichkeit, dass ich diese Flasche abnehme?«

Meister Marius wand sich innerlich, und sie wusste die Antwort schon, ehe er das »Nein« laut aussprach.

»Könnt Ihr das Gift unschädlich machen?«

Vielleicht würde, wenn das Gift fort war, es auch des Todes Gefährtin sein.

Doch wieder schüttelte der Alchimist den Kopf und schaute sie auf eine Weise an, die sie wissen ließ, dass er gerade an ihrem Verstand zweifelte.

»Eure Hoheit, Ihr wisst doch, dass die Kette nur im Tod auf den nächsten Regenten übergehen kann und niemand weiß, woraus der

Trank besteht …« Da war sie schon, die Frage, deren Antwort sich aus der Geschichte längst ergeben hatte.

»Natürlich«, erwiderte Jarika mit eisiger Stimme. »Aber Dinge ändern sich, nicht wahr? Geschichten können sich verändern.«

»Gewiss, Hoheit.«

Die Regentin nickte und entließ den Meister mit einem knappen Befehl. So schnell er konnte, huschte er aus dem Saal. Seine schweren Gewänder aus Samt hinterließen ein dumpfes Geräusch auf dem steinernen Boden. Trotzdem hörte sie, wie er angstvoll vor sich hinmurmelte, dass der Schatten wieder auf der Jagd sei. Die Worte ließen selbst sie frösteln.

# FÜNFTES KAPITEL

## Vincent Voss

Ein alter Fluch. Die Suche des Schattens. Der Schatten und Anders. Der Schatten in Anders Welt. Der Schatten bei Ulf und Patricia. Die Achillesferse. Schlaftot.

*Für deinen Verrat sollst du auf ewig an das Königshaus gekettet sein, verdammt, zu dienen und zu gehorchen. Dein Name und deine Taten sollen vergessen sein und getilgt aus der Erinnerung eines jeden, vor allem aber aus deiner. Niemals wieder sollst du deinen Namen hören, niemals wieder frei entscheiden. Jede Untat soll dir Leid bringen und der Fluch soll dich halten bis über deinen Tod hinaus«*

Und er hörte, wie sie seinen Namen ausspien, und erinnerte sich, wie er daraufhin die Ketten an sich spürte. Wie sie ihn niederdrückten. Wie sie ihn schmerzten. Wie sie ihm seine Freiheit raubten, dass er nie wieder schlafen konnte. Er würde sich nie daran gewöhnen können, weder an die Ketten noch an die Schmach, die sie ihm damit antaten. Er, der doch so sehr für das Leben stand. Und noch mehr quälte ihn die Dummheit der Herrschenden wie der Beherrschten gleichermaßen, denn mit der Auslöschung aller damaligen Erinnerungen, wie es zu dem Fluch gekommen war, seinem »Verrat«, war das Wissen gelöscht, das Wissen darum, wie es einst war und wie es hätte sein können. Mit Hass in seinem lange schon blutleeren Leib zog er aus, um seinen Auftrag zu erfüllen.

Der Schatten wandelte auf geheimen Pfaden durch das Reich Karran. Er war überall und seit langer Zeit unter verschiedenen Namen bekannt. Im Norden, wo Menschen und andere im Eis von Fischen, Walen und Bären lebten, hieß man ihn Herzräuber, weil er im Schneegestöber Kinder und Alte aufsuchte und ihnen ihr Herz raubte, indem er es ihnen einfach aus dem Körper riss und roh verspeiste. Am liebsten mochte er die Herzen von besonders jungen und von besonders alten Menschen. Die Herzen Neugeborener wärmten ihn, gaben ihm für wenige Augenblicke die Macht des Lebens zurück, und die Herzen der Alten ließen ihn an deren Leben, an deren Erinnerungen teilhaben, so hieß es. Und es stimmte, das konnte er aus erster Hand bestätigen, gerade jetzt, wie er sich das so zarte, junge Herzchen in den Mund schob, Leben kostete und Schrecken verbreitete, damit die Menschen aus dem Norden ihn mit neuen Sagen und Legenden fütterten, mit Informationen, um den neuen Geschichtenerzähler finden zu können. So drang er in ihre Häuser aus Eis ein, nahm als Rauch an ihren Ritualen teil und lauschte ihren Geschichten, hörte von den Dingen, die sie sich über dort unten tief unter dem Eis erzählten. Von Verwerfungen, von Toren und Pforten zu anderen Welten, durch die die Riesen der Ozeane schwammen und in ihren Gesängen von Neuigkeiten aus anderen Sphären berichteten. Hiernach verließ er sie, angewidert von all dem Grauen, das er über die Menschen gebracht hatte, zornig über die eigene Natur, die ihn dazu zwang.

In den Wüsten von Danubien nannten ihn jene, die in den Oasen Wasser und Früchte holten und in dem heißen Sand mit ihren Kamelen ihre Zelte aufschlugen, den Wind der Trockenheit und des Todes. Man spürte ihn erst nicht und alterte innerhalb von wenigen Herzschlägen, vertrocknete, verbrannte innerlich und erst mit den letzten Atemzügen wurde man sich seines eigenen Schicksals gewahr. Daher auch die schreckgeweiteten

Augenhöhlen, der zum Schrei geöffnete Mund, das Grauen in das ledrige, mumifizierte Antlitz gebannt, so hieß es. Und die Bewohnenden der Wüste von Danubien hatten Recht, denn gerade jetzt umspielte er eine junge Frau, die mit einem Tonkrug Wasser aus einer Quelle schöpfen wollte. Wie er um sie herumtanzte, spürte er ihre Liebe zu einem Mann, ihre Liebe zu Mutter, Vater, Schwester und Bruder. Wie immer bei diesem Tanz näherte sich der Moment, an dem er gerne zurücktreten wollte, sie loslassen und von dannen ziehen. Sie leben lassen. Aber die Macht war zu stark. Um sich zu stärken, musste er den Weg bis zum Ende gehen, jedes Quäntchen Liebe aufnehmen, um selbst empfinden zu können. Sie ließ den Krug fallen, erkannte ihr Leiden, ihre Liebe zu allem, zum Leben, alles kondensierte sich so stark in diesem Augenblick, so wie ihr junges Herz mit aller Kraft gegen den Tod anschlug. Vergebens. Wie Sand im Wind wehte ihr Leben in ihn hinein und er trug es fort, um zu lauschen, um zu erfahren. Als Sternenglanz beobachtete er ihre magischen Schleiertänze, die von Zauberkräften kündeten, von der Macht von Nüssen, die ganze Welten in sich beschützen konnten. Und eine dieser Nüsse sei in diese Welt getreten, so hieß es.

In den Wäldern von Jelan und dem Wilschener Auenland, durch das die Silberbande floss, gaben ihm die Bewohnenden gleich mehrere Namen. Er war der, der einem an den Wegkreuzungen um Mitternacht auflauerte, jener, der unter den Galgenbäumen schlief, der, den man nicht hineinbitten sollte, wenn es an die Türe klopfte, und seinetwegen sollte man nachts die Fenster geschlossen halten, vor allem jene im Dach. Er lauerte in den Kellern, wo man die Kartoffeln über das Jahr kühlte, und setzte sich gerne Schlafenden auf die Brust. Er verführte Männer wie Frauen und trieb sie in wilder Lust in den Tod. Und ja, sie hatten Recht. Gerade jetzt saß er auf einem Manne auf, ritt und ritt ihn, wie er ein

Pferd in vollem Galopp reiten würde, nur dass er der Reiter und nicht das Ross war. Dem Verlangen wich Entsetzen. Er sah jenes Bedauern, dass sich immer zeigte, kurz vor dem Ende, kurz vor der Erlösung. Er sah die drei jungen Kinder des Mannes, dessen Frau, dessen Mutter, um die sich der Mann kümmerte. Der Mann flehte und winselte und der Schatten wünschte sich, er hätte der Verlockung widerstanden, aber er wusste, er handelte im Auftrag des königlichen Geblüts, es gab keine ihm bekannte Macht, die hätte widerstehen können. Seine eigene anfängliche Lust an diesem Spiel wurde schal, er schmeckte den nahenden Tod, spürte, wie der Mann in ihn blutete, das Herz zerriss und alles erschlaffte. Doch mit dieser Erlösung war es mit dem Toten nicht geschehen, denn nun wurde es so arrangiert, dass er von allen im Dorf gefunden und gesehen wurde. Von den Kindern, von den Geistlichen, von der eigenen Frau – als der Schatten das Dorf verließ, wurden die ersten Geschichten geboren, die den Liebsten seines Opfers bis in ihren eigenen Tod folgen sollten.

Von den Frauen und Männern, die bei vollem Mondschein die sprechenden Steine umtanzten und den Männern und Frauen, die das Feuer besänftigten und mit dem Wind heulten, hörte er, dass jene, die in der Nacht grau seien und sich immer noch trotz aller Verbote Geschichten erzählten, jenen begleiteten, den er suchen sollte.

An Aarlunds Küste war er der Schrecken der Seefahrer und Fischer, der dichte Nebel, der keinen Wind duldete und Schiffe mit ihren Besatzungen in ein unterseeisches Totenreich führte. Als Nebel brachte er all die versunkenen Seelen mit sich in die Dörfer zurück, jene, die zornig waren, weil sie aufgedunsen und längst vergessen in einem nassen Grab auf Erlösung warteten. Er war der Laut der Schiffstotenglocke, er war das namenlose Grauen, das Schiffe aus fernen Gestaden mit sich brachten. Schiffe, die ohne Mannschaft und voll von Ratten anlandeten,

Schiffe die Frauen und Männer zu Witwen und Witwern machten und Kinder zu Waisen. Er war die Springflut, die ahnungslose Muschelsucher mit sich riss und er war die Wellen, die den aufgeblähten, angenagten, bleichen Leib wieder an den Strand schmissen, damit die Liebenden sein Werk betrauern konnten. So auch jetzt, wie er den spielenden Jungen mit sich nahm, der einer lahmenden Möwe aus einem Geflecht von alten Fischernetzen hatte helfen wollen. Gelauert hatte er, sah noch Mutter und Vater, die dem Kind zur Hilfe herbeieilten und dann ließ er die Schreie des Jungen verstummen und füllte seinen Mund, seinen Hals, seine Lungen mit kaltem Meerwasser und vergoss selbst salzige Tränen über sein eigenes Schicksal.

In den Kaschemmen und Spelunken der Häfen saß er, das Gesicht tief im Schatten seiner Kapuze verborgen, über sein wässriges Bier gebeugt und lauschte den Berichten der Reisenden zu Land und zur See. Er hörte von Boss Alfgard in Aarlund, hörte, was mit dessen Zunge geschehen war und dass er immer noch Geschichten liebte, auch wenn er selbst keine mehr erzählen konnte. Er hörte von der *Harpune* und dass jemand Geschichten erzählte, der anders war. Das reichte ihm. Er trank sein Bier aus und verschwand in die Nacht.

In der Stadt fürchtete man ihn wegen allerlei Dingen, auch wenn er gestehen musste, dort nicht für alle Übeltaten verantwortlich zu sein. Nicht er hatte vor zwei Jahren das Kinderfleisch an Liebhaber mit sonderbaren Vorlieben verkauft. Er hatte auch nicht die Männer im Kerker in der Seilergasse über Jahre eingesperrt und gefoltert, auch wenn man ihn dafür als »den Schatten« verantwortlich gemacht hatte. Er wusste, wer es gewesen war, aber leider war es ihm nicht erlaubt, darüber zu reden. Gleiches galt für die geschlachteten Kinder. Er war es auch nicht, der den Frauen in der Hafengegend in lauen Vollmondnächten nachstellte und ihnen ein Stück aus dem Oberschenkel biss. In der Stadt, wo viele Menschen lebten, blieb er beinahe blass. Er fühlte sich in Städten auch nicht wohl.

Dass Boss Alfgard gestorben war, erfuhr er von der Frau, die gerade in seinen Armen starb. Auch, dass es einen neuen Geschichtenerzähler namens Anders gab, der sich am ersten Abend gleich seine Kleidung und sein Essen in der *Harpune* verdient hatte. Das sollte etwas bedeuten! Er ließ sich unter röchelnden Atemzügen, weil ihre Lunge langsam voller Blut lief, das Aussehen des Fremden schildern, und erfuhr noch von seiner Begleiterin. Mit diesen Informationen legte er die Sterbende zur Tarnung als Opfer eines menschlichen Verbrechens in ein Rinnsal, denn noch wollte er keine Aufmerksamkeit. Er verschwand mit dem Nebel, der sich in den schattigen Gassen in die Düsternis zurückzog.

In seiner menschlichen Gestalt tarnte er sich am liebsten als jemand mit Autorität. Menschen waren leichtgläubig und ordnungshörig. Als Stadtgardist erfuhr er von Anders und Aëlis. Wenige Stunden später heftete er sich an deren Fersen. Sein Plan war, erst den Geschichtenerzähler zu stellen, um die Frau würde er sich später kümmern. Mit einer Hand griff er in eine Tasche seines Umhangs und säte Zwietracht. Kaum, dass die Samen das Paar erreicht hatten, begannen sie zu streiten und betraten eine Gasse. Er hauchte mit schwarzer, sich schnell zerfasernder Tinte ein unvorstellbares Grauen in die Gasse, sodass andere Menschen sie nicht betreten, ja, nicht einmal in sie hineinsehen wollten. Dann nahm er seine andere Gestalt an, die mit den langen spindeldürren Armen und Beinen, und hätte den Mann namens Anders mit zwei Schritten erreichen und ergreifen können, jedoch stieß er sich sein Gesicht und prallte zurück, als wäre er gegen eine Wand gelaufen. Er versuchte es wieder und wieder, weil er nicht glauben konnte, was geschah. Kurz zog er sich etwas zurück, suchte nach einem Grund der Abweisung, der Barriere. Dieser musste bei den beiden liegen, sie mussten irgendetwas in ihrem Besitz haben, das ihn bannen konnte. Er war entsetzt und wurde unkonzentiert. Seine Zwietracht ließ langsam nach, die beiden hörten auf zu streiten, sahen sich um, als spürten sie seine Anwesenheit und er zog seine langen Gliedmaßen zurück ins Zwielicht. Na sowas! Das war ihm noch nie passiert. Er musste umdenken und suchte sich erst einmal neue Opfer, um zu Kräften zu kommen.

Er folgte dem Fremden als Schatten. Nahm dessen Witterung auf und probierte immer wieder einmal einen Vorstoß, nur weil er es nicht glauben konnte, dass er den Geschichtenerzähler nicht erreichen konnte. Eine Barriere verweigerte ihm den Zugriff. Tagsüber, aber auch nachts, wenn der alte Mann schlief. Also musste er umdenken, musste erfahren, woher der Alte gekommen war, was ihn besonders machte. Er las seine Spur, wurde eins mit seinem Feind, seiner Losung, seinem Geruch, seinem Äther und schritt Stunde um Stunde zurück, folgte dem Odem, wie man den Träger eines verfliegenden Parfüms mit Blicken suchte. Der Schatten ließ sich durch nichts dabei ablenken und nahm sich die Zeit, die es brauchte. Schließlich hatte er Erfolg und landete vor den Toren Aarlunds, wo er eines der Portale fand, von denen die Wale im Norden sangen.

.

..

...

Der Schatten schwebte jetzt schon geraume Zeit im Nachthimmel und sah den Lichtern der tausenden und abertausenden Kutschen nach, die sich in rasender Geschwindigkeit bewegten, sodass die roten Lichter sich für ihn zu sich durch das Dunkel schlängelnde, leuchtende Strichen verwischten. Keine Geschichte hätte ihn jemals davon überzeugt, dass so etwas Wirklichkeit sein konnte. Er weinte. Aber nicht deswegen, sondern weil er seit langer Zeit zum ersten Mal so etwas wie Hoffnung für sich spürte. Und dann verbat er sie sich. Hoffen und Harren hielt manchen zum Narren. Und er hatte einen Auftrag auszuführen.

Die ätherische Essenz des Alten, seine Qualität als Geschichtenerzähler, das waren die Nuancen, die er wittern wollte, deren Fährte er aufnahm. Sie führten ihn an einen unglaublichen Ort. Nein, einen Hort sogar, einen Hort voll mit Büchern, einen Hort, um den Drachen, vor allem Buchdrachen, sich bis um den letzten Tropfen Blut bekämpft hätten. In früheren Zeiten in seiner Welt. Hier, in der Halle der Bücher, die in der Nacht verwaist war, wurde er gestaltlos. Ätherisch und seelengleich durchmaß er die Regale, liebkoste die Buchrücken, drang Seite um Seite, Wort für Wort vor und atmete mit jedem Buchstaben Geschichten ein, denn es war ihm ein Leichtes, die fremden Sprachen zu verstehen und zu lesen. Er erkannte, warum Anders so anders war, warum sein Ruf so schnell legendär geworden war, warum Jarika ihn intuitiv fürchtete Er ließ von all den Geschichten ab. Papier raschelte leise im Dunkeln, nachdem es aus seinen Griffen entlassen wurde, und er besann sich. Jetzt kannte er das Wesen des Fremden, wusste, warum er so viele gute Geschichten kannte. Weil er hier jahrelang ausgebildet worden war. Jahrzehntelang sogar. Er musste ein wahrer Meister sein, den man bedenkenlos in andere Welten schicken konnte. Was für eine Schwäche sollte ein solcher Meister haben? Konnte es überhaupt eine Schwäche für so jemanden geben? Der Schatten verbarg sich vor dem Licht, welches von der Straße durch die Fenster fiel, kauerte im Dunkeln und wusste um die Antwort. Er sackte in sich zusammen. Die Antwort war sicherlich er. Seine Boshaftigkeit sollte wieder einmal der Schlüssel sein. Der Meister des Geschichtenerzählens würde eine Schwäche haben und er musste sie aufspüren. Und würde sein Schicksal es wieder so tragisch mit ihm meinen wie seit je her, dann würde es auch ihn wieder unendlich quälen. Er schloss seine Augen und nahm Witterung nach der Schwäche des Meistergeschichtenerzählers auf, Witterung nach seiner … die Bücher flüsterten ihm ein Wort zu … Achillesferse. Und ja, danach wollte er suchen, nach der Achillesferse. Und diese Achillesferse hatte oft mit den Herzen der Menschen zu tun. Weil Menschen, selbst wenn sie oft unvorstellbar grausam zueinander waren, auch liebten. Liebten … dieses Wort hinterließ ein fernes Echo in ihm und spülte eine Erinnerung aus der Tiefe seines dunklen Seelenozeans an die Oberfläche. Er zitterte kurz und hatte eine Spur. Rasch verfolgte er sie.

Ulf hängte seinen Autoschlüssel an das Schlüsselbord und ging ins Wohnzimmer. Patricia lag auf dem Sofa und las ein Buch.

»Hey!«, begrüßte er sie. Sie zuckte zusammen.

»Hey!«, grüßte sie zurück und wollte aufstehen.

»Nein, nein! Bleib liegen, ja.« Er eilte zu ihr, legte sich neben sie und suchte mit seiner Hand nach ihrem Bauch. Sie lächelte und streichelte seinen Kopf.

»Ich sollte immer schwanger sein. So oft hast du noch nie meinen Bauch gekrault. – Sag mal, was denkst du, wie's deinem Vater geht, jetzt wo er umgezogen ist?«

Ulf musste überlegen. »Er wird alt«, sagte er. »Und er ist einsam. Ich finde dafür hält er sich ganz gut.« Er seufzte und Patricia zog seinen Kopf auf ihren Bauch. Er genoss die Wärme und die Zärtlichkeit einen Augenblick.

»Pat«, nannte er sie dann beim Kosenamen, wie immer, wenn es ihm wichtig war. »Versprich mir, wenn wir am Sonntag meinen Vater besuchen und du ihm beim Auspacken der Kisten hilftst, trägst du keine Kisten, ja? Nicht eine einzige! Das mache ich. Oder Anders. Aber nicht du!« Wieder lachte Patricia.

»Ein Kind zu erwarten ist wirklich toll. Übrigens, mein Tee ist alle.« Sie nickte zu ihrer Tasse, die auf der Fensterbank stand. »Soll ich arme, schwangere Frau etwa aufstehen und in die Küche gehen?« Ulf kniff seine Frau zärtlich in die Seite, erhob sich und ging in die Küche, um seiner Frau ein gehorsamer Diener zu sein.

Der Schatten hatte gedacht, seine magischen Kräfte mit gleicher Macht wie auf Karran auch hier einsetzen zu können, aber er hatte sich geirrt. Sofort, nachdem er die Halle der Bücher verlassen hatte, musste er erkennen, dass sich Magie hier nicht so wirken ließ, wie er es erhofft hatte. Allein die Suche nach der Achillesferse offenbarte ihm seine eigene: Er hatte einen großen Teil seiner Macht eingebüßt, war nicht der allmächtige Schatten, der schon allein aufgrund seines Rufes einen bösen Keim im Herzen und im Geist eines Menschen schaffen konnte, der ihm immer ein Schlüssel war für seine Magie. Er ging in seiner menschlichen Gestalt des Nachts über die Straße und … es waren Menschen unterwegs. Und niemand wich ihm aus, er wurde sogar angerempelt! Im Tempo einer Schnecke, so kam es ihm zumindest vor, musste er die Spur aufnehmen und sich als Mensch (!) auf die Suche machen. Zudem benötigte er jetzt eine Strategie. Er musste langfristiger planen und das, obwohl er nicht wusste, wie viel Zeit ihm blieb. Er schätzte, Zeit würde aber eine Rolle spielen – es sei denn, der große Geschichtenerzähler aus dieser Welt hätte das Tor hinter sich für immer verschlossen. Aber wer tat das schon? Solche Tore hinter sich verschließen? Das wäre töricht. Seine Strategie also. Er brauchte etwas Elementares. Magie wirkte überall, die Frage war nur immer, wie stark. Und als elementare Magie, die immer und überall wirkte, galt die Naturmagie. Mit ihr musste er sich seine Opfer holen, ihnen die Angst geben, die er für seinen Zauber benötigte. Und ihre Ängste musste er mit zurück nehmen in seine Welt, um sie Anders ansichtig werden zu lassen. Dann würde es sich herausstellen, ob er mit dieser sogenannten Achillesferse – diesen Begriff würde unbedingt auch mit hinübernehmen – richtig gelegen hatte.

Naturmagie? Wann hatte er sie zuletzt so elementar und einfach gewirkt? Das war lange her. Es erinnerte ihn an ein früheres Leben und während er durch die Nacht schritt, nistete sich ein weiteres Gefühl in seiner Brust ein. Lange brauchte er, um ein Wort dafür zu finden: Wehmut.

Patricia ging durch den Park, der ein ehemaliger, historischer Friedhof der Johanneskirche war, spazieren. Ihr Schwangerensportprogramm. So früh am Vormittag war hier wenig Betrieb. Vereinzelt hatten sich Sporttreibende in die gewachsenen Nischen in den Büschen und Bäumen zwischen die alten Gräber zurückgezogen. Yoga war zu dieser Uhrzeit der Trendsport. Es war warm, aber windig. Gelegentliche Böen rauschten mit Macht durch die Kronen der Bäume des alten Baumbestands. Sie ärgerte sich etwas darüber, dass Ulf jetzt seinem Vater sehr viel Zeit widmete, anstatt sich auf die Geburt seines Kindes vorzubereiten, aber ihre Freundinnen berichteten von ähnlichem Verhalten ihrer Partner. Erst wenn die Neugeborenen in der Welt waren, hatten ihre Partner beinahe hysterisch begonnen, sich auf das neue Leben einzustellen. Daher schluckte sie ihren Ärger hinunter und interpretierte ihren Groll damit, dass ihrem anthropologischen Wunsch, ein Nest zu bauen, noch nicht von Ulf entsprochen worden war. Sie strich sich über den Bauch und verzieh. Anders, Ulfs Vater, war sie ohnehin nicht böse, weil dieser niemandem zur Last fiel und eher eigenbrötlerisch lebte. Ulf war es, der die Nähe zu seinem Vater suchte und jetzt, wo er selbst Vater werden sollte, seine Anstrengungen aus ihrer Sicht verdoppelte. Eine Windböe erfasste eine Gruppe von Linden und die Blätter rauschten. Es hörte sich fast wie das Rauschen des Meeres an. Ein gut genährter, schwarzer Krähenvogel krächzte und Patricia schloss die Augen, um sich das Meer vor Augen zu rufen. Dorthin wollte sie unbedingt so schnell wie möglich nach der Geburt. Ein Familienausflug ans Meer. Sie blieb kurz stehen, hielt inne und atmete tief ein. Und wieder aus. Das Meer … sie öffnete wieder die Augen und schrie auf. Im Geäst, wo eben noch der Krähenvogel gehockt hatte, saß jetzt … ein Mann. Ein Mann ganz in schwarz mit übernatürlich langen und dünnen Extremitäten. Er saß dort wie ein Vogel, also mit seinem Po auf den Hacken, die Arme wie Flügel an seinen Oberkörper gelegt. Er grinste sie an. Dabei wurde sein Grinsen immer breiter. Es wirkte, als würden seine Lippen gleich reißen. Dahinter offenbarte sich sein Gebiss mit viel zu vielen Zähnen. Die Haut spannte sich straff, als hätte sie jemand hinter seinem Kopf mit einem festen Griff zusammengezogen. Patricia wich vor dem Wesen zurück, stolperte und ruderte mit den Armen. Etwas packte sie von hinten, sie schlug um sich und traf etwas. Jemand stöhnte, sie fuhr herum und sah einen älteren Jogger vor sich, der jetzt in die Knie ging und sich krümmte. Sie warf ihren Blick zu den Bäumen, immer noch auf dem Sprung, um sich und ihr Baby in Sicherheit zu bringen und erstarrte. Ein Krähenvogel saß dort im Baum. Nicht mehr. Wieder krächzte dieser, dann breitete er seine Flügel aus, hob ab und verschwand hinter den Bäumen. Patricia schluckte trocken und wandte sich dem Mann zu, den sie aus Angst, weil sie sich bedroht fühlte, geschlagen hatte.

»Oh, nein, entschuldigen Sie bitte!« An seiner Miene erkannte sie, dass sie sich würde erklären müssen. Wie denn bloß? Sie konnte es sich selbst nicht erklären. Sie spürte nur, dass sich Angst in ihr eingenistet hatte.

Der Schatten flog als große Krähe von ihr davon und glaubte, sein erstes Ziel erreicht zu haben. Angst säen. Das alte Schlüssel-Schloss-Prinzip. Die Angst würde ihn einlassen, um sich dann zu nehmen, was er verlangte, um zu zerstören. Die Gestalt des Vogels hatte er gewählt, weil er so schneller große Distanzen überbrücken konnte. Bisher hatte er es noch nicht geschafft, diese Autos selbst zu steuern. Jedes Mal starben seine Lehrer, bevor er das Wissen vollumfänglich aufgenommen hatte. Er war zu ungeduldig mit ihnen, diese Welt ihm zu fremd. Wieder krächzte er aus einem mehrdimensionalen Impuls heraus und suchte sich sein nächstes Ziel: den Ehemann und Vater des Kindes. Ihm würde er jetzt die Botschaft überbringen, dass er die Angst in seine Frau eingepflanzt hatte, denn sie war der Schlüssel zu ihm. Denn ihn benötigte er am allermeisten für seinen Plan. In der Halle der Bücher hatte er von Menschen aus dieser Welt gelesen, die die Tiere vor dem Schlachten quälten, damit deren Fleisch besser schmeckte. Das war ihm neu, entsprach aber im Grunde seiner Herangehensweise. Er stellte fest, dass er von den Menschen hier auch lernen konnte. Wieder krächzte er, dieses Mal aus Vorfreude. Seine magischen Mittel hier waren zwar begrenzt, aber es sollte für die Umsetzung seiner Ziele ausreichen …

Der Schatten fluchte. Was war denn jetzt passiert?, fragte er sich. Ulf, der Sohn, stürmte ihm gerade von dem Ort entgegen, an dem er normalerweise regelmäßig bis zum späten Nachmittag verblieb. Und ausgerechnet heute verschwand er früher von diesem Ort. Und schlimmer noch. Ulf hielt sich ein flaches, rechteckiges Kästchen ans Ohr, während er dort hinlief, wo die großen Autos hielten, um viele Menschen in sich aufzunehmen. Der Schatten hörte, wie Ulf gerade jetzt mit jemandem über die Begegnung mit einem Menschen in einem Baum sprach. Der Schatten musste aus Frust auf dem Dach eines kleinen Häuschens landen, wo Menschen diese anderen Bücher, schmale und bunte, kauften und krächzte und krächzte. Er musste darauf achten, dass die Natur des Tieres ihn nicht übermannte. Trotzdem folgte er hüpfend und fliegend dem Sohn des Geschichtenerzählers. Er ärgerte sich darüber, dass er diese Kästchen unterschätzt hatte, die beinahe jeder Mensch mit sich führte und fast immer nutzte. Was sollte er jetzt machen? Er musste sich jetzt dem Mann irgendwie zeigen, sonst würde er Gefahr laufen, dass der große Zauber, den er webte, nicht funktionieren würde. Er krächzte und flatterte und suchte nach einer Möglichkeit, aber überall waren Menschen und Ulf lief fast, sodass er Mühe hatte, ihm zu folgen. Weiter vor ihm wartete schon der Unterstand, wo die Menschen auf das große Auto warteten. Hinter sich sah er schon eines der großen Autos heranfahren.

Das half ihm, seine Panik zu unterdrücken. Das große Auto fuhr an ihm vorbei, hielt an. Aus den drei Türen an der Seite strömten Menschen heraus, danach stiegen die Wartenden ein. Ulf lief jetzt tatsächlich und der Schatten flog schnell das letzte Stück hinterher. Es stand niemand mehr an den geöffneten Türen, Ulf stieg in die hinterste ein Der Schatten landete vor der Tür, atmete tief durch, verwandelte sich in einen Menschen und folgte Ulf. Jetzt wusste er, wie er das neue Gefühl nennen konnte, das sich in ihm ausbreitete. Es nannte sich Leben. Er erlebte ein Abenteuer. Das war ihm von früher bekannt.

»Ja, Schatz, ich muss jetzt Schluss machen, ich bin im Bus. Bis gleich … ja, ich liebe dich auch! Das wird schon alles gut werden.« Ulf drückte das Gespräch mit Pat weg und steuerte auf einen Sitzplatz ganz hinten im Bus zu. Die letzte Reihe war frei, der Bus selbst war um diese Zeit noch nicht einmal halbvoll. Er ließ sich auf den Sitzplatz fallen, steckte sein Handy in seine Jackettasche und rieb sich das Kinn. Er hatte Angst um Pat. Um sie und um das Baby. Zum Glück war sie in Sicherheit. Und der Jogger, der ihr helfen wollte, war auch wieder wohlauf. Ulf grinste bei dem Gedanken, wie sie ihn niedergestreckt hatte. Das erschien ihm bei aller Brisanz zulässig, denn auch Pat hatte über diese Anekdote schon wieder lachen müssen. Jemand setzte sich neben ihn. Ulf sah aus dem Fenster und wollte nachdenken, aber neben sich spürte er auf einmal … Kälte. Er schauderte und wandte langsam den Kopf. So etwas war ihm noch nie passiert, dass er von solcher Angst erfasst wurde, weil sich jemand zu ihm setzte. Zumal es keine offensichtlichen Anzeichen für Sorge gab. Der andere Fahrgast hatte vorab nicht gepöbelt, es handelte sich nicht um Gruppe von lautstarken Spätpubertierenden, er roch keinen Alkohol. Das waren in seinem Alltag normalerweise Indikatoren für Gefahr. Er zögerte. Aus Angst. Dann erfasste sein Blick langsam seinen Sitznachbarn. Aus den Augenwinkeln nahm er wahr, wie sich eine Frau eine Reihe vor ihm umsetzte. Dann erfasste er die Person neben sich. Ein älterer, sehr hagerer Mann mit sehr langen Extremitäten, der ihn aufdringlich angrinste. Ulf fürchtete sich vor ihm. Warum, konnte er sich nicht erklären. Er suchte nach einem Ausweg, erhob sich und wollte wie die Frau seinen Platz wechseln.

»Bleib bitte sitzen«, sagte der Mann. Er lächelte von einem bis zum anderen Ohr und auch, wenn Ulf sich der Bitte widersetzen wollte, sank er zurück auf seinen Platz. Der Mann beugte sich etwas vor. Er sprach sehr leise, es war nur ein Wispern. »Ich hätte eine Frage: Hast du jetzt Angst?« Ulf nickte wie unter Zwang. Eigentlich hatte er gar nicht auf die Frage eingehen wollen. Vielmehr wollte er um Hilfe rufen, aus dem Bus springen, alles dafür tun, um von diesem … Wesen fortzukommen. Das Grinsen des Anderen wurde noch breiter. Ulf befiel der irrationale Gedanke, dass der Mann sich gleich selbst verschlang. Ein Gedanke, der ihm weitere Angst bescherte, zumal er beunruhigende Bilder, die sich vor seinem inneren Auge abspielten (Würmer, die sich in rohes Fleisch vergruben, eine Spinne, die sich aus lockerem Erdreich wühlte ...) nicht ausschalten konnte. »Das ist gut«, sagte der spindeldürre Mann mit den langen Armen und Beinen. »Jetzt spuck sie aus!«, forderte er Ulf auf. Ulf starrte den Fremden mit aufgerissenen Augen an, verstand nicht. Dann kroch etwas aus seinem Leib den Rachen nach oben. Er musste würgen. Der Fremde beugte sich vor, kam ihm ganz nahe und formte direkt vor seinem Mund mit beiden Händen einen Kelch. Ulf hustete, würgte und spie etwas aus. Der Mann fing es auf und hielt es hoch. Überraschung zeigte sich in seinem Gesicht, tatsächlich konnte er, obwohl die Gesichtshaut schon zum Zerreißen gespannt aussah, auch noch seine Augenbraun heben. »Eine Nuss«, flüsterte er und hielt eine Nuss von der Größe einer Walnuss hoch, die aber der Form und dem Aussehen nach eher einer Haselnuss ähnelte.

Der Schatten hatte anderes erwartet, sogenannte Tränensteine vielleicht, oder Albtraumkristalle, aber eine Nuss ... das war sonderbar und er konnte es nicht deuten. Er fuhr mit der Handinnenfläche einmal über das Gesicht von Ulf und verließ beim nächsten Halt den Bus. Ulf hingegen kam erst zwei Stationen später wieder in dem Glauben zu sich, eingeschlafen zu sein. Er meinte von Spinnen, menschengroßen Spinnen mit dürren Beinen geträumt zu haben.

Später.

Der Schatten stand in der Nacht vor dem Haus, wo der Sohn des Geschichtenerzählers mit seiner Frau lebte. Er warf die Nuss in die Luft und fing sie wieder auf. Noch war es eine hohle Nuss. Die Frucht war noch nicht zwischen den beiden Schalendeckeln gereift. Heute Nacht würde es hoffentlich so weit sein. Er sah hoch zum Mond und spürte so etwas wie ... Trauer. Trauer darüber, dass er so böse Dinge tun musste.

Im Schatten der Bäume im Garten wechselte er seine Gestalt. Um in Häuser hineinzugelangen, empfahl es sich nach seiner Erfahrung, die Gestalt eines Nagetiers anzunehmen. In ihr verschwand er in die Schatten, suchte nach einem Zugang und fand diesen in einem Kellerfenster, wo sich schon andere Nager abgehmüht, hatten. Kaum, dass er unbemerkt ins Haus gelangt war, nahm er wieder seine menschliche Gestalt an und wartete noch etwas im Keller. Er schickte seine Aura auf Reisen. Er musste Geduld haben, er wollte, dass die Angst das Fleisch leckerer machte. Er lachte hohl auf bei dem Gedanken. Nein, sein Warten hatte vielmehr den Grund, dass er sich seiner Ausstrahlung durchaus bewusst war. Menschen konnten seine Präsenz auch auf eine gewisse Entfernung spüren und wenn sie schliefen, so schliefen sie unruhig und wachten gelegentlich auf. Das wollte er abwarten.

Er stand im Keller auf dem Treppenabsatz und spürte den Schwingungen im Dunkeln nach. Dann stieg er mit weiten Schritten die Treppe hinauf, drückte die Tür zum Schlafzimmer auf und verharrte dort wieder eine Weile. Sog den Duft der Schlafenden ein. Der Mann hielt seine Frau in seinen Armen fest. Es sah friedlich und nach … Liebe aus. Der Schatten stellte sich das dritte Herz vor, das kleine, das unter ihrer Brust schlug und welches Glück es hatte, zu Eltern zu kommen, die sich auf es freuten. Es hätte so schön sein können.

Er hörte sich selbst seufzen und erschrak dabei. Erinnerte sich wieder an seinen Auftrag und schlich zum Bett der Liebenden. Dort wartete er wieder einen Augenblick, drückte noch einmal die Nuss in seiner Hand und verstaute sie anschließend in einer Tasche. Jetzt galt es. Wie eine Farbenechse aus den Dschungeln Askanas verschmolz er mit dem Hintergrund und ebenso wie die Echse näherte er sich seinem Ziel. Seine langen Gliedmaßen verharrten lange in der Luft, ehe er sich ruckartig Stück für Stück vorschob. Auf das Bett. Und dort trieb er geduldig einen

Keil, nämlich sich, zwischen das Paar. Dann kroch er auf die Frau, sodass er direkt über ihr verharrte und senkte seinen Kopf langsam so tief, dass er ihren Atem roch, ihre Wärme spürte, den Rhythmus ihres Herzschlags, den des ungeborenen Kindes und sein Werk begann.

Er öffnete seinen großen, großen Mund. Schwarze Fäden strömten wie dickflüssige Tinte aus ihm hervor, zitterten, als würden sie eine Witterung aufnehmen. Der Schatten schloss seine Augen, die Fäden suchten sich ihren Weg und drangen in die Frau mit Namen Patricia ein. Suchten ihr Herz, suchten ihren Geist und lähmten.

Lähmten.

Lähmten.

Mit einem Schlag stieß er den Sohn des legendären Geschichtenerzählers an, der sofort herumfuhr.

»Ja?«, sagte dieser. Die Verwirrung über seinen magischen Tiefschlaf stand ihm ins Gesicht geschrieben. Der Schatten lächelte.

»Verzeihung. Ich bin es schon wieder«, flüsterte er, umfasste die Nuss und spürte in ihrem Leib zwischen den beiden harten Schalen die Frucht wachsen. Er umschloss sie in seiner Faust, stützte sich darauf ab und legte sich den Zeigefinger der anderen Hand an seine Lippen. »Psst, wir wollen doch nicht, dass jemand in seiner Nachtruhe gestört wird.« Ulf war damit zum Schweigen gezwungen. Nicht nur das. Er konnte sich auch nicht rühren, musste ertragen, wie dieses Ding über Pat hockte. »Deine Frau ist jetzt schlaftot.« Der Schatten hockte sich jetzt auf die werdende Mutter auf, hielt Ulf die Nuss vor das Gesicht und drückte sie ihm gegen die Brust. »Sieh mich an!«, forderte der Schatten den Paralysierten auf. Dessen Kopf ruckte hoch, fixierte die Augen des Schattens, die nun in der Dunkelheit irisierten. Der Schatten brachte die Nuss zwischen ihre beiden Gesichter. »Dein Vater! Denke an ihn. Denke an Anders. Er und nur er kann deine Frau, deine Liebste retten. Wenn er nicht macht, was ich von ihm verlange, dann sind deine Frau und dein Kind tot!« Der Schatten spie den letzten Satz, dass er sich wie ätzende Säure in den Geist und das Herz des Sohnes fraß. Anschließend entließ er ihn nur bedingt aus seiner Kontrolle. Nur das Gesicht sollte eine offene und ehrliche Reaktion zeigen. Und das tat es. Ulfs Augen weiteten sich vor Schreck. Entsetzen und Wut gruben sich in seine Züge und entstellten das Antlitz des Mannes. Gut so, sehr gut. Die Nuss füllte sich und der Schatten nickte. Mit einem Fingerschnippen, das sich anhörte, als würden unterarmdicke Spinnenbeine zusammenstoßen, beendete er seinen Zauber. Ulf sank zurück ins Bett, fiel in einen tiefen und doch unruhigen Schlaf. Und er würde sich an nichts erinnern. Der Schatten verweilte noch. Er hatte, was er brauchte. Die Achillesferse. Alles war gut. Oder auch nicht. Er konnte sich die Tränen nicht erklären, die jetzt ohne Unterlass über sein Gesicht liefen, also stand er auf und ging.

Ulf wachte auf. Samstag. Heute wollte er seinem Vater beim Einrichten der Wohnung helfen. »Mannomann, hab ich schlecht geschlafen«, stöhnte er und drehte sich zu Pat. Sie reagierte nicht und er strich ihr eine Locke aus dem Gesicht. Normalerweise war Pat am Wochenende immer früher wach als er. Meistens fand er sie mit einer Tasse Kaffee, jetzt während der Schwangerschaft natürlich Tee, auf dem Sofa im Wohnzimmer vor. »Du musst heute auch nicht viel helfen, Pat«, flüsterte er. Sie reagierte immer noch nicht.

»Pat?«

Er streichelte ihre Wange.

»Pa-at?«

Er stieß sanft ihren Oberarm.

Panik! »Pat!« Er nahm ihr Gesicht in seine Hände, beugte sich über sie, schlug ihr leicht mit der rechten Hand auf die linke Wange. Rief ihren Namen.

Nichts.

Ulf raufte sich die Haare. Stand auf. »Bleib ruhig jetzt, ganz ruhig jetzt! Sie atmet. Immerhin. Sie atmet! Was jetzt? Du musst einen Rettungswagen rufen. Ja, genau. Sofort.« Er lief zum Telefon und wählte die 11 … ja, was denn nun? Er wählte die 112 und hoffte, die richtige Nummer im Kopf zu haben.

Draußen im Garten erhob sich ein sehr großer Krähenvogel von seinem Ast, breitete seine schwarzen Schwingen aus und flog davon. Hätte man ihn aus der Nähe beobachtet, hätte man denken können, der Vogel weinte.

# SECHSTES KAPITEL

## Alessandra Reß

Anders isst Knollen und lernt über verschiedene Arten des Geschichtenerzählens. Eine Warnung reist durch Welten. Eine Nuss erhält eine Bedeutung, und ein Märchen über zwei Schwestern bringt einen neuen Schatten hervor.

Anders verzog das Gesicht.

»Trifft die Pfandknolle nicht deinen Geschmack?«, fragte Aëlis mit Unschuldsmiene.

»Bist du dir sicher, dass uns Simmie nicht vergiften möchte?«, konterte Anders.

Aëlis lachte, wurde aber plötzlich ernst. »Nach dem, was in der *Harpune* geschehen ist, halte ich das nicht für abwegig. Aber warum hätte er uns dann helfen sollen?« Nachdenklich schaute sie vor sich auf den Tisch, doch dann kehrte ihr Lächeln zurück. »Pfandknollen sind allgemein nicht für ihren angenehmen Geschmack bekannt. Aber sie sind nahrhaft und anspruchslos. Sagt dir die Geschichte vom Knollenkönig etwas?«

Anders schüttelte den Kopf.

»Es war eine der bekanntesten Geschichten von Callis Silberzunge«, erzählte Aëlis. »Sie erfand sie in einem der kältesten Winter, die Karran je gesehen hatte. Das Korn war längst verbraucht und die Menschen hatten kaum mehr Nahrung. Doch nachdem Callis die Geschichte vom Knollenkönig erzählt hatte, entdeckten die Menschen auf einmal die Pfandknollen, die unter der Schneedecke nur darauf zu warten schienen, dass sie ausgegraben und zubereitet wurden. Wer weiß, wo wir heute wären, wenn Callis damals nicht diese Geschichte erzählt hätte …«

»Warte.« Anders legte seine angebissene Knolle auf den Tisch zurück. »Willst du damit sagen, Callis hätte Nahrung … herbeierzählt?«

Aëlis zuckte mit den Schultern. »Wie ich dir schon sagte, die bekanntesten Erzähler hatten die Gabe, ihre Geschichten Wirklichkeit werden zu lassen. Es mag aber auch sein, dass die Knollen schon immer da waren und es nur eine der vielen Sagen ist, die sich um Callis Silberzunge ranken.«

»Bestimmt«, entgegnete Anders. »Ansonsten würde ich gerne mal ein ernstes Wort mit dieser Callis reden, warum sie die Knollen nicht etwas genießbarer beschrieben hat.«

Aëlis lachte. »Callis lebt schon lange nicht mehr.« Sie seufzte. »Die Glückliche hat nicht mehr erlebt, wie ihre Zunft in Ungnade fiel. Einer ihrer Enkel aber, Olphan der Visionär, war ebenfalls ein berühmter Erzähler. Er war einer der Ersten, die verschwanden, als Jarika an die Macht kam. Dabei sollen Olphans Geschichten sogar bei Jarikas Vater, dem König, auf Gefallen gestoßen sein, obwohl er die anderen Erzähler so verachtete. Aber vor Jarikas Zorn war auch Olphan nicht sicher.«

»Ich dachte, Jarika hätte den Erzählern nur die Zungen herausgeschnitten? Nicht dass das nicht schon genug wäre …«

»Im ersten Jahr von Jarikas Regentschaft verschwanden mehrere Erzähler spurlos«, sagte Aëlis leise. »Vielleicht wurden sie eingekerkert, vielleicht hingerichtet. Oder sie waren schlau genug, rechtzeitig zu fliehen. Auch Boss Alfgard gelang es eine Zeitlang, unterzutauchen.«

Sie fuhr zusammen, als eine Tür knarrte. Anders drehte sich alarmiert zu der Hühnerleiter in seinem Rücken, entspannte sich aber wieder, als er einen vertrauten schlurfenden Schritt von unten hörte. Kurz darauf erschien Simmies Lockenkopf auf der Leiter.

Anders beobachtete unschlüssig den jungen Mann, der zu ihnen auf die Empore kletterte. Richtig schlau wurde er nicht aus ihm. Nachdem er Alfgards Hofstaat auf sie gehetzt hatte, waren Anders und Aëlis stundenlang durch die Gassen geirrt. Plötzlich war Simmie dann wie ein Geist vor ihnen aufgetaucht und hatte Anders schweigsam und mit ängstlichem Blick die Nuss zurückgegeben. Und als Anders und Aëlis beinahe der Stadtwache in die Arme gelaufen wären, war Simmie erneut erschienen und hatte sie in diese Wohnung gelotst. Es widerstrebte Anders, dem – ja, was war Simmie eigentlich gewesen, Alfgards Hofnarr? Sein Schützling, sein Liebhaber? Jedenfalls fiel es Anders schwer, ihm zu vertrauen, aber welche Alternative hatte er? Aëlis hatte zwar herumgetönt, wie viele Verbündete sie in der Stadt hätte, aber je länger sie ohne Hilfe durch die Gassen geeilt waren, desto kleinlauter war sie geworden.

Unwillkürlich umfasste Anders die Nuss, die auf dem Tisch zwischen ihm und Aëlis lag. Sie schien in seiner Hand zu pulsieren, als sei in ihr ein Zauber gefangen, der nach außen strömen wollte … Anders schüttelte den Kopf. Jetzt ließ er sich schon von seinen eigenen Geschichten einnehmen! Wahrscheinlich war es nur Anders' eigener Puls, den er wahrnahm. Dennoch fand er es seltsam beruhigend, die Nuss in seiner Faust zu spüren. Während er durch die Gassen geirrt war, war er mehr als einmal der Verzweiflung nahe gewesen. Aber kaum hatte Simmie ihm die Nuss gebracht, war neue Zuversicht in ihm gewachsen. Die Nuss erinnerte ihn daran, woher er kam. Und dass das alles ein irrwitziges Abenteuer war, das er doch nicht ohne Grund angetreten hatte.

»Benötigt ihr noch etwas?«, fragte Simmie schüchtern. Mit dem frechen Burschen vom Untergrundmarkt hatte er nur mehr wenig gemein. Unruhig huschte sein Blick zwischen Anders und Aëlis hin und her, wobei es ihm schwer zu fallen schien, die beiden direkt anzusehen.

Seine Augen waren ganz rot. Offenbar war Alfgard für ihn wirklich mehr als ein Boss gewesen.

»Wir sind versorgt«, entgegnete Aëlis. »Anders lernt gerade die Vorzüge von Pfandknollen zu schätzen.« Sie grinste, doch Anders war nicht nach Scherzen zumute.

»Warum hilfst du uns?«, fragte Anders geradeaus. »Erst hetzt du uns die gesamte Unterwelt auf den Hals und jetzt versteckst du uns und bringst uns zu essen. Warum?« Misstrauisch musterte er Simmie, der unter seinem Blick einen Kopf kleiner zu werden schien.

Anders runzelte die Stirn, verwirrt über seine Wirkung auf den Jungen. Was erwartete er, dass Anders den Tod persönlich her zitierte? Nun, vielleicht rechnete er tatsächlich genau damit.

»Ich wollte niemanden auf euch hetzen«, flüsterte Simmie. »Erst als euch die Leute nachgelaufen sind, wurde mir klar, was ich angerichtet habe. Es tut mir leid.«

Er schaute so betreten drein, dass Anders es nicht übers Herz brachte, ihn zu tadeln. »Hm, na ja, schon gut, ich schätze, du warst in einer Ausnahmesituation«, brummte er daher nur. »War Alfgard«, er zögerte, »ein Freund von dir?«

Nun hob Simmie doch den Kopf. »Ein Freund?«, flüsterte er. »Viel mehr als das. Er hat mich gelehrt, Geschichten zu erzählen, ihre Schwachpunkte zu erkennen und sie zu beeinflussen. Und vor allem hat er mir ein Zuhause gegeben.«

Einen Moment lang war es still in der kleinen Kammer. Dann räusperte sich Anders. »Aëlis, vielleicht ist es besser, wenn ich nach Hause zurückkehre.«

Aëlis hob ruckartig den Kopf. »Was?«

»Ich weiß, du setzt … gewisse Hoffnungen in mich.« Anders dachte daran, wie sie ihn mit glänzenden Augen als die Person bezeichnet hatte, die Karran den nötigen Wandel bringen sollte. Zu viel der Ehre! »Aber ich habe den Eindruck, hier eher für Chaos zu sorgen. Du sagst, ich könnte die Veränderung bringen, die dieses Land nötig hat, aber bisher habe ich nur den Tod in eure Welt gebracht – wortwörtlich!«

Aëlis verzog das Gesicht. »Du behauptest wieder, Airin gesehen zu haben?«

»Ich behaupte das nicht nur«, entgegnete Anders. Innerlich ärgerte er sich über seine Begleiterin. Einerseits betrachtete sie ihn als den großen Geschichtenerzähler, andererseits schien sie nicht recht gewillt, ihm zu glauben, was er sah.

»Ich habe sie auch gesehen«, kam Simmie ihm zu Hilfe. »Sie hat Anders' Geschichten gelauscht und Alfgard mit sich genommen.« Er schluckte.

»Hm.« Einen Moment lang sah Aëlis noch skeptisch aus, aber dann hellte sich ihr Gesicht auf. »Wenn das wahr ist, dann ist es ein gutes Zeichen.« Da war es wieder, dieses Glänzen in ihren Augen. »Überleg doch mal, Anders, wenn du wirklich Dinge und Wesen herbeierzählen kannst … dann können deine Geschichten für unsere Zeit das sein, was Callis' Knollen in jenem Winter vor hundert Jahren waren – die Rettung!«

»Nun werd mal nicht pathetisch«, gab Anders grummelnd von sich. Im Kerzenschein sahen die anderen beiden hoffentlich nicht, wie rot er geworden war. »Du übersiehst etwas: Ich habe vielleicht den Tod herbeierzählt, aber lenken kann ich ihn – oder sie – nicht. Ich kann ihn nicht einfach dieser Jarika auf den Hals hetzen, falls es das ist, was du willst. Und ich weiß auch nicht, ob ich das wollen würde. Mit großer Macht und so …« Er hielt vielsagend inne, aber die beiden anderen schauten ihn nur verwirrt an. Er seufzte. »Was ich sagen will, ist: Mir ist diese ganze Sache nicht geheuer. Was, wenn ich eine Geschichte von einem Drachen erzähle und plötzlich erscheint so eine Riesenechse am Himmel?«

»Vielleicht ist das dann die Riesenechse, die uns von Jarikas Joch befreit!«, rief Aëlis und sprang auf Aufregung auf.

Anders seufzte erneut. Sein Argument schien die junge Frau nicht zu erreichen.

Er senkte den Blick. Wenn er ehrlich war, gab es noch einen anderen Grund, weshalb er unsicher war, ob er weiter in Karran verbleiben sollte. Ja, noch vor wenigen Stunden hatte er geglaubt, dass genau das seine Bestimmung war. Dass hier sein Schicksal lag, er dazu auserwählt war, auf Fässern zu stehen und die Leute in seinen Bann zu ziehen. Aber kurz danach war die halbe Stadt mit Mistgabeln hinter ihm hergelaufen. Was, wenn einmal nicht Simmie im richtigen Moment um die Ecke bog? Was, wenn eine der Mistgabeln ihr Ziel fand? Anders schluckte. Es war nicht so sehr der Tod, den er fürchtete – er schien hier ja eine recht freundliche Gesellin zu sein. Was er aber fürchtete, war, zu sterben und festzustellen, dass er in dieser Welt nicht mit Anja und den anderen Verstorbenen aus seiner Welt vereint werden konnte. Doch das wollte er nicht aussprechen. Es kam ihm albern vor, und er wusste nicht, ob diese jungen Menschen ihn verstehen würden.

»In früheren Zeiten«, sagte Simmie leise, »als die Erzähler noch angesehen und überall gern gesehen waren, da waren sie in verschiedene Schulen unterteilt. Am mächtigsten waren die Fabulierenden wie Callis Silberzunge, die die Welt bereichert haben. Aber daneben gab es noch die Formenden, die es vermocht haben, die Geschichten anderer zu verändern. Und dann gab es die Lenkenden, die aus den Geschichten Netze gesponnen haben, die weit in die Wirklichkeit hineingeragt haben.«

Aëlis rollte mit den Augen. »Gelehrtengerede.«

»Das ist kein Gerede!«, verteidigte sich Simmie.

»Ja ja.« Aëlis machte eine wegwerfende Handbewegung. »Ich weiß. Als ich jünger war, haben noch mehr Leute davon berichtet. Aber auch wenn ich mir wünschte, dass es noch mehr Erzähler gäbe – dieses Aufteilen in Gruppen vermisse ich wirklich nicht.«

»Das sagst du nur, weil du eine Formende bist«, entgegnete Simmie und schürzte die Lippen.

»Sagt wer?«, fauchte Aëlis.

»Jeder, der sich auskennt«, konterte Simmie unbeeindruckt. Er wandte sich an Anders. »Die Formenden sind nicht so angesehen, musst du wissen. Es fällt ihnen schwer, sich eigene Geschichten auszudenken. Stattdessen nehmen sie, was schon da ist, und erzählen es um. Deshalb hat Aëlis sich hier keine Freunde gemacht. Ständig hat sie Alfgards alte Geschichten verändert …«

Aëlis sah aus, als wollte sie Simmie einen Kopf kleiner machen. Anders aber lachte. »Aëlis, wenn das wahr ist, hättest du in Hollywood sicher Erfolg.«

Aëlis hörte auf, Simmie mit finsteren Blicken zu traktieren und sah Anders an. »Hollywood?«, fragte sie langsam. »Ich glaube, ich habe davon gelesen … ein Ort in deiner Welt, nicht wahr?«

Anders nickte. »Kommst du deshalb in meine Welt? Weil du keine eigenen Geschichten erfinden kannst?«

Im ersten Moment sah es aus, als wollte Aëlis widersprechen. Dann aber nickte sie widerwillig. »Nicht nur, aber auch. Doch ich stehle niemandem etwas«, sagte sie. »Die alten Geschichten bleiben ja dennoch bestehen. Ich … denke sie nur weiter. Oder stelle sie um.« Sie wandte sich wieder Simmie zu. »Und du?«, fragte sie unfreundlich. »Lass mich raten – so poetisch, wie du sie umschrieben hast, siehst du dich als Lenkenden?«

»Gewiss«, antwortete Simmie stolz. »Ich bringe die anderen Erzähler dazu, ihre Geschichten anzupassen, wenn sie einen Zweck erfüllen sollen.«

»Wie zum Beispiel, eine Prinzipalin zu stürzen?«, fragte Anders langsam.

Darauf schwiegen die anderen beiden. Simmie wirkte eingeschüchtert angesichts der Verantwortung, die er sich gerade selbst aufgebürdet hatte. Aëlis hingegen sah aus, als hätte sie in eine besonders unangenehme Pfandknolle gebissen.

»Ich halte nicht viel von diesen Einteilungen«, sagte sie schließlich widerwillig. »Aber vielleicht können wir dir tatsächlich helfen, deine Geschichten … anzupassen. Allerdings solltest du wissen, dass Simmie alles andere als ein Meister ist.«

»Und du solltest wissen, dass wenn Aëlis sich deiner Geschichte von der jungen Airin annimmt, der Tod hier bald noch ganz anders wüsten könnte«, ergänzte Simmie, und einen Moment lang blitzte wieder der freche Mann auf, als den Anders ihn zuerst kennengelernt hatte.

Aëlis rieb sich die Augen. »Es ist schon spät«, sagte sie. »Und der Tag war ziemlich anstrengend. Wir sollten uns erst mal hinlegen und ein paar Stunden schlafen. Morgen können wir überlegen, wie wir Ordnung in alles bekommen.«

Simmie aber musterte Anders. »Stimmt es also?«, fragte er. »Bist du wirklich aus der anderen Welt?«

»Ich – ja.« Anders hatte nicht daran gedacht, dass der junge Mann darin noch nicht eingeweiht war. Er schien jedoch nicht besonders überrascht.

»Das erklärt vieles«, sagte Simmie und nickte.

»So? Zum Beispiel?« Anders dachte daran, wie er fast nackt auf dem Markt aufgetaucht war.

Aber Simmie zeigte auf seine Faust. »Die Nuss. Sie ist anders.« Er musterte Anders. »Behalt sie bei dir. Gib sie nicht mehr als Pfand her. Und – denk daran, ihre Geschichte zu Ende zu erzählen. Aber es muss auf die richtige Art sein.«

Anders wälzte sich mit schmerzender Schulter auf seinem Lager hin und her. Simmie hatte sich Mühe gegeben, es ihm gemütlich zu machen, aber Anders merkte doch, dass er nicht mehr der Jüngste war und seine Welt Karran in Sachen Matratzenkomfort um einiges voraus war. Und sobald es ihm doch einmal gelang, in Schlaf zu fallen, ließen ihn Trugbilder von flüsternden Schatten wieder aufschrecken.

»Reise in die Hauptstadt«, flüsterte einer dieser Schatten. »Oder sie ist verloren …« Im Traum meinte Anders zu sehen, wie der Schatten auf eine Gestalt wies, aber ehe er sie klar erkennen konnte, schreckte er einmal mehr auf.

Schweißgebadet lauschte er seinem eigenen Atem und starrte in die Dunkelheit. Bei ihm im Haus war es nie so dunkel gewesen. Die Straßenlaternen hatten des Nachts durch die Vorhänge geschienen, die Anja immer ein Stück offengelassen hatte, um morgens von der Sonne geweckt werden zu können. Als sie gestorben war, hatte Anders diese Gewohnheit beibehalten.

Hier aber gab es keine Straßenlaternen und selbst wenn, so hätten sie die fensterlose Empore kaum erreicht. Nur sehr vage konnte Anders die Konturen des Lagers neben ihm ausmachen, auf dem mit leicht pfeifendem Atem Aëlis schlief.

Gerade wollte Anders einen neuen Versuch starten, Ruhe zu finden, als er in einer Ecke eine Bewegung gewahrte. Im ersten Moment wollte es auf seine überreizten Sinne schieben, doch da flammte in der Ecke etwas auf.

Anders entfuhr ein erstickter Schrei und er warf einen Blick auf Aëlis, die ungestört weiterschlummerte. Er wollte aufstehen und sie wecken, doch als er wieder in die Ecke sah, in der die Gestalt wartete, konnte er diese nur gebannt anstarren.

Eine Person in Schwarz stand da, den Körper von einem sanften Schimmer umgeben. Im ersten Moment fürchtete Anders, der Tod sei wiedergekehrt. Wen würde er dieses Mal mit sich nehmen? Doch als er die Gestalt genauer betrachtete, sah er, dass es ein Mann war, der dort stand. Und nicht irgendeiner.

Es war Ulf.

Nur sah er ganz anders aus, als Anders ihn in Erinnerung hatte. Sicher, der Mann da in der Ecke trug die Züge seines Sohnes. Doch seine Haut war so bleich und blutleer, dass Anders erneut überlegte, ob der Tod zu ihm gekommen war. Anders als Airin bewegte sich Ulf aber nicht. Reglos stand er in der Ecke, die Augen geschlossen und mehr an eine Wachsfigur erinnernd denn an ein lebendes Wesen.

Anders schluckte. Unwillkürlich griff er nach der Nuss, die sofort gegen seine Haut pochte.

»Ulf …«

Er stand auf, die Nuss in der geschlossenen Faust. Eine kleine Stimme in seinem Kopf herrschte ihn an, dass er fliehen oder wenigstens Aëlis und Simmie wecken sollte, doch er konnte den Blick nicht von der Gestalt seines Sohnes nehmen.

Er ging auf sie zu, und da öffnete sie die Lider.

Anders zuckte zurück. Ulfs Augen waren zwei schwarze Schlünde, die Anders unbarmherzig in ihren Bann zogen. »Du musst in die Hauptstadt«, sagte Ulf, doch in seine eigene Stimme mischte sich eine zweite, zischende. Gebannt starrte Anders ihm in die Augen und erkannte in der Dunkelheit das Bild eines Pärchens im Bett.

»Ulf …«, flüsterte Anders, als er seinen Sohn erneut erkannte, dieses Mal durch die Augen des Boten. Ulf und Pat waren in dieser Vision nicht allein. Eine langgliedrige schwarze Gestalt hockte über ihnen und sah nun mit einem zufriedenen Grinsen auf, als wüsste sie, wer sie gerade beobachtete.

»Du musst in die Hauptstadt«, wiederholte Ulf tonlos. »Such nach Jarika. Erst dann darf Pat erwachen …«

Anders' Blick fiel auf das bleiche Antlitz seiner Schwiegertochter, dann schlossen sich die Augen des dunklen Boten mit Ulfs Gesicht. Die schimmernde Gestalt verschwand mit einem Wimpernschlag.

»Ulf!«, rief Anders und griff mit der freien Hand dorthin, wo gerade noch die Gestalt gestanden hatte. Doch stattdessen griff er in die Luft über seinem Lager.

Blinzelnd starrte er die Decke an, sah dann hastig in die Ecke. Doch nichts flammte auf in der Dunkelheit, nichts bewegte sich, und die einzigen Geräusche kamen von Aëlis' pfeifendem Atem.

»Nur ein Traum«, flüsterte Anders und sank zurück. »Nur ein Traum …«

Doch während die Nuss in seiner Hand wie wild pulsierte, wusste er, dass es dieses Mal mehr als das gewesen war.

»Ich muss zurück«, beharrte Anders und lief in der Kammer auf und ab. »Ich weiß nicht, was dieses … dieses Vieh war, aber es hat Ulf und Patricia in seiner Gewalt und irgendwas mit ihnen angestellt …«

Vergeblich versuchte er die Erinnerung an den nächtlichen Besucher zurückzudrängen. Patricia war verletzt oder in einem Bann, da war sich Anders sicher. Aber was war mit Ulf? Hatte dieses Ding sich seiner bemächtigt, war er von ihm besessen?

»Jarikas Jäger«, flüsterte Simmie.

»Was?«, fragte Anders fahrig.

»Das muss Jarikas Schattenjäger gewesen sein«, sagte Simmie, noch immer leise und sah sich um, als fürchte er, der Genannte würde ihnen in der Ecke auflauern. Doch die drei Geschichtenerzähler waren allein in der Kammer.

»Es gibt ihn also wirklich.« Aëlis runzelte die Stirn, wirkte aber eher nachdenklich als beunruhigt.

Ganz anders Anders. »Was bedeutet das?«, fragte er drängend. *Schattenjäger* klang nicht nach etwas, das er in der Nähe seiner Familie wissen wollte.

»Er hat viele Namen«, erklärte Aëlis. »Manche bezeichnen ihn auch als den Herzräuber oder als Seelennebel. Es heißt, er sei mehr Geist als Mensch, auch wenn er jede Gestalt annehmen kann. Er arbeitet als Jäger für das Königshaus und soll schon viele Geschichtenerzähler an Jarika ausgeliefert haben.«

*Großartig*, schoss es durch Anders' Kopf. Nicht nur, dass seine Zunge drohte, auf einem Busch aufgespießt zu werden, nun wurde er offenbar auch noch von einem Geist verfolgt. Das Tor nach Karran brauchte dringend AGB!

»Wie schön, dass du mir das bisher verschwiegen hast«, sagte er säuerlich.

Aëlis warf ihm einen beleidigten Blick zu. »Du tust gerade so, als hätte ich dich gezwungen, das Portal zu betreten. Es war deine Entscheidung, mitzukommen, weißt du noch? Außerdem«, fügte sie hinzu, »habe ich den Schatten bisher für ein Gerücht gehalten. Eine Mär, mit der die Leute davon abgehalten werden sollten, Geschichten zu erzählen. Ich habe jedenfalls noch nie einen Erzähler oder eine Erzählerin getroffen, die dem Schattenjäger begegnet wären.«

»Wer ihm begegnet, ist vermutlich nicht mehr in der Lage dazu, davon zu berichten«, mutmaßte Simmie.

»Danke, genau das wollte ich hören.« Anders stöhnte. »Ist er auch einer Geschichte entsprungen?«

»Wer weiß das schon«, sagte Aëlis, doch Simmie schüttelte entschieden den Kopf. »Nein, das glaube ich nicht. Die meisten sagen, er sei einmal ein ganz normaler Mensch gewesen, der einem Fluch zum Opfer fiel.« Nach kurzem Zögern fügte er hinzu: »Allerdings gibt es so viele Geschichten über ihn … gut möglich, dass sie mehr aus ihm gemacht haben, als er einmal war.«

Anders rieb sich mit seinen Händen die Schläfen. Die Mechanismen, nach denen die Geschichten in Karran ein Eigenleben entwickelten, waren ihm ein Rätsel. Aber im Moment gab es Dringenderes zu entschlüsseln.

»Und wenn dieser Schatten mich tatsächlich jagt«, fragte er müde und setzte sich auf eine Stufe, »warum kommt er dann nicht zu mir? Ich weiß ja nicht, über welche Fähigkeiten er verfügt, aber ich habe Zweifel, dass ich ihm viel entgegenzusetzen hätte. Warum nimmt er den Umweg über meine Welt und vergreift sich an meiner Familie?«

Zunächst schwiegen die anderen beiden. Dann sagte Simmie vorsichtig: »Vielleicht, weil er nicht an dich herankam. Immerhin hast du einen Talisman.«

»Was für einen Talisman?«

Simmie wies auf Anders' Hand, in der er wie gewohnt die Nuss trug.

»Sie?«, fragte Anders verwundert und besah einmal mehr das Mitbringsel aus seiner Welt. Sie schien leicht in seiner offenen Handfläche zu vibrieren.

»Boss Alfgard besaß eine Waffe aus deiner Welt«, sagte Simmie langsam, ohne den Blick von der Nuss zu wenden. »Es war ein Erbstück, das er von einem seiner Lehrer erhalten hatte. Er behielt es nur noch als Erinnerung, aber sie soll einmal große Macht besessen haben.«

»Ich habe den Revolver gesehen«, sagte Anders trocken. »Und ich kann mir schon vorstellen, was er früher für eine Macht hatte.«

»Alfgard hat mir von der Feuerkraft berichtet«, antwortete Simmie. »Aber ich meine etwas anderes: Der Waffe hing einmal eine Geschichte an, die ihren Träger schützte – bis zu dem Moment, da ihre Geschichte zu Ende erzählt war und ihr Träger Karran wieder verließ.«

Aëlis blinzelte. »Warte, behauptest du, einer von Boss Alfgards Lehrern sei aus Anders' Welt gekommen?«

»Ich behaupte das nicht«, entgegnete Simmie. »Ich gebe wieder, was Boss Alfgard mir berichtet hat. Und im Gegensatz zu dir wandle ich bei meinen Geschichten nichts um.«

An Aëlis' Schläfe zuckte etwas. »Warum sollte Alfgard dir so viel erzählt haben?«, fragte sie zähneknirschend.

»Er war mein Lehrer«, antwortete Simmie, offenbar unbeeindruckt von Aëlis' Angriffslust. Diese Antwort schien Aëlis aber nur noch wütender zu machen. Die Arme verschränkt, setzte sie sich neben Anders und starrte missmutig in eine Ecke. Simmie grinste selbstzufrieden.

Anders sah die beiden abwechselnd an, schüttelte dann aber den Kopf. »Ich weiß nicht, was mit euch beiden los ist, aber bitte reißt euch zusammen. Simmie, wenn ich dich richtig verstehe, schützt mich diese Nuss?«

Er nickte.

»Aber nur, bis ich ihre Geschichte zu Ende erzähle?«

Simmie zögerte kurz, nickte dann aber erneut.

»Spekulationen«, hörte Anders Aëlis murren, doch er ignorierte sie.

»Das heißt, ich erzähle ihre Geschichte besser nicht zu Ende«, stellte er fest.

Simmies Grinsen verschwand, seine Augen wurden groß. »Aber das musst du!«, rief er.

»Warum? Das wäre doch unklug.«

»Aber nur dann kann auch deine Geschichte hier beendet werden. Die Nuss mag dich schützen, aber Karran wird weiter unter Jarika leiden müssen, wenn du deine Geschichte nicht beendest!«

»Warum?«, rief Anders mit zunehmender Verzweiflung. »Warum, verdammt, soll es etwas ausmachen, dass ich die Geschichte von der Nuss zu Ende erzähle?«

»Weil Simmie es so entschieden hat«, sagte Aëlis finster. »So ist es doch, oder nicht?«, fragte sie Simmie, klang nun aber eher müde denn wütend.

Dennoch schaute Simmie betreten zu Boden. »Du willst doch auch, dass ihre Regentschaft endet, oder?«, verteidigte er sich kleinlaut. »Deshalb hast du Anders hergebracht!«

Doch Aëlis schüttelte den Kopf. »Ich sagte doch, ich habe ihn nicht hergebracht. Zugegeben, ich habe ihm ein paar Informationen vorenthalten. Aber als ich ihm begegnet bin, wusste ich noch nicht, welches … welche Möglichkeiten er für uns bedeuten kann.«

»Boss Alfgard wusste sofort, was es mit ihm auf sich hatte, als er nackt auf dem Markt aufgetaucht ist«, sagte Simmie. »Er wies mich an, Anders' Geschichte an das Schicksal des Reichs zu binden.«

»Holt mich mal ab«, bat Anders. »Wovon redet ihr?«

»Nun«, sagte Aëlis, »Simmie sagte dir ja bereits, dass er ein Lenkender ist …«

»… was deiner Auffassung nach aber nur Geschwätz ist«, erinnerte Anders sie.

»Vielleicht«, sagte sie zögernd, »ist doch ein bisschen was dran an dieser Sache. Es gibt jedenfalls Erzähler, die in der Lage sind, die Geschichten anderer zu beeinflussen – durch Worte und Taten.« Sie maß Simmie streng. »Ich nehme an, indem Boss Alfgard dich um ein Pfand gebeten hat, wurde der Nuss ihre Bedeutung verliehen. Und indem er Simmie in deine Erzählung auf dem Markt eingebunden hat, hat er ihm die Macht gegeben, deine Geschichte zu beeinflussen.« Sie lachte leise. »Eins muss ich dem alten Boss lassen – Netze stricken konnte er.«

»Na schön«, brummte Anders. »Dann erzähl du doch meine Geschichte zu Ende, Simmie!«

»Das kann ich nicht!«, sagte er junge Mann. »Ich kann sie in Bahnen lenken, aber es ist deine Entscheidung, wie du sie erzählst.«

»Dann entscheide ich, sie gar nicht zu erzählen«, sagte Anders und stand auf. »Es tut mir leid, ihr beiden. Wirklich. Ich wünschte, ich könnte euch helfen, aber erst einmal muss ich heim und meiner Familie helfen. Dieser Schatten hält meine Familie als Geiseln!«

»Aber was willst du tun, wenn du zurückreist?«, fragte Aëlis und stand ebenfalls auf. »Du bist vielleicht geschützt, aber deine Nuss ist keine Waffe! Gegen Jarikas Jäger kannst du nichts ausrichten.«

»Außerdem bin ich mir nicht sicher, ob du noch geschützt bist, wenn du Karran erst verlässt«, gab Simmie zu bedenken.

Anders lachte freudlos. »Ach nein? Na, das hast du ja schön eingefädelt.«

»Das war keine Absicht«, beteuerte Simmie. »Ich habe nicht daran gedacht, als ich der Nuss ihre Bedeutung gegeben habe.«

»Aber irgendwas muss ich doch tun!« Anders merkte, wie seine Stimme zitterte. Er schluckte. Auf einmal fühlte er sich wieder wie damals – in den endlosen Stunden, die er an Anjas Krankenlager verbracht hatte, ohnmächtig, ihr Schicksal in den Händen anderer.

»Anders.« Sachte berührte Aëlis seinen Arm. »Es ist nicht alles verloren. Was genau hat die Gestalt dir für eine Botschaft gebracht?«

Anders blinzelte, um die Bilder von Anja für den Moment zu vertreiben. Widerwillig rief er sich stattdessen in Erinnerung, was in der Nacht geschehen war.

»Ich solle in die Hauptstadt kommen«, sagte er schließlich. »Und nach Jarika suchen.«

»Nur das?«

»Reicht das nicht?«

»Nun«, sagte Aëlis langsam und begann nun selbst, in der kleinen Kammer auf- und abzugehen. »Wenn er sonst keine Forderung gestellt hat, könnte es heißen, dass er deine Familie frei gibt, sobald du die Königsstadt betrittst.«

»Könnte?«, echote Anders. »Aëlis, meine Familie ist in Gefahr! Ich brauche Gewissheiten!«

»Glaub mir«, sagte Aëlis traurig, »ich verstehe dich gut, Anders. Aber ich kann dir keine Gewissheit geben. Bloß … so funktionieren Wesen wie er. Wenn wir einmal davon ausgehen, dass es ihn wirklich gibt und er durch einen Fluch ans Königshaus gebunden ist, dann ist er einer, der seine Worte mit Bedacht wählen muss. Und wenn er sagte, er gibt diese Patricia frei, wenn du zur Hauptstadt reist, dann muss er das tun – unabhängig davon, wie du zur Hauptstadt reist und nach Jarika suchst.«

Anders runzelte die Stirn. »Was genau willst du mir sagen?«

Aëlis lächelte ihn schelmisch an. »Ich denke, wenn du tatsächlich selbst den Tod herbeierzählen kannst, dann solltest du erneut eine Geschichte erzählen.« Sie sah zu Simmie. »Findest du nicht auch?«

»Oh ja«, sagte er ernst. »Und ich denke, sie sollte etwas enthalten, was dem Helden hilft, seine Mission zu vollenden. Eine Waffe vielleicht oder einen mächtigen Beschützer.«

Anders sah zwischen seinen beiden Begleitern hin und her, einen Moment lang verwirrt. Doch langsam verstand er.

Er setzte sich wieder hin. Geschichten, die Anja Ulf früher vorgelesen hatte, kamen ihm in den Sinn, aber auch Figuren und Orte, von denen er nie zuvor gehört hatte.

Anders ordnete seine Gedanken, setzte bekannte Figuren und Strukturen an unbereiste Orte und begann er zu erzählen.

*»Vom Schicksal der Stadt Palme und ihres Wunschmeisters*

*In einem fernen, längst vergangenen Land, in dem der Sand durch die Straßen tanzte und die Sonne den Boden verbrannte, gab es sieben Städte: Düne, Stern, Sand, Akazie, Sonne, Blüte und Mond. Eine jede von ihnen wurde von einem Wunschmeister beherrscht, Gelehrten, die es vermochten, die Magie der Geisterflaschen zu entschlüsseln – den letzten Zeugen eines Imperiums, das vor langer Zeit im Ozean versunken war.*

*Die Ältesten berichteten, dass es einst noch eine weitere Stadt gegeben hatte, die man Palme nannte und die von einem Meister namens Behan beherrscht wurde. Und so begann man sich die Geschichte der Schwestern Maia und Saia zu erzählen.*

*Die Heimat dieser Schwestern waren die staubigen Straßen der Stadt Palme. Ein undankbarer Ort für zwei Waisenmädchen, doch sie verstanden sich darauf, zu überleben. Kein Schloss war sicher vor Maias Künsten, und ihre Schwester war nicht nur flink, sondern auch beredt: Saia wusste, welchen Ton sie anschlagen musste, um den Reichen eine Großzügigkeit (und manche Geldbörse) zu entlocken. Und wurde es auch manchmal brenzlig, so gelang es den Schwestern doch immer wieder, den Wachen und wütenden Händlern zu entkommen.*

*Eines Tages aber kam ein Feind in die Stadt, dem die Schwestern trotz aller Behändigkeit nicht entgehen konnten: Eine Seuche legte sich über Palme und brachte das Leben zum Erliegen. Wer konnte, verschanzte sich in seinen Höfen und Palästen. Auf der Straße aber waren Maia und Saia der Seuche ausgeliefert, und so kam der Tag, an dem Saia am Krankenbett ihrer Schwester stand. Hilflos saß sie daneben, während Maias Atem immer schwächer wurde und sich kein Heiler fand, der bereit war, sich des Straßenmädchens anzunehmen.*

*Eines Abends, als Saia auf der Suche nach Essen über die Mauern schlich, blieb ihr Blick am Palast hängen, dessen Schatten sich über die Stadt senkten. Dort wohnte der Mann, der es angeblich vermochte, jeden Wunsch zu erfüllen und der doch unfähig schien, das Leiden seiner Stadt zu beenden.*

*Noch nie hatte Saia sich in den Palast gewagt. Zu hoch waren seine Mauern, zu aufmerksam die Wachen vor den Toren. An diesem Abend aber sagte sie sich, dass sie nichts zu verlieren hatte, wenn sie sich hineinwagte.*

*Sie lief zu ihrer Schwester. Es schmerzte sie, sie allein lassen zu müssen, doch es gab niemanden, der sich in ihre Nähe traute. Zu groß war die Angst, dass die Krankheit übersprang.*

*‚Wir sehen uns bald wieder', versprach Saia ihrer Schwester und ließ ihr da, was sie an Essen hatte finden können – auch wenn sie fürchtete, dass Maia nicht mehr in der Lage sein würde, es zu sich zu nehmen.*

*Dann lief sie los. Über die Dächer der Stadt gelangte sie bis zum Palast Behans. Die Sorge um Maia trieb sie an, und so überwand sie Wachen und Mauern und drang in die Gemächer Behans ein.*

*Der Wunschmeister erschrak, als das Mädchen in seinem Turm erschien. Als er das dürre kleine Ding sah, das vor ihm stand, entspannte er sich jedoch und sah davon ab, die Wachen zu rufen.*

*‚Was willst du?', fragte er.*

*‚Einen Wunsch', entgegnete Saia. ‚Um meine Schwester zu retten.'*

*Meister Behan lachte. ‚Wäre das so einfach, stände die ganze Stadt in diesem Gemach.'*

*‚Warum rettet Ihr Eure Stadt nicht?', fragte Saia und da wurde der Blick des Meisters finster.*

*‚Ich kann es nicht. Die Krankheit widersteht den Wünschen.'*

*Als sie das hörte, sackten Saia beinahe die Beine weg. Die Wünsche waren ihre letzte Hoffnung gewesen, ihre Schwester zu retten.*

*‚Allerdings', sagte Behan, der wohl sah, wie Saia zumute war, ‚kann ich einzelne Personen heilen. Erst vor wenigen Tagen war ein Kaufmann hier und bot mir tausend Perlenketten, wenn ich seine Frau rettete. Ich gewährte ihm den Wunsch und wie ich höre, erfreut sich seine Frau nun bester Gesundheit. Ich fürchte allerdings, dass du nicht in der Lage bist, mir tausend Perlenketten zu besorgen. Was also bietest du mir im Tausch für das Leben deiner Schwester?'*

*‚Mich', entgegnete Saia ohne zu zögern.*

*Behan lachte erneut. ‚Und was soll ich mit dir?'*

*‚Ihr könnt mich an Orte senden, an die Eure Wachen und anderen Getreuen nicht gelangen. An Orte, die weit wertvollere Dinge beherbergen als Gold und Perlenketten.'*

*‚Was sollen das für wundersame Orte sein?', fragte Behan, doch sein Lachen war vorsichtig dieses Mal.*

*‚In den Straßen erzählt man sich, dass ihr Meister nur Wünsche wirken könnt, solange ihr über die magischen Geisterflaschen verfügt, die ihr aus dem Meer geborgen*

*habt', erklärte Saia. ,Und mit jedem ausgesprochenen Wunsch schwindet eine Flasche und damit auch ein Stück Eurer Macht. Ist es nicht so?'*

*,Vorsichtig, Mädchen', warnte Behan, nicht begeistert darüber, welches Wissen sich aus seinem Palast gestohlen hatte.*

*,Ich kann Euch weitere Flaschen besorgen', sagte Saia unbeeindruckt.*

*Behans Blick wurde lauernd. ,Wie willst du das anstellen? Vermagst du es etwas, auf den Grund des Meeres zu tauchen?'*

*,Nein. Doch ich kann in die sieben Städte Eurer Gefährten eindringen und Euch deren Flaschen bringen.'*

*Davon wollte Behan nichts hören. ,Wir bestehlen einander nicht!', rief er. ,Wir haben einander einen Treueeid geschworen. Jeder erhielt die gleiche Anzahl an Flaschen, niemand ist dem anderen überlegen. Wertlos wäre ich, die anderen zu berauben!'*

*,Ihr denkt ehrenhaft', bemerkte Saia. ,Aber was, wenn Eure Gefährten anders denken? Was, wenn sie sich eines Tages Eurer Flaschen bemächtigen?'*

*Meister Behan schaute das Mädchen, das mit unschuldigen Augen zu ihm empor sah, nachdenklich an. Sie sprach etwas aus, worüber er selbst mehr als einmal gegrübelt hatte …*

*,Die übrigen Meister würden mich verbannen, wenn sie wüssten, dass ich ihre Flaschen stehle!', erklärte er.*

*,Dann sollten sie es nicht erfahren', sagte Saia einfach. ,Ich werde schnell sein und Ihr werdet keinen Gebrauch von den Flaschen machen, ehe ich Euch alle gebracht habe. Warum sollte dann jemand darauf kommen, dass Ihr es seid, der den Eid bricht?'*

*Da geriet Meister Behan in Zorn. ,Das reicht! Ich bin kein Eidbrecher!', rief er. ,Raus jetzt, Mädchen, ehe ich dich in die Kerker werfen lasse!'*

*Saia nickte. ,Ich gehe. Aber fragt Ihr Euch nicht, weshalb Ihr nichts gegen die Seuche unternehmen könnt? Kam Euch nicht schon der Gedanke, dass jemand einen Wunsch ausgesprochen haben könnte, um zu verhindern, dass Ihr Heilung findet? Jemand, der vielleicht nur darauf wartet, dass die Seuche Euch allem beraubt . . .?'*

*Saia wartete keine Antwort ab, sondern verschwand so schnell aus dem Gemach, wie sie gekommen war.*

*Am nächsten Abend aber, nachdem sie einen weiteren Tag am Lager ihrer Schwester verbracht hatte, kehrte sie zurück in den Palast, um zu sehen, ob ihre Worte Früchte getragen hatten.*

*Am Morgen darauf erwachte Maia aus einem langen, traumlosen Schlaf. Sie erinnerte sich, krank gewesen zu sein, doch die Schmerzen und die Hoffnungslosigkeit schienen weit hinter ihr zu liegen. Sie entdeckte die Früchte, die Saia ihr dagelassen hatte. Von ihrer Schwester aber fehlte jede Spur.*

*Stundenlang wartete Maia auf sie, dann machte sie sich auf. Jeden Stein suchte sie nach Saia ab, wagte sich sogar hinter die Mauern des Palastes, fand aber keine Spur ihrer Schwester.*

*Schließlich musste sie sich eingestehen, dass Saia etwas geschehen sein musste. Mit vor Trauer schwerem Herzen verließ sie die Stadt, in der sie jede Ecke an die gemeinsamen Abenteuer mit ihrer Schwester gemahnte.*

*Maia wanderte umher, bis sie die Stadt Düne erreichte. Bald wurde die Kunde laut, dass der hiesige Wunschmeister seiner Geisterflaschen beraubt worden war, doch Maia kümmerte es nicht, denn nichts kümmerte sie mehr.*

*Ziellos reiste sie weiter, nach Blüte und Akazie, und sie vernahm, dass auch hier und in den Städten Sonne und Mond die Meister den Ursprung ihrer Macht verloren hatten.*

*Ein Dieb sei im Umlauf, so munkelten die Leute. Und die Frage war, wer von den verbliebenen drei Meistern ihn geschickt hatte.*

*An dem Tag, da der Herrscher von Stern seine Macht verlor und die Menschen auf dem Markt erneut über den Dieb spekulierten, kam Maia ein Gedanke und sie schöpfte neue Hoffnung. Sie erinnerte sich der flinken Hände ihrer Schwester und deren einlullender Worte, und sie begann zu ahnen, dass ihre plötzliche Heilung nicht einer glücklichen Fügung zu verdanken war …*

*Zu diesem Zeitpunkt weilte Maia noch immer in Akazie und hier, in einer gewaltigen Arena, wurde sie Zeuge eines Schaukampfs. Krieger in glänzenden Rüstungen kämpften mit Spießen gegen ein angekettetes Monstrum. ‚Mantikor' nannten die Einheimischen es. Das Ungetüm hatte den Körper eines Löwen, den Schwanz eines gigantischen Skorpions und die Schwingen der Roch. Die Menge jubelte, wann immer dem Monstrum ein Stich beigefügt wurde. Maia aber hatte Mitleid mit dem Gefangenen, und sie konnte es ihm nicht verübeln, als er einen Krieger nach dem anderen zermalmte oder mit seinem giftigen Schwanz zu Tode stach.*

*Nach dem Kampf schlich sich Maia in die Katakomben der Arena. Hier fand sie das angekettete Ungeheuer. Sie sah die Intelligenz in den Augen des Wesens, das kein Tier war, und schlug ihm einen Handel vor: ‚Ich werde dich befreien', versprach sie. ‚Wirst du mir im Gegenzug helfen, meine Schwester zu finden?'*

*Der Mantikor maß das Mädchen vor seinem Gefängnis. Dann nickte er, und noch ehe der Morgen graute, floh das Wesen mit dem Mädchen auf dem Rücken aus der Stadt Akazie.*

*Gemeinsam flogen die beiden zunächst nach Sand. Hier hoffte Maia, ihre Schwester zu finden, doch sie kam zu spät: Auch der Herrscher dieser Stadt war beraubt worden und geflohen vor Meister Behan, der nun alleiniger Herr der Wünsche war.*

*Maia ahnte, dass die Aufgabe ihrer Schwester damit ein Ende gefunden hatte, und ihr schwante Übles. Was würde Behan nun, da er keine Verwendung mehr für Saia hatte, mit ihr anstellen?*

*Mit dem Mantikor flog Maia so schnell es ging zurück nach Palme und geradewegs in den Palast des Behan. Die Wachen liefen in Panik davon und Behan, der zu seinem Sieg gen Sand gereist war, konnte keinen Wunsch gegen das Monstrum und seine Reiterin wirken.*

*In den Kerkern unterhalb der Stadt fand Maia endlich ihre Schwester. Die beiden fielen sich in die Arme, dann schwangen sie sich auf den Rücken des Mantikors und flogen gemeinsam davon, in ein weit entferntes Land, ehe der Zorn Behrans sie treffen konnte.*

*Der erklärte sich zum Herrscher über die acht Städte. Doch er sollte bald feststellen, dass auch Wünsche ihn nicht vor allem schützen konnten. Seine ehemaligen Gefährten schickten einen Assassinen, der den Verräter im Schlaf überraschte. Die übrigen*

*Meister erhielten ihre Flaschen zurück und sprachen einen letzten Wunsch über Palme: Niemand sollte die Stadt mehr betreten oder verlassen können, keine Karte sollte Palme mehr zeigen und kein Weg zu ihr führen. Auf diese Art wurde der Verräter mit dem Fluch des Vergessens gestraft und die Stadt Palme wurde nur mehr zum Handlungsort eines Märchens über zwei Waisenkinder.«*

Anders endete und sah die übrigen beiden erwartungsvoll an.

»Eine schöne Geschichte«, befand Aëlis nach einem Moment der Stille. »Obwohl ich ein paar Sachen ändern würde. Einer der anderen Meister hat doch die Krankheit gesandt, oder? Er hätte bestraft werden sollen.«

Simmie rollte mit den Augen. »Du fängst schon wieder an wie bei Boss Alfgard!«, murrte er. Dann wandte er sich an Anders. »Ich fand sie auch schön. Hast du sie dir einfach so ausgedacht?«

»Nicht ganz«, gestand Anders und Aëlis gab ein »Ha!« von sich.

»Meine Frau hat meinem Sohn eine ähnliche Geschichte erzählt, als er ein kleiner Junge war«, fuhr Anders fort. »Ich habe sie aber etwas abgewandelt.«

»Mhm«, machte Simmie. »Und warum handeln all deine Geschichten von Krankheit?«

Anders' Gedanken glitten einmal mehr zu Anja, doch er zuckte nur mit den Schultern. »Was ist nun?«, fragte er unsicher. »Meint ihr, die Geschichte hat uns geholfen? Meint ihr, wir haben einen Wunsch frei?«

Aëlis hob die Augenbrauen. »Du wolltest, dass die Wunschflaschen Wirklichkeit werden?«

»Das war meine Hoffnung«, bestätigte Anders, unsicher geworden angesichts ihrer Reaktion. »Das wäre doch sehr nützlich.«

Simmie und Aëlis wechselten einen Blick.

»Was denn?«, fragte Anders.

»Du hättest ihn in Richtung der Wünsche lenken sollen«, sagte Aëlis.

»Du hast Recht, das wäre nützlich gewesen«, bestätigte Simmie. »Aber an so etwas habe ich nicht gedacht.«

»Holt mich mal ab«, sagte Anders ungeduldig. »Was ist los?«

Ehe die beiden antworten konnten, drang von draußen ein Schrei heran, dem kurz darauf ein zweiter und ein dritter folgten. Schließlich hörte das vielstimmige Geschrei gar nicht mehr auf.

»Was ist da los?«, fragte Anders erschrocken.

»Ich hab da so eine Idee«, sagte Aëlis trocken.

Sie sprang auf und lief zur Tür. Simmie und Anders folgten ihr.

Die drei traten auf die Gasse und sahen Menschen, die panisch umherliefen.

»Drache!«, rief jemand und zeigte in den Himmel. »Drache!«

Verdutzt sah Anders nach oben und bemerkte gerade noch einen Schatten, der über ihnen hinwegflog.

Entsetzte sah er Aëlis an. »Das mit dem Drachen war doch nur ein Scherz gewesen!«, rief er. »In meiner Geschichte kam kein Drache vor!«

Aëlis nickte. »Das nicht.« Sie wandte sich an Simmie. »Wusstest du schon, dass es in Karran Mantikore gibt?«

# SIEBTES KAPITEL

## Swantje Niemann

Ein Haus verliert sein Dach. Aëlis erzählt eine Geschichte. Anders hat einen Traum.

Unwillkürlich wich Anders in den Schutz des überhängenden Daches zurück. Doch er konnte nicht anders, als weiter mit in den Nacken gelegtem Kopf in den Himmel zu starren, wo der Mantikor seine Bahnen zog. Er musste an die Raubvögel denken, auf die er Anja und Ulf manchmal auf langen Autofahrten aufmerksam gemacht hatte.

Er hörte Simmie hinter sich scharf die Luft einziehen, als der kreisende Flug des Mantikors ihn tiefer und tiefer über die Dächer der Stadt trug. Ihm lagen ihm panische Beteuerungen auf der Zunge, dass er das so nicht geplant hatte, aber er schluckte sie. Neben der Angst, versehentlich ein Unglück heraufbeschworen zu haben, spürte er auch das berauschende Gefühl, etwas Ehrfurchtgebietendes in diese Welt gerufen zu haben.

»Wir sollten zurück ins Haus«, zischte Simmie.

Im gleichen Moment krachte es über ihnen und Dachschindeln taumelten in die Tiefe, verfehlten Anders so knapp, dass er den Luftzug an der Nasenspitze spürte und Schiefersplitter an seinen Schuhen abprallten. Fingerlange Krallen schlossen sich um die Dachkante über ihnen und mit einer Langsamkeit, als zöge der Mantikor ihr Warten genüsslich in die Länge, wurde ein halb fratzenhaftes, halb erhabenes Gesicht über ihnen sichtbar.

Flaumiges Fell bedeckte scharfkantige Wangenknochen und wurde dort dunkler, wo sich bei einem Menschen Augenbrauen befinden würden. Lange Fänge blitzten feucht zwischen dünnen Lippen hervor. Die Augen des Mantikors – eines von einem Dunkelblau, das an die Wogen der hohen See denken ließ, das andere trüb und von Narbengewebe umgeben – musterten Anders mit derselben unheimlichen Intelligenz, die er auch in der Geschichte beschrieben hatte. Eine zarte Stimme in seinem Kopf mahnte Anders, ins Haus zu fliehen, obwohl die klapprigen Wände aus Holz und Lehm der Kraft dieses Wesens wenig entgegenzusetzen hatten, aber er konnte sich nicht von der Stelle rühren.

Er wusste nicht, ob der Mantikor etwas sagen oder ihm die Kehle aufreißen würde. Seine Zunge – gespalten wie die einer Schlange – glitt hervor und schien die Luft zu schmecken. In diesem Moment wurden die Rufe hinter ihnen lauter. Ein Pfeil prallte vom Dach ab, dann ein weiterer. Den nächsten fegte der Mantikor mit einer Pranke aus der Luft.

Dem Einbrechen des Daches ging wenig mehr als ein Knarzen voraus, dann splitterten Balken und noch mehr Schindeln schlitterten zu Boden. Der Mantikor grollte unwillig, als das Dach unter ihm nachgab, doch landete federnd in der engen Gasse. Anders' Welt, die für einen Moment auf das gleichzeitig vertraute und unmenschliche Gesicht des Wesens zusammengeschrumpft war, wuchs jäh wieder genug an, um den Geruch nach aufgewirbeltem Staub und wildem Tier, die von kaum verhohlener Panik gefärbten Rufe und das Heransausen eines weiteren Pfeils aufzunehmen.

Der Mantikor versuchte seine Schwingen auszubreiten, doch sie stießen an die Hauswände zu beiden Seiten. Wieder sah er Anders an und der spürte eine kalte, machtvolle Präsenz gegen seinen Geist drücken.

Doch dann wirbelte der Mantikor kraftvoll herum, um sich den Stadtwachen zu stellen, die mit Pfeil und Bogen, mit Armbrüsten und

Hellebarden an beiden Eingängen der Gasse Stellung bezogen hatten. Sein Schwanz traf Anders' Rippen wie eine Keule und schleuderte ihn gegen die Hauswand.

Jeder Muskel in Anders' Brust verkrampfte sich. Vergeblich nach Luft schnappend glitt er an der Wand herab und schnitt sich die Hand an Holzsplittern, als er nach Halt tastete. Die Löwenpranken des Mantikors mit ihren dunkel schimmernden Krallen stampften nur wenige Handbreit neben seinen Beinen auf, als die Kreatur an ihm vorbeijagte.

Anders bekam es nur halb mit. Er war zu beschäftigt damit, Atem in seine Lungen zu zwingen und unbeholfen rückwärtszukriechen, wo ihn kräftige Hände fanden und in den Hauseingang zogen.

So war alles, was er von der Flucht des Mantikors mitbekam, eine rasche Bewegung von schimmerndem Fell, raschelnden Schwingen und grün-schwarzen Schuppen. Wieder surrten Bolzen. Jemand brüllte Befehle, die jedoch in einen unartikulierten Schrei übergingen.

Wachen duckten sich oder wurden zu Seite geschleudert, als der Mantikor mit einem langen Satz durch ihre Reihen fegte. Die Kreuzung gab ihm den Raum, den er brauchte, um seine Schwingen zu entfalten. Er erhob sich in die Luft und verschwand in den grauen Wolken.

Aëlis half Anders auf die Füße, zog ihn ins Haus. »Verdammt«, murmelte sie.

»Was?«

»Alles. Und du blutest.«

»Oh.« Anders, noch immer heftig atmend, sah auf die Mischung aus Staub und Blut herab, die seine Finger benetzte. »Gut, dass ich eine Tetanusimpfung habe.«

»Eine was?«, fragte Simmie mit zitternder Stimme.

»Egal.« Das Abwinken tat unerwartet weh. Ein Blick an sich herab bestätigte ihm, dass nicht nur seine Hand verletzt war. Auch in seiner

Schulter franste sein Hemd entlang eines langen Risses aus und allmählich sogen sich die Ränder mit Blut voll.

Seine Knie zitterten. Er wusste nicht, ob es an dem Anblick der Verletzungen lag – normalerweise hatte er keine Probleme damit, Blut zu sehen – oder ob seine Beine schon die ganze Zeit über vage von Haut in Form gehaltener Pudding gewesen waren, und es ihm jetzt erst auffiel.

Aëlis' flaschengrüne Augen lagen im Schatten, aber er erahnte die Besorgnis in ihrem Blick, als sie erst ihn musterte und den Blick dann über die Gasse streifen ließ, in der Trümmer verstreut lagen und die Stadtwachen sich notdürftig gegenseitig verarzteten.

»Es tut mir leid. Um Simmies Haus. Um alles«, sagte Anders, auch wenn ein Teil von ihm Trotz empfand. Niemand hatte ihm wirklich erklärt, wie das mit den Geschichten funktionierte. Wie hatte er wissen sollen, dass er mit dieser Geschichte Zerstörung auf Aarlund herabrief?

»Das ist ein verblüffend sauberer, flacher Schnitt«, erklärte Aëlis einige Minuten später unter dem intakten Teil des Daches und zog die Bandage um seine Schulter fest. »Fühlst du dich reisefähig?«

»Ich bin nicht begeistert von der Vorstellung, aber ich kann laufen.«

»Gut. Wir sollten nämlich hier weg, bevor jemand den Mantikor mit dem mächtigen Geschichtenerzähler in Verbindung bringt, an dem er ein besonderes Interesse zu haben schien.«

Leicht hätten diese Worte wütend klingen können, aber Aëlis stellte einfach nur nüchtern Tatsachen fest. Anders fragte sich, was sie zu einer Person gemacht hatte, die selbst ein Erlebnis wie dieses kaum erschüttern konnte.

Simmies blondes Haar stand noch stärker in alle Richtungen ab als sonst, so oft war er sich nervös mit den Fingern hindurchgefahren. »Dann reisen wir gleich ab?« Er bemühte sich sichtlich, Aëlis' nüchternen Tonfall zu imitieren, doch er hatte soeben ein Ungeheuer gesehen und sein Zuhause verloren. Ein Haus mochte sich wieder aufbauen lassen, aber Anders wusste nicht, wie es um das Vertrauen der Menschen von Aarlund stand.

Statt Simmies Blick zu begegnen, sah er auf seine Hände hinab: Fleckige Finger mit Dreck unter den Nägeln und scharf hervortretenden Adern und Sehnen, eine Hand vom Handgelenk bis zum ersten Fingerglied unter einer Leinenbinde verborgen. Das Zittern der vom Alter und den Narben kleiner Missgeschicke gezeichneten Finger übertrug sich auf die ausgefransten Manschetten des Piratenhemds.

Er erinnerte sich an seine Finger auf der Tastatur des Bibliothekscomputers, an Anjas Hand in seiner und an die unzähligen Steine und Tannenzapfen, die Ulf ihm in die Hand gedrückt hatte.

Erinnerungen aus einer anderen Welt …

Anders atmete tief durch. Jarikas Schatten bedrohte Ulf und Patricia. Er hatte keine andere Wahl. Er würde in die Hauptstadt gehen, mit oder ohne wundersame Waffe, und dem Schatten keine andere Wahl lassen, als seine Schwiegertochter freizulassen.

»Ja, wir sollten uns auf den Weg machen«, sagte er und tat so, als entginge ihm der besorgte Blick, den Aëlis und Simmie angesichts der Müdigkeit in seiner Stimme tauschten.

Ihr Aufbruch war überhastet, doch Simmie hatte bereits zwei große Leinensäcke gepackt. Kapuzen und eine Leinenhaube, wie sie viele Menschen hier gegen Läuse trugen, sollten sie unerkannt aus der Stadt entkommen lassen.

Aarlund war noch immer in heller Aufregung – überall standen Menschen hektisch gestikulierend in Trauben zusammen und starrten immer wieder in den wolkenverhangenen Himmel. Niemand schenkte dem Trio auf dem Weg zum Stadttor große Beachtung.

Als sie das Tor erreichten, wirkten auch die Wachen zu beschäftigt damit, misstrauisch in den Himmel zu starren und hastig die rostigen

Ballisten auf der Stadtmauer einsatzbereit zu machen, um den betriebsamen Verkehr in und aus der Stadt besonders aufmerksam zu kontrollieren. Doch das bedeutete nicht, dass niemand ein Auge auf die Menschen hatte, die das Tor passieren wollten.

»Hey, du!«

Anders zuckte zusammen, doch der Wachtposten hatte nicht auf ihn gezeigt, sondern auf eine Frau hinter ihm.

Als Teil einer Menschentraube, die es offenbar eilig hatte, der Stadt zu entkommen, hasteten sie durch das Tor. Erst als Aarlund hinter der Kuppe eines Hügels verschwunden war, konnte Anders wieder durchatmen. Über der Aufregung hatte er sogar die pochenden Schmerzen, wo er sich gestoßen und geschnitten hatte, vergessen, und verzog nun das Gesicht, als sie zurückkehrten. Der Weg würde anstrengender werden, als er sich das vorgestellt hatte.

Es wurde nicht einfacher, weil Aelis sie bei erster Gelegenheit von der Hauptstraße auf einen schmalen Feldweg lotste und von dort auf einen überwachsenen Pfad durch einen lichten Nadelwald. Bald hatten sie die letzten Stimmen aufgeregter Reisender hinter sich gelassen.

»Wie weit ist es bis zur Hauptstadt?«, fragte er.

»Zwei Tagesmärsche zu Fuß«, entgegnete Aëlis. »Das hier ist nicht der schnellste Weg, aber nur wenige kennen ihn. Und ich habe einen Bekannten, bei dem wir die Nacht verbringen können.«

»Ist das sicher?« Simmie sah sie skeptisch an.

»Es würde mich überraschen, wenn er wüsste, dass die Königin hinter uns her ist. Vielleicht weiß er noch nicht mal, dass Timoran tot ist.« Sie lachte kurz und bellend. »Er ist ein Eigenbrötler, der schon lange mit den Geschicken Karrans abgeschlossen hat. Und ich weiß nicht einmal, ob Jarika überhaupt versuchen wird, uns aufzuhalten. Nicht, wenn Anders freiwillig zu ihr kommt.«

Anders zog eine Grimasse beim Gedanken daran, dass er gerade womöglich genau das tat, worauf seine Gegnerin hoffte.

Er spielte mit der Nuss in seiner Tasche und ließ sie immer wieder zwischen seinen Fingern hin und her gleiten. Sie kam ihm wie ein dürftiger Schild gegen die Mächte vor, mit denen er es zu tun hatte. Aber war er nicht selbst eine solche Macht?

Wieder dachte er an die eindringlichen Augen des Mantikors. Die Begegnung hatte ihm erneut gezeigt, was seine Geschichten bewirken konnten, selbst wenn er ihre Regeln noch nicht verstand.

Ohne recht daran zu glauben, dass es etwas bringen würde, vollführte er eine ausgreifende Geste und deklamierte: »Und dann hatte Königin Jarika ein Einsehen. Sie rief ihren Schatten zurück, befahl, dass Geschichtenerzähler fortan wieder angesehene Mitglieder der Gesellschaft Karrans sein würden, und dankte ab, woraufhin ein gewählter Rat von Bürgern das Land lange und erfolgreich regierte.« Doch noch während er sprach, spürte er, dass seine Worte kein Echo im Gefüge dieser Welt haben würden. »Einen Versuch war es wert«, murmelte er.

Aëlis lachte. »So funktionieren die Geschichten nicht.«

»Wie funktionieren sie dann?« Die Schmerzen in seiner Schulter – sie wurden heftiger, statt abzuklingen – und die Anstrengung der Wanderung ließen Anders' Stimme schärfer werden, als es eigentlich zu ihm passte. »Was macht den Unterschied zwischen einer Geschichte, die einen Mantikor erschafft, und einer Geschichte, die nur eine Ansammlung etwas lächerlich klingender Wörter auf einem unfreiwilligen Spaziergang ist?«

»Eine Geschichte ist mehr als Wunschdenken. Sie hat Macht, wenn sie die Lauschenden in ihren Bann zieht. Und sie muss einen Kern haben – wie verborgen er auch sein mag –, an den du glaubst, der dir etwas bedeutet. Etwas von dir muss darin stecken. Außerdem: Wie viele gute Geschichten kennst du, in denen den Figuren einfach alles in die

Hände fällt? Ein gutes Ende muss durch Opfer und Anstrengung erkauft werden, sonst nimmt es dir niemand ab«, erklärte Aëlis.

»Opfer, hm?«, grummelte Anders. Während er sich fragte, ob sie schon weit genug gekommen waren, um eine Pause zu riskieren, ging Aëlis mit langen, federnden Schritten voran und hielt nur gelegentlich inne, um auf ihn zu warten. Simmie stapfte schweigend neben ihr her, anscheinend tief in Gedanken versunken.

»Dann erzähl du doch eine – mach etwas aus dem Mantikor, das ihn dazu bringt, uns zu helfen!«, forderte Anders sie auf. »Ich würde gerne eine Formende bei der Arbeit sehen.«

Aëlis legte den Kopf schief, die Augen auf ihn gerichtet, ohne dass ihr Blick ihn wirklich erfasste. »Ich könnte es versuchen«, sagte sie nachdenklich. »Der Mantikor in der Geschichte hat Maia geholfen, nicht wahr?«

»Das hat er – Mantikore sind eigentlich Menschenfresser, manchmal als Symbol für Tyrannei eingesetzt. Keine Ahnung, wie ich dazu gekommen bin, Maia einen davon an die Seite zu stellen. Aber vielleicht kannst du das ja umbiegen.«

»Hm … gib mir ein bisschen Zeit.«

»Lass dir nicht zu viel Zeit – jetzt bin ich neugierig. Ich habe dich lange nicht mehr erzählen hören.« Simmie, der den Schock der Ankunft des Mantikors und der Zerstörung seines Hauses anscheinend überwunden hatte, grinste Aëlis herausfordernd an.

»Na schön«, sagte sie wenige Minuten später. »Ich denke, ich habe eine Idee.«

»Ich könnte sowieso eine Pause gebrauchen«, sagte Anders. Das Gespräch hatte ihn vom Scheuern der unvertrauten Schuhe und den Schmerzen der kleinen Verletzungen und in den Muskeln seines überbeanspruchten Rückens abgelenkt, doch nun wurde ihm klar, wie erschöpft er war. Nicht nur von der Wanderung, sondern auch von den Enthüllungen und Sorgen der letzten Tage.

»Wir sind noch nicht so lange unterwegs«, gab Simmie zu bedenken.

Aelis schien ebenfalls wenig glücklich mit der erzwungenen Rast, doch deutete auf einen moosigen Flecken am Wegesrand, ein paar dutzend Meter entfernt. »Der sieht doch halbwegs gemütlich aus.«

Als sie ihn erreichten, fiel Anders eher auf das weiche Moos, als dass er sich hinsetzte. Er runzelte die Stirn. Obwohl er nicht genau sagen konnte, wie viel Zeit vergangen war, kam es ihm zu kurz vor, um derart erschöpft zu sein – er war immer stolz darauf gewesen, sich seine Ausdauer im Alter erhalten zu haben. Doch anscheinend forderten Stress und Verletzungen ihren Tribut.

Sie packten ihre Pfandknollen aus. Mit vollem Mund wandte sich Simmie an Aelis: »Na los, dann lass mal deine Geschichte hören und mach uns den Mantikor gewogen.«

Aëlis ließ sich Zeit. Sie aß ihre Knolle auf und trank einen Schluck Wasser aus dem Wasserschlauch, den sie herumgehen ließen. Anders glaubte schon, dass sie doch nicht erzählen würde, aber dann setzte sie zum Sprechen an, ihre Stimme ruhiger und tragender, als er es von ihr gewohnt war:

*»Dann lasst mich euch von Othyrian, der Königin der Wüste, erzählen. Mantikore, müsst ihr wissen, sind selten und sie sind Einzelgänger, die ihre Territorien nur ungern mit anderen teilen. Manchmal tun sie sich am Fleisch derjenigen gütlich, die ihre Reviere betreten, doch manchmal verschonen sie Menschen, wenn diese entweder zu viel oder zu wenig von ihrem Respekt gewinnen.*

*Erwirbt ein Mensch ihre Gunst, weisen sie ihm den Weg zu den Schätzen, die gescheiterte Karawanen auf ihren langen, gefährlichen Reisen zurückgelassen haben, doch solcher Reichtum hat manchem Unglück gebracht. Vielleicht haben manche Mantikore ein gewisses Wissen um die Zukunft und verspotten mit ihren Gaben, die doch nicht den verheißenen Seelenfrieden, sondern stattdessen Zwietracht und Selbstzerstörung bringen, das Streben nach Macht und Reichtum, das so viele Menschen umtreibt. Mantikore haben ein besonderes Interesse an den Mächtigen, doch es scheint vor allem das Vergnügen zu sein, sie aufsteigen und dann tief, tief fallen zu sehen.*

*Othyrian war eine Königin unter den Mantikoren – ein geschmeidiger Albtraum aus Schwingen und Dornen, seidigem Fell und Augen in der Farbe des Meeres dort, wo es die meisten Schiffe verschlingt. Sie hatte sich in unzähligen nur halb spielerischen Kämpfen und philosophischen Debatten gegen ihre Artgenossen behauptet und vertrieb sich die Zeit damit, Wanderer vom Weg abzubringen und nach den Städten der Menschen auszufragen, wenn sie ihr interessant genug erschienen. Othyrian wusste, wer sie war und dass sie ihr großes, karges Reich unangefochten beherrschte.*

*Doch da war auch etwas Ruheloses in ihr und schließlich beschloss sie, ihrer Neugier nachzugeben, und flog nach Akazie. Sie rechnete damit, von einem Pfeilhagel empfangen zu werden, doch stattdessen kamen weiß gekleidete Menschen aus der Stadt, flankiert von Wachen in polierten Brustpanzern und gefolgt von zwei Menschen in einfachen Gewändern und mit aufgescheuerten Handgelenken, die mit leeren Gesichtern über die staubige Straße taumelten. Falls sie begriffen, was für ein Geschöpf da vor ihnen gelandet war, war es ihnen nicht anzumerken, während die anderen Menschen ihre Angst und ihr Staunen mehr schlecht als recht verbargen.*

*‚Erhabene Gottheit der Wüste, euer Besuch ehrt uns!‘ Der Anführer der Delegation sank auf ein Knie und hastig taten es ihm die anderen gleich. ‚Ihr werdet hungrig von der langen Reise sein. Stärkt euch an unserer bescheidenen Opfergabe.‘ Die Menschen aus seiner Ehrenwache stießen die beiden Unglücksraben mit den leeren Gesichtern nach vorn. ‚Anschließend‘, fuhr der Anführer fort, ‚würde ich mich freuen, euch in unserer großen Bibliothek zu begrüßen. Ihr kennt die alten Geheimnisse der Wüste, doch in der Zwischenzeit haben wir allerlei Entdeckungen gemacht und neue Geschichten gefunden, die sicher euren Gefallen finden würden.‘*

*Othyrian, welcher die Herausforderung der Jagd mehr Freude bereitete als der Geschmack ihrer Beute, beschloss, dennoch Zugeständnisse zu machen. Höflich verschlang sie die beiden – wahrscheinlich ohnehin todgeweihten – Gefangenen, bevor sie mit ihrer kultivierten Altstimme sagte: ‚Ich weiß eure Bemühungen zu schätzen. In der Tat habe ich viel über eure Bibliothek gehört.'*

*Verstohlen neugierige Blicke nach links und rechts werfend, folgte sie den Menschen durch das Stadttor und zog ängstlich-aufgeregtes Flüstern hinter sich her wie eine samtene Schleppe. Doch bald fiel es ihr schwer, ihr Haupt weiter stolz erhoben zu halten.*

*Kurz vor dem größten Marktplatz der Stadt brach sie in die Knie und schaffte es nicht, sich wieder aufzurichten. Die Menschen von Akazie waren vorsichtig. Sie warteten, bis das Gift aus den Körpern der Gefangenen – gemischt von einer Alchemistin, die ihr Leben auf das Studium magischer Wesen verwendet hatte – seine Wirkung getan hatte.*

*Als Othyrian erwachte, lag sie auf nacktem Stein. Eisenringe umschlossen ihren Hals und Ketten pressten ihre Schwingen an ihren Körper. Othyrian verstand zunächst nicht, wieso sie noch lebte. Sie war mit dem Tod vertraut. Sie hatte ihn vielen anderen Wesen gebracht und sah ihm mit Gelassenheit entgegen. Aber sie sollte nicht sterben. Nein, wieder und wieder sollte sie in Arenakämpfen zeigen, dass die Menschen Akazies das, was ihnen Angst machte, in seine Schranken weisen konnten. Denn die Herrscher Akazies konnten nicht dulden, dass etwas so Erschreckendes und Wunderbares existierte, ohne sich ihnen zu unterwerfen.*

*Es folgten Monate der Demütigung und es kostete Othyrian Mühe, nicht den Teil ihrer selbst zu verlieren, der sie von der tumben Bestie trennte, welche die Menschen in ihr sahen. Unterbrochen wurde die Monotonie nur, wenn die Alchemistin, die sie auch vergiftet hatte, in die Kerker der Arena herabstieg, um sie zu untersuchen oder ihr Gift abzuzapfen – sie murmelte etwas über den fürstlichen Preis, den der König eines fremden Landes dafür bot, und die Herrschaft über den Tod, die seine Familie in ferner Vergangenheit angeblich gehabt hatte und nun wieder ausüben würde.*

*Innerlich lachte Othyrian sie aus, denn der Tod war wie sie: Zu mächtig und zu anders, als dass Menschen ihm wahrhaft gebieten könnten. Ihn binden nur jene uralten*

*Regeln, die kein Sterblicher je wirklich durchschaut hat, und wer so arrogant ist, ihn in seine Dienste zwingen oder ihm durch die Finger schlüpfen zu wollen, zahlt in der Regel einen hohen Preis.*

*Tagsüber verschloss eine Maske aus Eisen Othyrians Mund und machte sie stumm. Die Menschen, die sie gefangen hielten, fürchteten ihre Stimme, die sie daran erinnerte, das Othyrian kein Tier war. Nur, wenn man ihr Fleisch hinwarf, durfte sie für eine kurze, kostbare Zeit ihre Kiefer voneinander lösen.*

*Aber dann tauchte das Mädchen mit den tiefen Augenringen auf, das Othyrian wahrhaft sah. Nicht die von Narben gezeichnete Attraktion der Arena, sondern die Königin der Wüste, die hergekommen war, um mehr über die Geheimnisse der Welt zu erfahren. Das Mädchen wusste, dass Othyrian sie töten könnte, wusste, dass Othyrian Grund hatte, Menschen zu hassen. Und trotzdem beschloss sie, dem Mantikor zu vertrauen.*

*Othyrians lange unter Hass und Resignation verschüttete Neugier war geweckt. Ein Lächeln, kalt und erhaben wie die Nacht in der Wüste, spielte um die Lippen des Mantikors, als Maia mit zitternden Händen und einem gestohlenen Schlüssel ihre Ketten löste.*

*Die Königin der Wüste war wieder frei. Und sie würde fortan Jagd auf diejenigen machen, die glaubten, prachtvolle, gefährliche Kreaturen in Ketten schlagen zu können.«*

Während sie sprach, huschten die Emotionen der Figuren aus der Geschichte über Aëlis Gesicht, und das unheimliche Lächeln des Mantikors passte verblüffend gut auf ihre Lippen. Vielleicht malte sie sich aus, wie Othyrian kurzen Prozess mit der Prinzipalin machte.

Simmie sah sie mit hochgezogenen Brauen an. »Du könntest deine Inspirationsquellen etwas besser verstecken.«

»Ich finde den Mantikor noch immer eher wild und einschüchternd«, fügte Anders hinzu.

»Als Kuscheltier wird sie uns wenig gegen Jarika bringen«, gab Aëlis scharf zurück. »Außerdem kann ich das Wesen aus deiner Geschichte nicht zur Unkenntlichkeit verändern. Sonst noch Beschwerden?«

»Im Gegenteil.« Anders hob die Hände und verzog wieder das Gesicht, als das ein scharfes Ziehen durch seinen Arm sandte. Hatte Aëlis seine Schulterwunde nicht gut genug gereinigt? War sie gerade dabei, sich zu entzünden? »Danke, dass diesmal ich einer Geschichte lauschen durfte.«

»Ja, ich denke, daraus könnte etwas werden.« Simmie saß mit schiefgelegtem Kopf da und schien auf etwas zu lauschen, das keiner von ihnen beiden hören konnte. »Konntest du Luft schnappen, Anders? Ich würde gerne weiterreisen, bevor Jarika auf die Idee kommt, uns abzufangen.«

Stöhnend richtete er sich auf und sie setzten ihren Weg fort. Anders staunte über die Geräuschkulisse dieser Welt. Da war kein fernes Rauschen von Autos, keine Fetzen von Gesprächen oder fernes Handyklingeln. Stattdessen hörte er nur ihre regelmäßigen Schritte auf dem staubigen, hier und da von Unkraut überwucherten Weg und das Rascheln und Zwitschern aus dem Wald, der sich grün und geheimnisvoll zu beiden Seiten erhob.

»Sicher, dass wir parallel zur Hauptstraße unterwegs sind?«, fragte Anders, der jede Orientierung verloren hatte. Es bereitete ihm mittlerweile Schwierigkeiten, einen Fuß vor den anderen zu setzen.

»Zumindest gehen wir in die richtige Richtung.« Aëlis deutete zum Himmel. Anscheinend sagte der Stand der Sonne ihr, was sie wissen musste.

»Wenn wir da sind … kannst du dir nochmal meine Schulter anschauen?«, fragte Anders.

»Auf jeden Fall. Außerdem kennt sich mein Bekannter auch gut mit Verletzungen aus.«

»Hat er auch einen Namen?«, fragte Simmie.

Sie zuckte die Schultern. »Ich vermute, dass er mal einen hatte.«

Während sie wanderten, erzählten Aëlis und Simmie Anders vom Leben in Aarlund, vom verfallenen Leuchtturm, in dem in manchen

Nächten ein geisterhaftes Licht aufschien und Schiffe in die Irre führte, von den gefährlichen Fahrten der Fischer und den Abenteuern der Geschichtenerzähler, die unerkannt, den Kopf voller wertvoller Ware, unter den Augen der Häscher Jarikas in die Stadt und wieder heraus schlüpften. Als es um die schaurigen Legenden der Fischer und die Gefahren der Straßen Aarlunds ging, hörte Anders das Zögern in Simmies Stimme, doch er fragte nicht nach.

Er lauschte den beiden, wollte in Erfahrung bringen, was es über diese Welt zu wissen gab. Vielleicht würde es ihm helfen. Es bereitete ihm jedoch zunehmend Schwierigkeiten, ihnen zu folgen.

Als die Schatten lang wurden und sich die Stimme des Waldes zu verändern begann, wandte sich Simmie an Aëlis. »Wie weit ist es noch bis zu deinem Freund? Bist du sicher, dass wir auf dem richtigen Weg sind?«

»Hier müsste bald eine Abzweigung kommen. Und dann haben wir es bald geschafft.«

Anders Schulter brannte mittlerweile heftig und der abendliche Wald um ihn herum begann, seltsame Schlieren zu ziehen. Er sah blasse Echos von Rehen über den Weg wandern, deren Knochen leuchteten wie bei einer Röntgenaufnahme und hörte sanfte Eulenrufe.

»Aëlis, Simmie …« Seine Knie gaben unter ihm nach, bevor er einen vollständigen Satz herausbringen konnte.

Simmie schaffte es, ihn mehr oder weniger aufzufangen und ins hohe Gras am Wegesrand zu bugsieren, damit er wenigstens weich fiel.

Aëlis beugte sich über ihn. Ihre Augen leuchteten wie die der Katze, in deren Gestalt er sie zuerst gesehen hatte. Sie löste die Schnürung seines Hemdes, löste seinen Verband und fluchte leise.

Auch Simmies Gesicht tauchte über ihm auf. »Das war kein Nagel, oder?«, flüsterte er. »Der Mantikor hat ihn mit seinem Stachel erwischt. Vielleicht aus Versehen …?«

»Versehen oder nicht – das spielt womöglich bald keine Rolle mehr. Hilf mir, ihn zu tragen. Wir sind gleich da. Nur noch um diese Kurve.« Etwas im panischen Stakkato von Aëlis' Worten ließ eine kalte Angst in Anders aufkeimen, die selbst den Nebel seines Deliriums durchdrang. Er hatte Aëlis gereizt und in Eile gesehen und einen Blick auf die unterdrückte Wut in ihr erhascht. Aber diese Angst war neu.

Würde er hier sterben, als Teil einer vermeintlichen Auserwählten-Geschichte mit einer grausam-banalen Wendung? Als derjenige, der sterben musste, um zu zeigen, womit es der echte Held der Geschichte zu tun hatte?

Er wurde aufgehoben und getragen. Jede Bewegung schmerzte und verstärkte sein Schwindelgefühl. Er blinzelte, versuchte, seine Umgebung im schwindenden Licht zu erkennen.

Da kam ein Haus in Sicht, moos- und efeubewachsen und von einem spitzen, tief herabgezogenen Dach gekrönt wie vom Hut eines Zauberers. Ein paar magere Schafe und Ziegen grasten inmitten der Einfriedung, und ein hochgewachsener Mann blickte erst irritiert, dann erschrocken von dem alten Brunnen auf, aus dem er Wasser hochgekurbelt hatte.

Da war etwas Wartendes an diesem Ort, das sich halb abschreckend, halb vertraut anfühlte. Anders spürte, dass sich etwas veränderte, als er über die Einfriedung gehoben wurde.

Jemand trat zu ihm, eine hagere Gestalt, die eine bleiche Flamme – nein, das war eine Laterne – trug. Anders sah sie, sah Aëlis und Simmie, die sich über ihn beugten, verschwommen, als hätte er unter Wasser die Augen geöffnet. Das kalte Brennen des Gifts zog ihn herab und herab und herab …

»Wenn wir schnell sind, kann ich ihn vielleicht retten«, hörte er eine Stimme, heiser wie die eines Menschen, der es nicht länger gewohnt war, zu sprechen.

Anders wälzte sich in unruhigen Träumen in einem Bett, das ungewohnt roch – seltsam modrig. Was war das für ein billiges Hotel? Normalerweise hatte er doch ein glückliches Händchen mit Unterkünften.

Vor ihrem nächsten Urlaub würde er sich besser informieren und auch Mückenspray mitnehmen, denn der aufgekratzte Mückenstich auf seinem Arm sandte Jucken und Brennen bis in seine Fingerspitzen.

Er blinzelte und sah Anja im Licht einer altmodischen Lampe dasitzen, die sonderbare Lichter und tiefe Schatten in ihre Augen malte. Er hatte seine Frau schon oft so gesehen – in den letzten Jahren war ihr Schlaf kurz und ruhelos geworden und oft stand sie auf, um mit einer Zeitung oder einem Buch neben dem Bett zu sitzen, bis die Müdigkeit wieder überhandnahm.

Manchmal war er nachts erwacht, um neben sich überrascht ins Leere zu tasten, aber er hatte sich schnell beruhigt. Sie sah schön aus, wie sie so nachts dasaß, ihr Gesicht angestrahlt vom weichen, gelblichen Schein des kleinen Leselichts, dass sie nutzte, um ihn nicht zu stören, und der Anblick war ihm ebenso lieb wie ihre Wärme neben ihm.

Heute trug sie ein dunkles Nachthemd, das er nicht kannte, und hielt einen Stickrahmen in der Hand. Mit einer winzigen, fein ziselierten Schere schnitt sie herabhängende Fäden ab. Er hatte sie noch nie sticken gesehen, doch ihre Finger bewegten sich mit dem Geschick langer Erfahrung.

Etwas an dem Anblick bereitete ihm Unbehagen. Da war etwas, das er vergessen hatte, das er nicht hätte vergessen dürfen.

»Du bist wach«, sagte er nur.

Sie lächelte ihn unter diesen dunklen, nachdenklichen Augen an und schob eine Schneide der Schere unter einen Stich, zerschnitt den Faden mit einer kleinen, präzisen Bewegung. Sorgsam löste sie ihn aus dem Stoff und ließ ihn zu Boden wehen.

Anders zuckte zusammen. »Machst du das Bild nicht kaputt?«

Sie schüttelte den Kopf. »Manchmal müssen wir Fäden abschneiden – Handlungsstränge, Versprechen, Verbindungen zu anderen. Es ist gut, ein Werkzeug zu haben, das diese Dinge beendet. Nur so werden Menschen von unerfüllten Eiden, ungesühnter Schuld und nicht beendeten Geschichten befreit. Kannst du dir die Geisterplage vorstellen, mit der wir es sonst zu tun hätten?« Sie schüttelte den Kopf. »Nein, manchmal ist es nötig, Schnitte zu machen.«

Sie trat ans Bett und strich ihm mit kühlen Fingern über die schweißnasse Stirn. »Ich würde dir gerne im Austausch für deine Geschichte auch eine erzählen, aber das ist mir nicht gegeben. Ich vermute, meine Gabe ist das Zuhören.

Aber ich weiß genug über Geschichten, um zu wissen, dass du mir etwas Kostbares gegeben hast. Im Austausch biete ich dir also eine Entscheidung – vielleicht auch eine Versuchung – an. Ich leihe dir etwas von meiner Macht, Fäden zu kappen: die Macht, ein Versprechen oder eine Verstrickung in eine Geschichte aufzuheben. Einen Weg aus Karran. Wirst du diesen einfachen Weg wählen? Und was wird es über dich enthüllen, ob du es tust oder nicht – oder ob du einen ganz anderen Weg findest?« Sie lächelte.

Es klimperte leise, als sie die Schere auf den kleinen Schemel neben dem Bett legte. Lange sah Anja-aber-auch-nicht-Anja ihn an. Mit traumtypischer Gewissheit wusste Anders, dass er nicht zu seiner Frau aufblickte, aber zu einer Person von großer Bedeutung, einer Person, mit der ihn etwas verband.

Noch einmal berührte sie ihn mit kalten, federleichten Fingern. Dann verließ sie mit lautlosen Schritten das schäbige kleine Hotelzimmer, dass sich anscheinend an altmodischem Charme versuchte und daran scheiterte. Nein, das Zimmer war real, das war nicht nur ein Traum. Er blinzelte.

Anders seufzte und trotz des Juckens in seiner Schulter – nein, das war mehr als ein Jucken, das tat richtig weh – forderte die Erschöpfung ihren Tribut. Wahrscheinlich hatten sie eine lange Wanderung gemacht. Ob Anja ebenso seltsame Träume hatte wie er? Er würde sie am nächsten Morgen fragen.

Er glitt wieder in tiefen Schlaf und diesmal fanden ihn keine weiteren Träume.

Anders erwachte davon, dass jemand sich an seiner schmerzenden Schulter zu schaffen machte. Nur langsam verblassten die wirren, seltsam intensiven Bilder seines Traums, schwand der Stich der Trauer, den er mit sich brachte. Sie wurden von einer Wirklichkeit abgelöst, die nur ihre Kohärenz von einem fantastischen Traum trennte.

Er blickte auf und war überrascht, nicht Aelis oder Simmie zu sehen, sondern einen hohlwangigen Fremden. »Gut, gut …«, murmelte der. »Nicht viele Menschen können für sich behaupten, den Stich eines Mantikors überlebt zu haben. Das Königsgift basiert darauf, wusstest du das? Aber ich vermute, dir ist aufgefallen, wie nah du dem Tod heute Nacht gekommen bist.«

Er deutete mit einem langen Kinn auf den Schemel neben Anders Bett, auf dem dieser eine kleine Silberschere liegen sah, die zu fein gearbeitet für die bescheidene Hütte wirkte. Die Schneiden der Schere waren mit winzigen Gravuren von Eulen mit ausgebreiteten Schwingen verziert.

»Das … ist deine, oder?« Anders Stimme zitterte, als der Traum zu ihm zurückkehrte.

»Nein, sie gehört dir.« Der Fremde sagte es im Brustton der Überzeugung, dann wandte er den Kopf. »Er hat es überstanden«, rief er durch den schweren Vorhang, der die kleine Schlafkammer, in der Anders erwacht war, vom Nebenraum trennte. Wieder dachte Anders, dass seine Stimme heiser und ungeübt klang, als hätte er lange nicht mehr mit Menschen geredet.

»Anders?« Aelis eilte herein. »Wie geht es dir?«

Probehalber stemmte er sich hoch, bewegte seinen Arm, auf dem ein Verband ein sonderbares, knochenbleiches Stück Moos festhielt. Der Schmerz war noch da, aber dumpf und weit entfernt. »Große körperliche Anstrengung könnte schwierig werden, aber ansonsten geht es mir verblüffend gut. Und ich vermute, ein spektakuläres Duell mit der Prinzipalin kam ohnehin nie infrage.«

Keiner von beiden sah überzeugt aus, aber sie sagten nichts. Sie wollten wohl nicht riskieren, dass ihr fabulierender Geschichtenerzähler, der ihr Land von Jarikas Tyrannei befreien sollte – er hatte noch immer nicht die geringste Ahnung, wie sie sich das nun konkret vorstellten, wusste nicht einmal, ob sie selbst es wussten -, es sich anders überlegte.

»Ich habe Frühstück für euch«, sagte ihr hagerer Gastgeber, der sie mit verschränkten Armen und überraschend wenig Interesse ansah. Man könnte meinen, ein Trio wie sie würde ein wenig mehr Neugier auflösen.

Anders ließ für einen Moment die sonderbare Atmosphäre der Hütte auf sich wirken, dann sah er ihren Gastgeber an. »Was ist das für ein Ort?«, fragte er.

Der bleiche Mann lachte raschelnd. »Ein aufmerksamer Gast.« Er ließ etwas zwischen den langen, bleichen Fingern tanzen – eine Silbermünze, in die eine Eule graviert war. »Es ist ein sicherer Ort. Er steht unter dem Schutz meiner Herrschaften.«

Aëlis hinter ihm blinzelte irritiert, bevor sich ihre Miene wieder entspannte. »Ja, das ergibt Sinn«, murmelte sie.

»Vergiss deine Schere nicht«, mahnte ihr Gastgeber, als Anders mühsam aufstand. Er mochte nicht länger auf der Schwelle des Todes balancieren – was auch immer dieses mysteriöse Moos war, es hatte Wunder gewirkt –, doch er war geschwächt. Er griff nach der Schere und wog sie in der Hand. Sie war kühl und überraschend schwer.

Was hatte er hier zu suchen? Er war nur ein verletzter, alter Mann mit Fähigkeiten, die er nicht verstand, in einem Konflikt, der leicht tödlich für ihn und seine Familie enden konnte.

Anders ließ die Schere in die Tasche seiner mittlerweile von kleinen Rissen und Gras- und Erdenflecken gezeichneten Hose gleiten, zu der Nuss, die wie ein Versprechen dort schlief.

Wenn sein Traum kein Traum war – wenn das Gift des Mantikors und dieser Ort (er zweifelte nicht länger daran, dass sie bei einem Totenknecht Obdach gefunden hatten) ihn nahe genug an das Reich des Todes gebracht hatten, um dieses sonderbare Gespräch zu ermöglichen – bot Airins Geschenk ihm dann einen Ausweg?

Doch da war der Fakt, dass die Königin und ihr Schatten seine Familie bedrohten. Er hatte das seltsame Gefühl, dass er hier in Karran am richtigen Ort war, und nicht zuletzt waren da die Bewohner dieser Welt. Er sah Aëlis und Simmie an: Aëlis schlafzerzaust und energiegeladen, Simmie angespannt. Vielleicht spürte er mit derselben Gewissheit, mit der er Airin in Aaarlund erkannt hatte, die Präsenz der Schwarzen Dame und ihres Gefährten an diesem Ort.

Als sie aufbrachen, berührte Simmie ihn an der Schulter und bestätigte seinen Verdacht. »Sie war heute Nacht hier, oder?«

Anders nickte.

»Was bedeutet das?«

»Ich werde es dir sagen, wenn ich es selbst verstanden habe. Ich denke … ich denke, ich muss ein wenig nachdenken.«

Anders berührte wieder die Schere und die Nuss in seiner Tasche. Der Anfang und das Ende einer Geschichte. Eine Entscheidung. Und vielleicht eine Lösung für ein gewisses Problem … Anders spürte eine Idee in sich aufkeimen.

»Schaut mal«, sagte Simmie, nachdem sie lange schweigend gewandert waren, und deutete schräg nach oben, wo sich Turmspitzen über den Wipfeln abzeichneten. »Sieht so aus, als hätte Aëlis uns nicht in die Irre geführt.« Er lächelte schief. »Dann bleibt uns nur zu hoffen, dass es besser läuft als letztes Mal.« Sein Lächeln verschwand, als er Aëlis Blick auffing.

»Letztes Mal?«, fragte Anders stirnrunzelnd.

»Es ist nicht das erste Mal, dass Aëlis sich mit der Königin anlegt.«

»Aber das erste Mal, dass wir einen Geschichtenerzähler wie Anders an unserer Seite haben«, sagte Aëlis scharf. »Lasst uns lieber darüber reden, wie wir ungesehen in die Hauptstadt kommen und was wir als Nächstes machen.«

»Mich würde auch interessieren, was euer Plan ist«, sagte eine weiche, tiefe Stimme hinter ihnen.

Anders zuckte zusammen und drehte sich ein wenig zu schnell um. Als er sein Gleichgewicht wiederfand, sah er in ein dunkelblaues und ein trübes Auge.

So standen sie sich gegenüber, der Mantikor mit dem von Narben gezeichneten Fell gelassen und geschmeidig, die drei Menschen starr vor Schreck.

Über ihnen zog ein Vogel, der kein Vogel war, immer tiefere Kreise. Jarikas Schatten war nicht überrascht, dass der Geschichtenerzähler sich seiner Drohung gebeugt hatte. Mit dem Mantikor hingegen hatte er nicht gerechnet. Die distanzierte Aufmerksamkeit des Jägers wich aufrichtiger Faszination, als er das Geschehen auf dem Waldweg beobachtete.

# ACHTES KAPITEL

## Christian Handel

Eine Geschichte ändert die Vergangenheit. Eine Allianz wird geschlossen. Die Prinzipalin begeht einen Fehler, und der Tod breitet seine Flügel aus.

»Ein Fabulierender, eine Formende und ein Lenkender. Und ihnen allen fehlen die Worte.«

Othyrians Lefzen verzogen sich zu einem Grinsen, doch der Anblick ihrer gewaltigen Zähne ließ Anders schwindelig werden. Ja, er hatte sie herbeifabuliert, und doch hatte er sich die Königin der Mantikore nicht so vorgestellt. Vom Kampf gezeichnet, das ja, und auch den narbenüberzogenen Löwenkörper und den gewaltigen Skorpionschwanz hatte er erwartet. Doch die Eleganz, mit der sie sich bewegte, ihr Fell, das in der Mittagssonne wie geschmolzenes Gold glänzte und ihre Reißzähne und Krallen: Othryian besaß die tödliche Schönheit eines vergifteten Langdolchs. Mit zitternden Fingern tastete er in der Tasche nach seiner Nuss.

»Warum interessierst du dich für unseren Plan?«, würgte er schließlich hervor.

Die Mantikorin kam einen Schritt auf sie zu und Anders wich vor ihr zurück. Sie knurrte ungehalten. »Hört auf, Angst vor mir zu haben. Das ist äußerst lästig und führt zu nichts. Wenn ich euch tot sehen wollte, wäret ihr das schon längst.«

»Eine seltsame Art, uns die Angst nehmen zu wollen«, platzte es aus Aëlis heraus. Anders warf ihr einen ungläubigen Blick zu. Sie stand dicht bei Simmie, der wie erstarrt war, und hatte die Hände zu Fäusten geballt. Die Königin der Wüste schien jedoch eher amüsiert als verärgert. Seelenruhig ließ sie sich vor ihnen im weichen Gras nieder.

Weil er nicht wusste, was er sonst tun sollte, setzte sich Anders schließlich mit untergeschlagenen Beinen ihr gegenüber. Nach kurzem Zögern folgten seine Begleiter seinem Beispiel. Mehrere Herzschläge starrten sie sich nur an. Dann zuckte Othyrians Skorpionschwanz wie der einer Katze. »Ich will euch nach Mervang begleiten.«

»In die Hauptstadt?« Simmies Stimme kippte beinahe.

Aëlis schüttelte den Kopf. »Unmöglich. Es wird so schon schwierig genug, unerkannt in die Stadt zu kommen.«

»Es ist unmöglich, unerkannt in die Stadt zu kommen oder gar unentdeckt bis zu eurer Prinzipalin vorzudringen.«

»Ich habe es schon einmal geschafft.«

»Diesmal weiß deine Feindin bereits, dass du auf dem Weg zu ihr bist.«

Aëlis runzelte die Stirn. »Was meinst du?«

»Habt ihr den Vogel nicht bemerkt, der euch auf Schritt und Tritt gefolgt ist? Wie ein *Schatten*?«

Die Nackenhaare stellten sich Anders bei diesem Wort auf. Sofort legte er den Kopf in den Nacken und suchte den Himmel ab. Doch durch das Blau über ihm zogen nur ein paar Schäfchenwolken.

Othryian gähnte gelangweilt. »Mach dir keine Mühe. Die Aaskrähe ist bereits verschwunden. Zweifellos, um ihrer Herrin Bericht zu erstatten.«

»Jarika«, vermutete Aëlis.

Die Mantikorin nickte und Anders musste an die kleine Schere denken, von der er eigentlich nur geträumt hatte und die nun doch hier und jetzt in seiner Tasche steckte. Die Schere, die ihm die Macht gab, all dies hinter sich zu lassen, diese Welt, diesen Wahnsinn. Diese Wunder. Doch was wurde dann aus Patricia?

Er räusperte sich. »Weshalb willst du uns begleiten, Königin der Wüste?«

»Schmeicheleien werden dir nichts nutzen, Geschichtenerzähler. Ich bin einmal auf die honigsüßen Worte von Menschen hereingefallen. Ein zweites Mal wird dies nicht geschehen.«

»Wirst du mir dennoch meine Frage beantworten?«

Wieder wedelte Othyrian mit ihrem Skorpionschwanz. Ein Sonnenstrahl fiel auf seinen Stachel und ließ ihn schimmern wie einen schwarzen Diamanten. »Auch meine Feindin verbirgt sich in Mervang.«

»Deine Feindin?« Aëlis' Finger zuckten aufgeregt. »Die Königin der Wüste war wieder frei. Und sie würde fortan Jagd auf diejenigen machen, die glaubten, prachtvolle, gefährliche Kreaturen in Ketten schlagen zu können. So habe ich deine Geschichte geformt. Du wirst uns helfen, Jarika zu Fall zu bringen.«

Die Chimäre legte den Kopf in den Nacken und lachte. »Eure kleine Menschenkönigin ist mir egal.«

Auch Simmie schien seine Furcht zu vergessen. Er beugte sich neugierig vor. »Wen meint ihr dann?«

Das ozeanblaue Auge der Mantikorin blitzte. »Dazu muss ich euch eine Geschichte erzählen.«

Leise wie ein Windhauch landete der Schatten auf der Brüstung des Ostturms. Die Prinzipalin erwartete ihn bereits. Mit einem letzten Flügelschlag warf er sein falsches Federkleid ab und schlüpfte zurück in seine ursprüngliche, formlose Gestalt.

»Du hast dir Zeit gelassen«, sagte sie, nachdem er sich vor ihr aufrichtete.

Er ignorierte die Kälte in ihrer Stimme. »Der Geschichtenerzähler ist auf dem Weg hierher. Er wird noch vor Sonnenuntergang eintreffen.«

Er genoss es, zu sehen, wie sich ihre Pupillen weiteten. Wie viele Zungen hatte Jarika bereits auf ihrem Dornenbusch aufgespießt? Sicher ging sie davon aus, ihn bald schon mit einer weiteren zu zieren. Sie fragte ihn nicht einmal, wie er es geschafft hatte, den Fremden dazu zu bringen, zu ihr zu kommen, wo ihn doch sicher ein schreckliches Schicksal erwartete. Sie war es gewohnt, dass er jeden einzelnen ihrer Aufträge erfüllte, so, wie es bereits ihr Vater gewesen war.

»Er ist nicht allein«, wischte er ihr deshalb schnell den Triumph aus dem Gesicht. »Eine Frau und ein Mann begleiten ihn. Sie fliegen auf dem Rücken eines Mantikors. Und der Tod folgt ihnen auf den Fersen.«

Jarikas Miene blieb bei seinen Worten ausdruckslos, eine Maske der Gelassenheit. Doch das nervöse Zucken ihrer Finger um die Phiole mit dem Königsgift verrieten sie. Hätte der Schatten ein Gesicht gehabt, er hätte gelächelt. Er genoss es, diejenige, die seine unsichtbaren Zügel hielt, nervös zu sehen, selbst, wenn es nicht seinetwegen war.

»Ein Mantikor?«

»Eine geflügelte Bestie«, erklärte er. »Mit dem Körper eines Löwen, dem Schwanz …«

»Ich weiß, was ein Mantikor ist!«

»Wir alle wissen, was ein Mantikor ist. Zumindest seit einer Weile.« Seit der Fremde aus einer anderen Welt ein Märchen erzählt und damit ein Monster in ihre entlassen hatte. Wie viele Ungeheuer würde Anders noch nach Karran bringen, wenn man ihn gewähren ließ?

Jarika schob entschlossen ihr Kinn nach vorne. »Du wirst zu diesem Geschichtenerzähler zurückkehren«, befahl sie. »Sag ihm, dass ich ihn in der Felsdornarena treffen werde. Sobald die untergehende Sonne den Horizont berührt.«

»Und dann?«

»Werde ich ihm mit dem Onyxdolch die Zunge herausschneiden, wie ich es auch mit all den anderen vor ihm getan habe.«

»Das wird seine Geschichten nicht wieder verschwinden lassen.«

»Aber künftige. Bist du dir sicher, dass er kommt?«

Er nickte. »Wir haben ihn in der Hand. Sein Herz ist weicher als das seiner Gefährten.«

Jarika schnaubte. »Gegen meinen Dolch und meinen Schatten kann selbst ein Mantikor nicht bestehen.«

Gierige Wärme erblühte tief im Inneren des körperlosen Wesens des Schattens. Bilder zuckten durch seine Gedanken: Formlose Schwärze, die sich in Krallen verwandelte, die sich tief in den Körper einer geflügelten Bestie bohrten, Fell und Fleisch zerfetzten, bis das Blut spritzte und er sich endlich, endlich wieder lebendig fühlte. Herzräuber. Für einen Moment. Er musste sich dazu zwingen, sich nicht in der brutalen Schönheit dieser Vorstellung zu verlieren.

Jarika hatte sich bereits abgewandt und den Umhang enger um sich gezogen. Sie wartete nicht darauf, dass er ihren Befehl ausführte, natürlich nicht. Er hatte keine Wahl und das wusste sie. Gelassen lief sie zur Bodenluke, die ins Innere des Turmes führte.

»Ein Rat, Herrin«, hielt er sie auf.

Vor der ersten Treppenstufe blieb sie stehen und wandte ihm ihr Gesicht zu, das das Purpurmal in zwei Hälften spaltete.

»Es ist nicht der Mantikor, den Ihr fürchten solltet. Und auch nicht der Geschichtenerzähler.«

Wortlos starrte sie ihn an. Der Schatten trat näher. »Fürchtet den Tod, der ihnen folgt. Er ist hungrig.«

*»Es war einmal eine Königin, stolz und schön«*, begann Othyrian ihre Geschichte. *»Das Leben hatte sie gezeichnet, doch sie trug ihre Narben mit erhobenem Haupt.*

*Noch nicht einmal die Jahre in den Kerkern der Menschen hatten sie brechen können. Nachdem ausgerechnet ein Menschenmädchen erst sie befreit hatte und sie beide dann gemeinsam deren Schwester, zogen sie als Dreigestirn durch die Länder der Welt. Sie befreiten jene, die zu Unrecht in Ketten geschlagen wurden und straften die, die diese Ketten geschmiedet hatten.«*

»Das ist deine Geschichte«, flüsterte Simmie aufgeregt. Anders folgte seinem Blick zu Aëlis, aus deren Gesicht jegliche Farbe gewichen war.

»Es ist auch ihre Geschichte«, korrigierter er und deutete auf die Mantikorin.

Simmie runzelte die Stirn. »Aber wie kann das sein? Ihr beide habt Othyrian mit euren Erzählungen geschaffen. Ich habe noch nie von einer Figur aus einer Geschichte gehört, die wiederum selbst eine Geschichte erzählt. Was geschieht dann? Wird auch ihre Geschichte die Wirklichkeit verändern?«

Aëlis zuckte mit den Schultern. »Ich weiß es nicht.«

»Lasst sie erzählen«, beschied Anders und nickte dann der Königin der Wüste zu, damit sie weitersprach.

Othyrian nickte ihm huldvoll zu. *»Viele Jahre flogen die drei zusammen durch die Lande. Doch Menschenmädchen leben nicht so lange wie Mantikore, und irgendwann beschlossen die beiden Schwestern, in einer Stadt am Meer zurückzubleiben, in der die drei eine Weile gelebt hatten. Zum Abschied machte jene Schwester, die die Königin einst aus dem Kerker befreit hatte, dieser ein kostbares Geschenk: einen seltenen Gegenstand, den man Geisterflasche nannte und der angeblich einen Wunsch erfüllen konnte.*

*Als die Königin der Wüste das Geschenk entgegennahm, wusste sie, dass die Zeit ihrer Rache gekommen war. In einer Neumondnacht, als die Dunkelheit den weißen Sandstrand des Südmeeres dunkelgrau färbte, zerbrach sie die Flasche und beschwor die Geister ihrer Ahnen, um zu erfahren, ob eine alte Feindin noch lebte, und, falls ja, was aus ihr geworden war.*

*‚Du willst wissen, was aus der Alchemistin geworden ist, die dich zur Zeit deiner Gefangenschaft so sehr gequält hat', flüsterte ihr die durchsichtige Gestalt zu, die der Flasche entstiegen war, denn Geister wissen, was wir von ihnen wollen, ohne dass wir es aussprechen müssen.*

*Trotzdem nickte die Königin.*

*Der Kehle der Geistergestalt entstieg ein unheilvolles Dröhnen. ‚Du hast deine Rache bekommen. Die, die sich Ylisandre nannte, ist nicht mehr.'*

*‚Ist sie denn tot?', wollte die Königin wissen. Zorn stieg in ihr auf, denn nichts wünschte sie sich so sehr, wie ihre Zähne in der weichen Menschenhaut der Alchemistin zu vergraben und sie für all das Leiden zu lassen, was sie ihr angetan hatte.*

*‚Ein schlimmeres Schicksal hat sie ereilt', antwortete ihr Ahn.*

*‚Was kann schlimmer sein als der Tod?'*

*‚Ein Leben in Ketten, unsichtbar zwar, doch geschmiedet durch einen Fluch.'*

*‚Das ist nicht genug.' Auch sie hatte einst in Ketten gelegen und deshalb wusste sie, dass man solche Fesseln sprengen konnte. ‚Wo ist sie?'*

*Der Ahnengeist zögerte und die Königin flehte ihn nur mit den Augen an, ihr zu verraten, wo sie die Alchemistin fand.*

*‚Das Gift, das sie aus deinem Blut gewonnen hat', verriet er schließlich, ‚hat sie zu einer mächtigen Waffe destilliert. Zu einem Trank, der zum Tode führt.'*

*Die Königin schnaubte verächtlich.*

*‚Kein einfaches Gift', fuhr ihr Ahne fort und erklärte ihr, dass der Trunk ein Wesen nicht zwangsläufig umbringen würde, aber jenem, der es trank, die Möglichkeit gab, den Tod selbst um eine Audienz zu bitten.«*

Anders' Nackenhaare stellten sich auf. Er wechselte mit Aëlis und Simmie einen Blick, doch sie waren zu gebannt von Othyrians Geschichte, als dass sie sie hätten unterbrechen können.

*»So erfuhr die Königin der Wüste, dass ihre Feindin dieses Gift an einen König verkauft hatte. Zum Dank gewährte er ihr Schutz und Unterkunft in seinem Palast.*

*Doch Ylisandre wollte mehr, wie es doch ach so typisch für Menschen ist. Die meisten wollten immer mehr, egal, wer dafür einen Preis zahlen musste.*

*‚Was hat sie getan?‘, fragte sie.*

*‚Sie wollte Königin werden‘, antwortete der Ahnengeist. ‚Doch der König war bereits verheiratet.‘ Er seufzte tief. ‚Die Alchemistin begann, die Königin zu vergiften. Ein paar Tropfen Purpurblut mischte sie täglich in den Abendtrunk, um sicher zu stellen, dass es ihr unmöglich war, ein Kind zu empfangen.‘*

*Die Augen der Königin blitzten. Sie wusste, dass in vielen Reichen der Menschen eine Königin, die ihrem Gemahl keine Erben gebären konnte, eher als Bürde denn als Segen angesehen wurde. ‚Der König hat seine Frau verstoßen‘, vermutete sie.*

*Der Geist schüttelte den Kopf. ‚Das nicht.‘*

*Er berichtete ihr davon, wie es dem König doch noch gelungen war, zu einer Erbin zu kommen.«*

»Jarika«, unterbrach Aëlis die Mantikorin. »Du sprichst von Jarika.«

Othyrian nickte. »So heißt sie wohl. Ein Kind, von einem Geschichtenerzähler in die Welt fabuliert. Ein Trank, der seiner Mutter schließlich das Leben kosten sollte. Die Menschenkönigin hätte unter Einfluss des Gebräus niemals schwanger werden dürfen.«

Anders schüttelte traurig den Kopf.

»Was geschah dann?«, drängte Aëlis.

*»Der König fand heraus, dass seine Alchemistin für den Tod seiner geliebten Frau verantwortlich war. Er ließ Ylisandre zu sich rufen. In ihrer Verblendung glaubte diese, endlich am Ziel ihrer Träume angelangt zu sein. Doch der König hatte anderes im Sinn.*

*‚Verflucht seist du‘, schmetterte er ihr entgegen. ‚Für deinen Verrat sollst du auf ewig an das Königshaus gekettet sein, verdammt, zu dienen und zu gehorchen. Dein Name und deine Taten sollen vergessen sein und getilgt aus der Erinnerung eines jeden, vor allem aber aus deiner. Niemals wieder sollst du deinen Namen hören, niemals wieder frei entscheiden. Jede Untat soll dir Leid bringen und der Fluch soll dich halten bis über deinen Tod hinaus.‘*

*Und aus der Menschenfrau Ylisandre wurde …«*

»Ich!« Eine eisige Stimme unterbrach die Mantikorin.

Anders wirbelte gemeinsam mit den anderen herum. Unbemerkt von ihnen allen war der Schatten aufgetaucht. In Gestalt eines Raben saß er auf dem dichtbelaubten Ast einer knorrigen Eiche. Seine Vogelaugen blitzten triumphierend. »Ich bin Euch zu Dank verpflichtet, Königin der Wüste. Ihr habt mir meine eigene Vergangenheit zurückgegeben.«

Während Jarika sich von ihren Kammerdienern die Silberrüstung von Karran anlegen ließ, gingen ihr die Worte des Schattens durch den Kopf. Der Tod war auf dem Weg nach Mervang. Zu ihr? Immer wieder betasteten ihre Fingerkuppen die dünne Silberkette, an der das Königsgift hing. Wie gern hätte sie die einzelnen Glieder auseinandergerissen, sich der Phiole entledigt, die jeden Tag schwerer auf ihrer Brust zu ruhen schien. Doch das war unmöglich. Vielleicht war es ein Fehler gewesen, dem Schatten aufzutragen, den Geschichtenerzähler und seine Gefährten in die Arena zu bestellen. Entgegentreten musste sie dem Fremden jedoch, und ihr Gefolge sollte sehen, wie sie ihm seine verfluchte Zunge herausschnitt. Sie ließ von der Kette ab und griff nach dem Onyxdolch, der in einer silbernen Scheide an ihrer Seite steckte.

»Jetzt noch der Mantel«, befahl sie dem Kammerdiener zu ihrer Rechten, nachdem er den letzten Riemen ihrer Rüstung geschlossen hatte. Es war ein junger Bursche, mehr Kind noch als Mann, und er sputete sich, ihrem Befehl Folge zu leisten. Geschickt befestigte er ihren Umhang.

Als er fertig war, nickte sie ihrem Spiegelbild zufrieden zu. Sie sah von Kopf bis Fuß aus wie eine der Kriegerköniginnen aus den alten Mythen. Niemand würde sie in die Knie zwingen: kein Rebellentrupp, kein Mantikor und bestimmt kein Geschichtenerzähler. Jarika straffte die Schultern. Solange sie den Onyxdolch führte und der Schatten ihrem Befehl unterstand, hatte sie nichts zu befürchten. Doch als sie sich umdrehte, um sich auf den Weg in die Arena zu machen, klirrte die Phiole auf dem Silberpanzer ihrer Rüstung. Das Geräusch erinnerte sie an leises Lachen. Als wolle das Königsgift sie ob ihrer stolzen Gedanken verspotten.

Wie ein Nest aus glitzernden Juwelen wirkte Mervang aus der Ferne. Die mit Smaragd und Topas, Saphir und Bernstein geschmückten Dächer fingen das letzte Licht des Tages ein, färbten es um und warfen es strahlend schön in den Himmel zurück. Wo Sonnenstrahlen auf Rubine trafen, sah es so aus, als würde die Stadt brennen.

»Atemberaubend, nicht wahr?«, rief Aëlis Anders zu. Sie war hinter ihm aufgestiegen, eingekeilt zwischen ihm und Simmie. Zwei Mädchen mochten auf dem Rücken der Mantikorin bequem Platz gehabt haben. Anders und seine Gefährten mussten sich jedoch eng aneinanderdrängen. »Deshalb nennt man Mervang auch die Stadt der Farben.«

Obwohl die regenbogenfarbenen Prismen ihn blendeten, konnte Anders den Blick nicht abwenden. »Das alles muss ein Vermögen gekostet haben. Wie ist das möglich?«

Aëlis lachte. Auch wenn ihm der Flugwind ins Gesicht peitschte, konnte er es deutlich hören. Mehr noch spürte er allerdings das Beben ihres Oberkörpers. »Eine Geschichtenerzählerin!«, rief sie von hinten. »Sie hat vor über hundert Jahren gelebt. Man sagt …«

»Nein«, protestierte er. »Keine weiteren Geschichten!«

Der Kopf schmerzte ihm ohnehin bereits von all dem, was er in den vergangenen Stunden erfahren hatte.

Der Schatten war ebenso schnell verschwunden, wie er gekommen war. Er hatte ihnen von Prinzipalin Jarika ausrichten lassen, dass sie Anders bei Sonnenuntergang in der Felsdornarena von Mervang erwartete.

Danach hatte der Schatten sich einfach in Luft aufgelöst. Und Anders und seine Gefährten hatten sich auf den Rücken der Mantikorin geschwungen, um Jarikas Ultimatum Folge zu leisten. Zumindest er hatte keine andere Wahl, wenn er Patricia retten wollte.

Unter ihm spannte Othyrian die Muskeln an. Ihre gewaltigen Flügel änderten ihre Haltung und sie drehten nach Osten ab. Er krallte seine Finger fester in ihre seidige Mähne und beugte sich nach vorne. »Warum änderst du den Kurs?«

»Die Arena«, brüllte Othyrian. Anders begriff erst nicht, was sie meinte, doch dann erkannte er die blau schimmernde ovale Fläche tief unter sich zu ihrer Rechten. Die Felsdornarena lag ein gutes Stück von der Stadt entfernt. Rund um ihre seltsam gefärbte Sandfläche ragten spitzen Steinnadeln in die Luft. Wie Türme kesselten sie den Kampfplatz ein. Othyrian sank tiefer und Anders konnte erkennen, dass man in die Felsen zahlreiche Logen gehämmert hatte. In einigen von ihnen standen prunkvolle Möbelstücke, in den meisten drängten sich allerdings einfache Holzbänke. Aëlis hatte ihm nach ihrem Aufbruch erzählt, dass in den Sommermonaten auf dem meerblauen Sand Ritterturniere abgehalten wurden. Zuschauer sah er heute jedoch keine. Die Logen waren leer. Nur am der Hauptstadt zugewandten Ende der Arena stand eine kleine Delegation: Menschen mit Speeren und Standarten, an denen die Banner der Prinzipalin flatterten.

»Siehst du Jarika?«, rief Aëlis.

»Noch nicht!« Das war Simmie. »Wette … taucht nicht eher auf, als … gelandet ...« Der Wind riss seine Sätze in Fetzen.

Mit einem gewaltigen Flügelschlag beschleunigte Othyrian. Anders fragte sich, wie es für sie wohl sein musste, wieder eine Arena zu Gesicht zu bekommen. Furcht schien sie keine zu kennen. Trotzdem beugte er sich noch einmal nach vorne. »Bist du sicher, dass du dort unten landen willst? Du könntest uns auch vor den Toren absetzen.«

»Und auf meine Rache verzichten? Nein danke!«

Ein Ruck ging durch ihren gewaltigen Körper, als sie erneut die Richtung korrigierte. Im Steilflug raste sie auf den Sand zu. Anders Magen schlug Purzelbäume.

Aëlis hingegen schien der wilde Ritt nichts auszumachen. »Dort«, rief sie aufgeregt. »Ist das der Schatten?« Ihr rechter Arm löste sich von Anders Hüften. Sie streckte ihn über seine Schulter und deutete mit dem Finger zu einer der Logen. Ein dunkler Vogel saß auf dem thronartigen Sitzmöbel darin. Der Wind ließ Anders' Augen tränen, doch als Othyrian die Loge passierte, erkannte er, dass es sich bei dem Tier nicht um einen Raben handelte, sondern um eine nachtschwarze Eule. Für einen Herzschlag lang schien sich das Gesicht des Tieres in das einer jungen Frau zu verwandeln, doch da musste er blinzeln und als er die Augen wieder öffnete, waren sie bereits weitergeflogen. Ein Blick über die Schulter verriet ihm, dass in der Loge nur ein Tier saß. Hatte er sich die Erscheinung nur eingebildet?

Othyrian landete mitten in der Arena. Anders wurde von der Erschütterung nach vorne gerissen, verlor das Gleichgewicht und stürzte zu Boden. Sand, fein und blau wie Blütenstaub, stob um ihn auf. Schnell presste er Lider und Lippen zusammen, während ihn die Fliehkraft wie einen menschlichen Pflug durch die Arena trieb. Er war noch nicht zum Halten gekommen, als er Hände auf sich spürte.

»Zurück!«, hörte er das befehlsgewohnte Gellen einer Frauenstimme durch die Luft gellen.

Irgendwo hinter ihm brüllte Othyrian wütend.

Er blinzelte und sah, dass die Hände dem Schatten gehörten. Er saß rittlings über ihm und tastete mit rauchigen Fingern seinen Oberkörper ab. Anders wollte protestieren, doch das Gewicht auf seiner Brust presste ihm die Luft aus den Lungen. Die Hände des Schattens verwandelten sich in Tentakel. Wie ein Schlangenkörper legte sich einer davon um seinen Hals und drückte zu. Ein anderer schob sich in die Falten seines Gewandes. Anders öffnete den Mund, um zu protestieren, doch ihm fehlte die Kraft. Der schraubstockartige Druck um seinen Hals drohte, die Blutzufuhr zu seinem Gehirn zu unterbrechen. Helle Punkte begannen vor seinen Augen zu tanzen. Hilflos und unkoordiniert fuhren seine Hände durch die Luft, doch sie stießen auf keinen Widerstand. Alles, was er herausbekam, war ein schwaches Krächzen.

»Zurück!«, peitschte die fremde Frauenstimme noch einmal und diesmal lockerte sich der Tentakelgriff des Schattens etwas. »Das ist ein Befehl!«

So plötzlich, wie der Schatten gekommen war, war er auch wieder verschwunden. Als hätte er sich … er hatte sich einfach in Luft aufgelöst. Anders ließ den Kopf zurück in den Sand fallen, zerrte am Ausschnitt seines Hemdes und schnappte gierig nach Luft. Wieder spürte er Hände, doch diesmal gehörten sie Aëlis und Simmie. Sie knieten neben ihm auf den Boden und halfen ihm, sich aufzurichten. Er entdeckte die Nuss im türkisfarbenen Sand. Sie musste ihm beim Sturz aus der Tasche gefallen sein. Schnell steckte er sie wieder ein.

»Geht es wieder?«, fragte Simmie.

»Trink einen Schluck.« Aëlis hielt ihm einen Wasserschlauch an die Lippen.

»So gedenkst du, einen ehrbaren Handel zu besiegeln, Prinzipalin!« Wie Donnergrollen rollte die Stimme der Mantikorin durch die Arena.

Nachdem Anders sich den Schweiß von der Stirn gewischt hatte, sah er, dass eine Gestalt in silberner Rüstung und purpurfarbenem Mantel zwischen den Standartenhaltern hervorgetreten war und auf sie zukam. Das musste Jarika sein. Wenn sie von der Mantikorin eingeschüchtert war, so zeigte sie es nicht. »Mit dir habe ich keinen Handel geschlossen, Königin der Wüste«, beschied sie.

Othyrian fauchte. »Ich bin hier, um eine alte Rechnung zu begleichen.«

Plötzlich stand der Schatten neben Jarika. Er war so unvermittelt aufgetaucht, wie er zuvor verschwunden war. Anders Herz machte einen Satz. Warum hatte das Geschöpf der Prinzipalin ihn angegriffen? Sie war offenbar nicht damit einverstanden gewesen? Was hatte der Schatten gewollt? Er tastete mit den Fingern nach seiner Tasche und umschloss die Nust feste. Dem Himmel sei Dank! Die Nuss war noch da. Er war wieder geschützt. Doch weshalb …

»Was sollte das?«, zischte Jarika dem Schatten zu, als er sich neben ihr materialisierte.

Er antwortete nicht. Wut stieg in ihr auf, doch darum konnte sie sich jetzt nicht kümmern. Mit hoch erhobenem Kopf schritt sie durch den meerblauen Sand auf den Geschichtenerzähler und seine Gefährten zu. Dass der Schatten diesen bereits angegriffen hatte, war nicht geplant gewesen. Jarika gefiel es nicht, wenn ihr Diener sich zu solch eigenwilligen Manövern hinreißen ließ. Er war ihre Kreatur! Ihr Handlanger! Auf ewig an sie und die Mitglieder der königlichen Familie gebunden durch Schwur, Fluch und Vergessen.

Vor dem Geschichtenerzähler blieb sie stehen. Es war ein alter Mann, schwach wie ein welkes Blatt. Aber von seinem unscheinbaren Äußeren durfte sie sich nicht täuschen lassen. Wenn seine Worte tatsächlich so viel Macht besaßen, wie es hieß, war er trotz seines in die Jahre gekommenen Körpers ein gefährlicher Gegner. Sie beobachtete, wie seine beiden Gefährten ihm auf die Beine halfen. Die Mantikorin begann, sie wie ein gewöhnliches Raubtier in großem Bogen zu umkreisen. Jarika ignorierte es. Solange der Schatten bei ihr war, hatte sie nichts zu befürchten. Stutzen musste sie erst, als die junge Frau sich umdrehte und ihr das Gesicht zuwandte. Sie spürte, wie sich ihre eigenen Augen weiteten. Sie! Dass diese Frau es noch einmal wagte, vor ihr aufzutauchen!

Doch auch darum konnte sie sich jetzt nicht kümmern. Sie zog den Onyxdolch aus seiner Scheide und sprach den Geschichtenerzähler an: »Bist du freiwillig gekommen, um dir die Zunge herausschneiden zu lassen?«

Der Alte klopfte sich mit der rechten Hand Sandkörner von den Kleidern. Die Linke hatte er geballt. Seine Finger hielten etwas, umklammerten es geradezu. Eine Waffe?

»Ihr habt mir keine Wahl gelassen«, antwortete er endlich. Dann drehte er den Kopf und blickte an ihr vorbei zum Schatten. »Ich habe meinen Teil des Handels eingehalten. Es ist an der Zeit, meine Schwiegertochter freizulassen.«

Das Blut rauschte schneller durch ihren Körper. Was hatte der Schatten dem alten Narren versprochen? Sie kannte seine Schwiegertochter noch nicht einmal. Betont gelassen drehte sie sich zu ihrem Monster um.

»Wovon spricht er?«, flüsterte sie kaum hörbar.

Der Schatten verstand sie trotzdem. Er trat einen Schritt auf sie zu, beugte sich näher, um ihr etwas ins Ohr zu flüstern. Doch ehe sie seine Worte vernahm, spürte sie kaltes Metall an ihrem Hals. Erschrocken zuckte Jarika zurück. In den rauchschwarzen Fingern des Schattens blitzte eine Schere auf. Ehe sie begriff, was gerade geschah, griff ihr dienstbarer Geist nach der silbernen Kette, an der das Königsgift hing. Sie öffnete den Mund, um zu protestieren. Doch ihr Gegenüber war schneller. »Wie ich das unzerstörbare Band um deinen Hals durchtrenne, so durchtrenne ich das Band, das mich an dich kettet.«

Über ihrem Kopf schrie eine Eule gellend auf, als der Schatten mit dem seltsamen Werkzeug in seiner Hand die zarten Glieder ihrer unzerstörbaren Kette zerschnitt. Jarikas Herz trommelte in ihrer Brust und ein verwirrendes und widersprüchliches Gemenge von Gefühlen stieg in ihr auf, als sie spürte, dass die Kette von ihrem Hals glitt.

»Frei!«, rief der Schatten und riss die Hände in die Höhe. »Endlich frei«, triumphierte er, während die Phiole mit dem Königsgift in den meerblauen Sand der Arena fiel.

# NEUNTES KAPITEL

## Thilo Corzilius

Jemand verliert seine Zunge. Anders trifft einen Baum. Die Fäden laufen bei einem Wesen zusammen, das eigentlich nur in Ruhe seine Arbeit tun will.

Der Schatten rauschte über das Königsgift hinweg und nahm es mit sich. Dann verdichtete er sich und vor ihnen stand Ylisandre. Sie stieß die Prinzipalin weg und Jarika fiel in den Staub der Arena, als hätte jemand eine Puppe fortgeworfen.

Dann lachte die Alchimistin und reckte die Faust in die Luft, die Phiole an der Kette baumelnd. »Ich habe viel zu lange dieses elende Dasein als Sklavin fristen müssen«, rief sie.

Die Wachen richteten ihre Hellebarden auf sie – doch aus dem Rücken der Alchimisten schossen Schatten wie Tentakel hervor und fegten durch die Wachen. Wie Kegel fielen sie um und die, die rasch wieder auf den Beinen waren, wagten nicht, ihre Waffen noch einmal zu erheben.

Doch die Eule nutzte die Verwirrung. Sie stieß hinab, riss Ylisandre im Sturzflug die Phiole aus der Hand und war schneller außer Reichweite, als die Alchimistin regieren konnte. »Du verdammtes Biest«, schrie sie der Eule nach und ließ ihre Schattententakel nach ihr greifen. Doch auch, wenn die Tentakel lang und wendig waren – die schwarze Eule war längst auf und davon.

Ylisandre schnaubte, doch sie beruhigte sich rasch.

»Schade«, sagte sie. »Es wäre praktisch gewesen, das Königsgift zu haben … allerdings ist es auch nicht so wichtig. Schließlich kenne ich die Rezeptur. Die wertvollste Zutat ist indes nicht so leicht zu bekommen.«

Ihr Blick fiel auf Othyrian und ihre Tentakel schossen erneut hervor. Geschmeidig wich die Mantikorin den Fangarmen aus, doch sie wurde immer weiter und weiter an den Rand der Arena zurückgedrängt.

Ein mutiger Soldat wollte die erneute Ablenkung nutzen, zückte einen Dolch und stürzte sich auf Ylisandre. Ohne hinzusehen, ließ die Alchimistin weitere Tentakel aus ihrem Rücken wachsen. Sie packten den Soldaten, umschlangen ihn und drangen in seine Brust ein – nur, um ihre Spitzen sogleich wieder aus den Augen des Soldaten hervorstechen zu lassen. Er fiel leblos in den blauen Staub.

Othyrian wich derweil weiteren Schattengewächsen aus, schlug mit ihren Pranken danach, doch konnte ihnen nicht beikommen. Schließlich machte sie einen Satz, schwang sich in die Luft und ergriff ebenfalls die Flucht, wie vor ihr bereits die Eule.

Anders war unfähig einzugreifen und konnte das Geschehen bloß mit Entsetzen verfolgen. Er spürte seine Hoffnungen sinken. Wenn selbst die Mantikorin dem Schatten nichts entgegenzusetzen hatte …

Sein Blick fiel auf Ylisandre, deren Schattententakel um sie griffen und wirkten wie das Gerippe gewaltiger Fledermausschwingen, nur geschmeidiger, fließender, unberechenbarer.

»Ich bin nicht länger eine Sklavin«, proklamierte sie laut in die Arena hinaus. »Von nun an bin ich das, was ich schon bei meiner Ankunft in diesem Land hätte sein sollen: Seine Königin.«

Ein Raunen ging durch das Rund der Soldaten.

»Ihr habt gesehen, über welche Macht ich verfüge. Die Macht, mit der König Timoran mich höchstpersönlich ausgestattet hat. Die Macht, die einer wahren Königin gebührt. Jarika war zu keiner Zeit eine gute Herrscherin. Sie war ängstlich, eifersüchtig und grausam. Aber unter meiner Herrschaft wird es diesem Land gut ergehen. Daher: Beugt die Knie vor eurer neuen Königin.«

Zögerlich, langsam erst, dann einer nach dem anderen gingen die Soldarten auf die Knie und senkten die Blicke.

»Dass ihr das wagt«, schrie Jarika nun, die sich aus dem Staub hochdrückte.

»Gut«, lächelte Ylisandre. Ihr Blick fiel auf die gefallene Prizipalin. »Und nun zu dir.«

Schattententakel schlangen sich um Jarikas Arme und Beine und hoben sie in die Luft. Ein weiterer Schattenarm reichte der Alchimistin den zu Boden gefallenen Onyxdolch.

»Ein wenig Rache muss sein«, säuselte Yilisandre. »Für all die Jahre voller Erniedrigung und Knechtschaft. Für all die Verachtung, die du mir entgegengebracht hast. Aber du hast ja ohnehin bloß Verachtung für andere übrig. Vor allem für Geschichtenerzähler und ihre Kunst. Ich denke, es ist nur gerecht, wenn du etwas von dem Schmerz spürst, den du so vielfach verursacht und befohlen hast.«

Die Tentakel umklammerten Jarikas Kopf und pressten ihre Kiefer auseinander.

Anders wandte den Blick ab. Die Schmerzensschreie der Prinzipalin, der die Zunge herausgeschnitten wurde, gingen ihm durch Mark und Bein. Er sank auf die Knie. Neben ihm erbrach Simmie sich in den Staub.

»Hör auf zu schreien«, hörte Anders die Stimme der neuen Königin donnern. Er hörte den Schlag, den Ylisandre Jarika versetzte, das Wimmern. Als er wieder hinsah, wurde Jarika von zwei Soldaten gehalten. Sie selbst war in die Knie gesackt. Blut lief aus ihrem Mund.

»Das ist ja ekelhaft«, kommentierte Ylisandre ihre Tat. »Und du hast es sogar genossen, all jene Geschichtenerzähler schreien zu hören und bluten zu sehen? Ich habe keine Worte dafür, wie sehr du mich anwiderst. Und du kannst wahrlich nicht behaupten, du hättest diese Strafe nicht verdient.«

Schließlich wandte sie sich dem Trio um Anders zu. »Schade, dass Othyrian fort ist. Ich hätte sie gerne gezwungen, diese Zunge zu fressen. Aber gut, man kann nicht alles haben.«

Achtlos warf sie das blutige Fleisch über die Schulter hinter sich. Schattententakel wickelten sich um den Onyxdolch und zerbrachen ihn splitternd.

Aëlis half Simmie neben ihr hoch, der sich den Bauch hielt. Anders schaffte es grimmig allein wieder auf die Beine.

»Meistergeschichtenerzähler«, tönte Ylisandre. Anders hielt dem hasserfüllten Blick aus den schwarzen Augen stand. »Ich habe noch Verwendung für Euch. Ihr drei seid vorerst meine … Gäste.«

Damit wandte sie sich den Soldaten zu. »Knebelt sie gut und führt sie ab!«

Anders, Aëlis und Simmie hatten keine Chance. Sie wehrten sich auch nicht. Zu hoffnungslos kam es ihnen vor.

In einer langen Prozession mit Ylisandre an der Spitze, zogen sie von der Felsdornarena in Richtung Mervang.

Beim Betreten der Stadt merkte Anders, wie düster ihm alles vorkam. Die Häuser mit den übermäßig hohen, spitzen Dächern wirkten steril und leblos auf ihn. Zwar waren Menschen auf den Straßen, doch sie huschten zur Seite und verschwanden in den Gassen und Hauseingängen, wenn sie den Zug aus Wachen und Gefangenen auch nur von Weitem sahen. Anders sah nirgends spielende Kinder, hörte keine Hunde bellen und überhaupt hatte die Stadt eine Atmosphäre, die so bedrückend war, wie er es zuletzt auf Anjas Beerdigung empfunden hatte.

Niedergeschlagen ließen sie sich durch die Straßen hin zum alles überragenden königlichen Palast führen, betraten ihn durch die Zugbrücke und hielten im ersten Innenhof an.

»Sperrt sie weg«, ordnete die neue Königin der Schatten mit Blick auf ihre Gefangenen an. »Den Geschichtenerzähler in den Ostturm. Dort hat sein Vorgänger lange Zeit gelebt. Das ist angemessen. Es fühlt sich ein wenig an, als würde sich ein Kreis schließen.«

Anders wusste, dass es aussichtslos war, sich zur Wehr zu setzen. Dutzende um Dutzende mühsamer Stufen wurde er hinauf in den Turm geführt. Man tauschte den dreckigen Lappen, den man ihm als Knebel in den Mund gesteckt hatte, durch eine eiserne Maske, die ihm bis kurz unter die Nase reichte und die seine Kiefer zusammenpresste. Anders bemerkte, dass dieses eiserne Instrument genau zu einem Zweck konstruiert worden war: Um Geschichtenerzähler am Erzählen zu hindern.

Dann stieß man ihn unsanft in das oberste Turmzimmer hinein, sodass Anders auf dem Boden aufschlug. Die Nuss kullerte aus seiner Tasche. Er ließ sie kullern. Es war ohnehin nicht mehr so wichtig.

Die Wachen schlossen die Tür hinter ihm, er hörte wie schwere Schlüssel umgedreht wurden und alles zusperrten. Seine Hoffnung nahmen sie mit.

Genervt und mit schmerzenden Knien wuchtete Anders sich hoch und sah sich um. Immerhin, es hätte ihn schlechter treffen können. In der Mitte des Zimmers stand ein großes Himmelbett. Es gab einen nackten Schreibtisch ohne Papiere darauf und ohne Stuhl davor. Ausladende Fensterbänke aus Holz und schwere karmesinrote Vorhänge, die herabhingen. Anders zog einen davon zurück und blickte durch ein vergittertes Fenster auf Mervang hinunter. Die Stadt behagte ihm nicht.

Er knurrte und fragte sich, wohin es Aëlis und Simmie verschlagen hatte. Mussten sie ihre Gefangenschaft in einem Kerker fristen, voller Ratten und in den Pfützen ihrer eigenen Notdurft?

Aber ein Bett zu haben, war auch kein wirklicher Grund zum Feiern. Ganz im Gegenteil. Eigentlich war es egal, wo man auf den Tod oder auf ewige Knechtschaft wartete. Es war alles zum Kotzen. Dieser ganze Blödsinn mit dem Portal, mit der anderen Welt. Aëlis, die ihn hierher gelotst hatte. Simmie und Aëlis, die ihn ausnutzen wollten, um irgendwas zum Besseren zu verändern – und im Grunde alle bloß noch mehr in die Scheiße geritten hatte. Ihn eingeschlossen.

Scheiße erschien ihm seltsam passend.

Alles an dieser fremden Welt war beschissen.

Alles.

Ihre Geschichte war beschissen, ihre Bewohner, ihre Herrschenden, ihre bescheuerte Magie.

Alles.

Selbst die dämliche Nuss, die ihn beschützen sollte und es ja doch nicht getan hatte.

Wozu bist du dummes Ding eigentlich noch gut?, wollte Anders schreien. Aber natürlich hinderte die Maske ihn daran.

Wütend trat er auf die Nuss.

Sie knackte.

Goldener Staub stob daraus empor.

Bevor Anders vor Überraschung blinzeln konnte, hatte er auch schon eingeatmet. Und er spürte, wie seine Knie erneut unter ihm nachgaben.

Ein Geräusch weckte Anders. Eine Art rhythmisches Klatschen. Er brauchte einige Sekunden, dann wurde ihm klar: Er wurde geschlagen.

Er machte die Augen auf.

»Na endlich«, nörgelte ein kleines Wesen, das auf seiner Brust saß und ihn hingebungsvoll ohrfeigte.

Anders stöhnte.

Das Wesen sprang von ihm herunter. »Steh auf, wir müssen reden.«

Verwunderte drehte Anders sich auf die Seite und rappelte sich schließlich auf. Die eiserne Maske war fort. Er saß auf einer kreisrunden Lichtung in einem Wald. Ein blendendes Schimmern flutete von jenseits der Bäume herein und überzog alles mit einem Hauch von Gold.

Mit einem Ächzen stand er auf. Seine Knie waren wackelig und taten weh.

Das Wesen, das ihn geweckt hatte, sah aus … wie ein Baum. Wie ein kleiner Baum. Und doch wieder nicht. Es ging Anders bloß bis zur Kniekehle, hatte einen Stamm, Blätter und Äste, von denen zwei dickere wie Beine und Füße agierten und wiederum zwei als Arme und Hände dienten. In seinem Kopf saßen zwei schwarze Knopfaugen, ein Mund aus sich bewegenden Teilen der Borke. Außerdem besaß das Wesen eine Art Haarschopf aus herzförmigen Blättern.

»Wer bist du?«, wollte Anders wissen.

»Tut das etwas zur Sache?« Die Stimme des Baumwesens klang wie die eines genervten Teenagerjungen.

»Na ja … schon, oder?«

Das Baumwesen stöhnte. »Denk dir einen Namen aus.«

»Baumi?«

»Echt jetzt?« Der Blick aus den Augen des Wesens war rasiermesserscharf. »Ich dachte, du bist ein großer Geschichtenerzähler. Baumi. Willst du mich verarschen?«

Anders zuckte hilflos mit den Achseln. »Also du hast irgendwas mit der Nuss zu tun. Vielleicht Nussi?«

»Du willst mich echt ärgern, oder?«

Anders dachte nach. Natürlich wollte er das Wesen nicht ärgern. Aber was für ein Name kam infrage für einen kleinen, wandelnden und meckernden Baum? In Gedanken ging er die Namen durch, die Anja und er damals für ihr Baby erwogen hatten, als sie schwanger gewesen war. Sie hatten sich am Ende für Ulf entschieden. Aber es hatte noch andere schöne Namen gegeben.

»Keno«, sagte er schließlich.

»Ahhhh«, machte das Baumwesen zufrieden. »Ist gleich schon viel besser. Ich dachte schon, meine Ohrfeigen wären etwas zu kräftig gewesen und hätten da was durcheinander gebracht bei dir. Also, ich bin Keno.«

»Und du kommst aus der Nuss?«

»Sieht das hier aus wie das Innere einer Nuss?« Sofort war das Herausfordernde in Kenos Stimme wieder da.

Anders überlegte. Nein. Er hatte den Staub aus der Nuss eingeatmet. Vielleicht war er giftig gewesen.

»Ist dies das Jenseits?«

»Nahe dran«, meinte Keno. »Aber nur fast.«

Anders dachte weiter nach. Er führte ein Gespräch mit … tja, mit wem eigentlich. Mit einem Baumwesen. Nachdem er den Staub der Nuss eingeatmet hatte. Vielleicht halluzinierte er einfach.

»Wir befinden uns in meinem Kopf«, stellte er schließlich fest.

»Jepp«, meinte Keno. »Und offenbar hat der doch etwas abbekommen, so langsam, wie er arbeitet.«

»Für eine Einbildung bist du verdammt frech.«

»Wer hat gesagt, ich sei eine Einbildung?«

»Ich dachte, wir sind in meinem Kopf.«

»Und deswegen soll das hier bloß eine Einbildung sein? Boah, Anders, du machst mich echt fertig.«

Jetzt war es an Anders, genervt zu sein. »Du machst es einem aber auch echt schwer. Warum erzählst du mir nicht einfach, was Sache ist? Du könntest mir die Antworten auf meine Fragen einfach geben.«

Doch Keno schüttelte den Kopf. »Das ist erstmal nicht mein Job.«

Anders schnaubte. Dann versuchte er, ruhiger zu atmen. Es half ja nichts, sich mit dem Bäumchen zu streiten. »Also … du bist ein Geist aus der Nuss und du hilfst mir dabei, Antworten zu finden.«

»Das lasse ich mal so stehen«, meinte Keno. »In der Schule hättest du für diese Antwort eine Drei bekommen. Befriedigend.«

»Bestens.« Anders klatschte in die Hände. »Mit einer Drei konnte ich immer gut leben.«

»Dann bin ich ja beruhigt«, spottete Keno. »Aber wir sind ja nicht zum Spaß hier.«

»Nein, weiß Gott nicht. Ich muss herausfinden, wie ich den ganzen Schlamassel wieder geradebiegen kann. Patricia retten, Äelis retten, Simmie retten … und Karran am besten gleich mit.«

»Spannende Reihenfolge, muss ich schon sagen«, kommentierte Keno. »Ich hätte gedacht, das Land und seine Bewohner kämen an erster Stelle.«

»Wenn Patricia wegen dieses Landes stirbt, dann ist es ein Scheißland und es kann mir gestohlen bleiben«, knurrte Anders.

»Ja ja«, meinte Keno. »Jetzt hör auf beleidigt zu sein und fang an zu überlegen, wie man das alles wieder geradebiegt. Am besten alles von deiner Liste.«

»Ich brauche eine Geschichte.«

Keno nickte. »So viel ist schon mal sicher.«

»Und wenn es die letzte ist, die ich jemals erzähle.«

»Okay, pathetisch und furchtbar melodramatisch kriegst du schon mal hin. Jetzt konzentrier' dich auf das Wesentliche.«

»Aber ich kann keine Geschichte erzählen«, sagte Anders. »Wenn ich wieder aufwache, habe ich eine eiserne Maske auf, die mich am Sprechen hindert.«

Keno schlug sich mit der flachen Asthand vor die Stirn.

»Was denn?«, wollte Anders wissen.

Doch das Baumwesen gab keine Antwort. Stattdessen verschränkte es die Hände hinter dem Rücken und begann, ungeduldig im Kreis um Anders herumzulaufen. Irgendwann blieb es stehen. »Was sind die Regeln?«

»Welche Regeln?« Anders war verdutzt.

»Na die Regeln für all das hier? Wie bist du denn überhaupt in den Schlamassel hier geraten?«

»Keine Ahnung«, entfuhr es Anders. »Ich bin durch ein Portal in eine andere Welt und hier werden Geschichten lebendig. Aber dummerweise immer nur der Teil einer Geschichte, der einem anschließend das Leben schwer macht.«

Keno wand sich. »Jaaa. Sagen wir mal, dafür gibt's so gerade noch eine Vier minus. Also noch mal von vorne. Welche zentrale Fähigkeit hat zu all dem geführt?«

»Geschichtenerzählen«, antwortete Anders sofort.

»Genau. Und was sind die Regeln fürs Geschichtenerzählen?«

Anders sah ihn irritiert an. »Keine Ahnung. Es gibt Formende, Lenkende, Fabulierende und vermutlich noch tausend andere Dinge, die sich Geschichtenerzähler hier seit Generationen beibringen. Das ist wie ein Fach an der Uni, es gibt Schwerpunkte, es gibt Interpretationen, es gibt verschiedene Fachrichtungen und Schulen, es gibt-«

»Ja ja, bla bla«, unterbracht Keno ihn. »Und was ist, wenn die sich ihre ganzen Fachwörter bloß ausgedacht haben?«

»Wieso sollten sie das tun?«, wunderte Anders sich.

»Sag du es mir!«

»Weil …« Anders dachte nach und dachte und dachte. »Vielleicht wissen sie es einfach nicht besser?«

»Richtig!«, sagte Keno und wirkte beinahe stolz darauf, dass Anders endlich einmal eine brauchbare Antwort geliefert hatte. »Klar gibt es Geschichtenerzähler, die besser darin sind, sich Dinge auszudenken. Dann gibt es welche, die hervorragend anderer Leute Geschichten nacherzählen oder variieren können. Aber dann fangen sie an, ein System daraus zu machen und zu glauben, der eine könnte nur das eine und dafür das andere nicht und umgekehrt. Was für ein riesiger Blödsinn.«

»Vielleicht brauchen wir Menschen manchmal solche selbstgemachten Regeln, um mehr über uns selbst herauszufinden.«

»Und was soll das bringen?«, fragte Keno. »Wenn du also glaubst, du bist ein Fabulierender, dann redest du dir gleichzeitig ein, dass du wohl kein Formender und kein Lenkender bist. Dabei kannst du in Wahrheit alles drei zugleich oder keins davon sein. Warum interessiert euch Menschen immer bloß, was man außen auf eine Schublade draufschreiben kann – und nicht, was tatsächlich in ihr drin ist?«

Anders stockte.

Dann schwieg er.

Und schließlich sagte er vorsichtig: »Klingt ganz schön dumm, ehrlich gesagt.«

»Es ist auch ganz schön dumm«, rief Keno. »Es ist saudämlich, sich selbst solche Grenzen zu setzen. Es ist als würde man sich selbst in einen Käfig setzen, durch die Gitterstäbe schauen und sagen ‚All diese Landschaften da draußen sind so schön. Aber leider können nur andere dahin reisen und ich nicht.' Was für ein Quatsch. Du kannst nur nicht dahin, weil du dich selbst in den Käfig gesetzt hast.«

»Schön und gut«, meinte Anders. »Also kann ich alles sein, Fabulierender, Lenkender, Formender und noch alles dazwischen und darüber hinaus.«

Keno warf sich stolz in die Brust. »Genau! Du hast es verstanden.«

»Okaaay«, machte Anders. »Aber wie hilft mir das hier heraus? Ich trage immer noch diese Maske und kann nicht erzählen.«

Mit einem Satz war Keno auf seine Brust gesprungen und packte ihn am Kragen. »Du. Dummer. Blödmann«, schrie er. »Hast du nicht vor einer Sekunde noch so getan, als ob du es verstanden hättest?«

Er funkelte Anders böse an, das kleine Borkengesicht keine Handbreit von Anders' entfernt.

Dann ließ das Baumwesen los, landete auf den Füßen, trat Anders vors Schienbein und starrte wütend zu ihm hoch. »Was ist die eine einzige grundlegende Regel für das Erzählen von Geschichten?«

»Ich ...« Anders versuchte wieder, sich zu sortieren. »Ich verstehe nicht.«

»Wie. Funktioniert. Geschichtenerzählen?«, fragte Keno. Er sprach betont langsam, als hätte er es bei Anders mit jemandem zu tun, der unermesslich dämlich wäre und dem man alles ganz langsam und vorgekaut beibringen müsste.

»Man erzählt?«, versuchte Anders es vorsichtig.

»Ja, klar. Aber wie?«

»Man denkt sich etwas aus und–«

»Jahaa«, unterbrach Keno ihn. »Aber wie kommt eine Geschichte von einer Person zur anderen?«

»Man erzählt sie.«

»Und dazu braucht die eine Person unbedingt einen Mund und die andere unbedingt Ohren? Oder auf welche Weise hast du deine ganzen Geschichten in deinen Kopf bekommen?«

Anders schlug sich vor die Stirn. »Natürlich«, rief er. »Ich kann sie aufschreiben.«

»Und aufmalen und Filme drehen und Musik machen und meinetwegen irgendwelche seltsamen Kunstwerke aus dem Stein schlagen. Aber ja, verdammt. Geschichten erzählt man sich nicht nur, indem einer redet und andere zuhören. Und nur weil die Leute in Karran früher mal ganz groß darin waren, sich auf diese Weise Geschichten zu erzählen, heißt es nicht, dass es die einzig mögliche Art und Weise ist, Geschichten zu erzählen.«

»Danke«, strahlte Anders Keno an.

»Jetzt schleim nicht rum«, sagte der. »Benutz einfach das nächste Mal dein Hirn etwas effizienter. Auch wenn es offenbar nicht so groß ist, wie ich bei euch Menschen immer gedacht habe.«

»Versprochen«, sagte Anders.

»Also dann«, meinte Keno. »Du könntest jetzt auch wieder aufwachen und was aus deinem ach so neuen Wissen machen, oder?«

Anders nickte. »Kann ich einfach so aufwachen?«

Keno rollte mit den Augen. »Das hier ist dein Kopf. Natürlich kannst du. Probier es einfach aus!«

Anders zögerte.

»Was denn noch?«, wollte Keno wissen.

»Wenn du der Geist aus der Nuss bist, kannst du mir vielleicht noch eine Sache beantworten.«

Keno zog die Augenbrauen hoch – oder zumindest jene Borkenstückchen, die bei ihm dort saßen, wo bei einem Menschen Augenbrauen gesessen hätten.

»Wieso hat die Nuss mich vor dem Portalgeist beschützt? Und wieso ist sie mit nach Karran gekommen?«

»Du hast gesagt eine Sache«, murrte Keno.

»Na gut, es sind zwei«, gab Anders zu. »Aber Antworten hätte ich trotzdem gerne.«

Keno sah ihn sehr konzentriert aus seinen kleinen Knopfaugen an. Anders wurde unwohl dabei.

»Ihr Menschen seid echt seltsame große Wesen«, sagte das Baumwesen schließlich. »Ihr glaubt immer, in anderen Dingen etwas zu finden, was ihr eigentlich schon längst habt. Was glaubst du denn, war in der Nuss? Licht, um das Dunkel zu vertreiben? Magie, um Geister zu vertreiben? Liebe, um sich selbst in die Augen sehen zu können?« Keno schüttelte den Kopf. »Ihr Menschen glaubt immer zu wenig an euch selbst. Ihr denkt immer, ihr könntet dieses nicht oder jenes nicht oder ihr bräuchtet für etwas Hilfe. Dabei könnt ihr das meiste davon selbst. Die bittere Ironie ist, dass ihr immer nach Hilfe fragt, wenn ihr keine braucht – aber wenn ihr sie dann tatsächlich einmal benötigt, seid ihr wiederum zu stolz zum Fragen. Das ist wirklich, wirklich seltsam an euch.« Er legte einen seiner Borkenfinger an den Mund. »Einen Portalgeist überwindet man, indem man genug Charakterstärke dafür aufbringt. Und etwas von einer Welt nimmt man in die andere mit, indem man nur stark genug davon überzeugt ist, dass es geht. Bei der Nuss bist du insgeheim davon ausgegangen, dass sie ohnehin auf die andere Seite des Portals gehört. Du hast nie ernsthaft angenommen, sie könnte ein Teil deiner komischen Welt sein, in der man Steuererklärungen macht und mit Aktien handelt und ballistische Raketen entwirft. Eine magische Nuss hat für dich nie dorthin gehört – sondern nach Karran. Aber da du ja ein verdammter Geschichtenerzähler bist, hast du dir dann ausgedacht, dass es die Nuss gewesen wäre, die dich vor dem Schatten beschützt hat und schwuppdiwupp…« Keno klatschte in die Hände. »Du kennst vermutlich den Ausdruck von der sich selbst erfüllenden Prophezeiung, oder?«

Ja, dieses geflügelte Wort war Anders tatsächlich geläufig, auch wenn es in seinem Leben noch nichts gegeben hatte, wofür er es als passend empfunden hätte.

»Die Welten sind enger miteinander verzahnt als Leute wie Äelis oder du es wahrhaben wollen«, fuhr Keno fort. »Was meinst du, warum es in beiden Welten dieselbe Art Menschen gibt und sie sogar dieselben Sprachen sprechen? Zufall? Schicksal? Oder gibt es zwischen beiden Welten in Wahrheit viel mehr Austausch als sich Einzelne eingestehen, die sich wagemutig mit Portalgeistern herumschlagen und dann denken, dass sie einige von ganz ganz wenigen Auserwählten seien, die zwischen den Welten gewechselt sind?«

Anders sagte nichts. Stattdessen dachte er eine ganze Weile über die Worte des kleinen Wesens nach. Keno hatte auf teils ganz frappierende Art recht: Menschen waren Schwerenöter, Dramaqueens, nahmen sich als Individuen viel zu wichtig, überzeichneten alles und schufen sich Probleme, wo nie welche waren.

»Du oller Grübelkopf«, schallt Keno ihn nach einer Zeit und klatschte erneut in die Hände. Mehrfach. »Es reicht jetzt langsam. Du kannst wieder aufwachen. Es gibt da einen Job zu erledigen. Erinnerst du dich? Böse Königin und so.«

»Jaah«, machte Anders. »Ja. Ist schon gut, ich gehe ja.«

Er nahm all seine Willenskraft zusammen.

Gab sich einen Ruck.

Und schlug die Augen auf.

Anders rappelte sich hoch. Er fühlte sich erstaunlich wenig benommen. Die geknackte Schale der Nuss fegte er behutsam mit den Händen zusammen und steckte sie wieder in seine Tasche.

Von dem eigenartigen goldenen Staub fehlte jede Spur.

Er wollte gerade noch einmal in Ruhe über das nachdenken, was Keno ihm erzählt hatte, da hörte er, wie die Tür aufgeschlossen wurde. Jarika wurde hereingestoßen.

Sie stolperte nicht wie Anders, sondern blieb aufrecht und erhobenen Hauptes mitten vor dem Himmelbett stehen und blickte auf Anders herab, der immer noch über der Nussschale kniete. Ein Verband war um ihren Kopf und ihre Kiefer geschlungen, man hatte sie also mittlerweile verarztet.

Anders nickte ihr zu.

Sie regte sich nicht.

Ob sie ihn nicht für würdig hielt, sich mit ihm abzugeben?

Ob sie ihn dafür hasste, dass sein Erscheinen alles verändert hatte? Oder hätte sich ohnehin alles verändert, es lag gar nicht an Anders und er nahm sich selbst nur zu wichtig? Hatte er nicht gerade seine Lektion von Keno gelernt?

Er sah sich um, ging zu einem der breiten Fensterbretter und schrieb in den Staub.

*Wie geht es dir?*

Dann winkte er Jarika zu sich herüber.

Sie zögerte. Ganz offensichtlich wollte sie nicht.

Anders hob entschuldigend die Handflächen.

Schließlich kam sie doch, las den Satz und schüttelte den Kopf.

*Du willst dich nicht unterhalten, oder?*, schrieb Anders weiter.

Sie nickte.

Klar, mit wem sollte sich Prinzipalin Jarika auch unterhalten wollen?

*Ich kenne einen Weg hier heraus.*

Sie zog die Augenbrauen hoch.

*Vermutlich wird er dir nicht gefallen.*

Sie seufzte und ließ die Schultern hängen.

*Du musst aufmerksam lesen, was ich gleich schreiben werde.*

Anders ging zu dem alten Schreibtisch hinüber. Dessen Tischplatte war vermutlich groß genug und Staub lag hier eine Menge. Also begann er zu schreiben:

*Der Handel mit dem Tod*

*Der Tod hatte sich einst in einen jungen Mann verliebt. Aber dieser erwiderte seine Liebe nicht, weil der Tod trank und unzuverlässig war und voll übler Stimmungsschwankungen.*

*Eines Tages kam ein Geschichtenerzähler den Weg entlang und sah den Tod traurig auf einer Mauer sitzen. Er fragte den Tod nach dem Grund seiner Traurigkeit und dieser vertraute sich ihm an.*

*Der Geschichtenerzähler war jedoch ein listenreicher und findiger Fabulierer – einer von jenen Menschen, die ihre Talente vor allem zum eigenen Vorteil nutzen. Er bot dem Tod an, ihm eine Geschichte an die Hand zu geben, mit der er die Liebe es jungen Mannes für sich gewinnen könnte. Im Gegenzug wollte er von dem Tod die Möglichkeit, ihn einmal herbeizurufen, wenn die Not für ihn am größten wäre.*

*Der Tod willigte ein und bekam von dem Geschichtenerzähler eine maßgeschneiderte Geschichte von solcher Schönheit auf einem Blatt Papier geschrieben, dass dem Tod beim Lesen selbst die Tränen vor Überwältigung kamen.*

*Dankbar ließ er den Erzähler zurück. Dann trank er sich wie gewohnt etwas Mut an und vergeigte das Vortragen der Geschichte vor seinem Liebsten gehörig. Der junge Mann bedauerte den Tod, aber sein Herz wollte er ihm nun noch viel weniger schenken als jemals zuvor.*

*So zog der Tod traurig von dannen, betrank sich und grämte sich ob seiner Einfältigkeit – und wegen der Einwilligung, die er dem Geschichtenerzähler gegeben hatte.*

Jarika las.

Sie tat es mit offenkundigem Widerwillen.

Aber sie las.

Vielleicht war ihr klar, dass es der einzige Weg hier heraus war.

Anders stellte derweil zu seiner eigenen Erleichterung fest, dass es im Turm einen Abort gab, der hinter einer hölzernen Stellwand verborgen lag.

Als er fertig war, war auch seine Laune ein wenig besser geworden. Natürlich, er war weiterhin eingesperrt und geknebelt. Aber wenn er sich diese ganze Sache durch das Geschichtenerzählen eingebrockt hatte, dann ließ sie sich vielleicht doch auf diese Weise lösen. Was diese Geschichte letztlich bewirken würde, wusste er nicht. Aber vermutlich war es ohnehin ein müßiges Rätselraten, darüber nachzudenken. Denn wenn er aus seiner kurzen Zeit in Karran etwas gelernt hatte, dann war es der Umstand, dass Geschichten einem ohnehin nie genau das gaben, was man von ihnen wollte. Zumindest nicht, wenn man es auf ein ganz bestimmtes Detail abgesehen hatte.

Er dankte Keno insgeheim dafür, ihm den Kopf gewaschen und vielleicht auch ein wenig durchgepustet zu haben.

*Alles gelesen?*, schrieb er etwas weiter unter des Ende der Geschichte.

Jarika nickte.

*Gut*, schrieb Anders weiter. *Dann würde ich jetzt vorschlagen, dass wir warten. Willst du das Bett haben?*

Jarika schnaufte.

Anders interpretierte es als Ja.

Er selbst schnappte sich die Decke von Bett, faltete sie einmal längs und legte sie sich wie eine Yogamatte vor den Schreibtisch. Dann legte er sich hin, auf den Rücken, versuchte ein wenig zu entspannen. Die alten Knochen dankten es ihm und er begann, ein wenig zu dösen. Mehr konnte er nicht tun. Und wenn das hier schließlich sein Ende sein sollte,

konnte er ihm auch mit leerer Blase und ohne allzu verspannten Nacken entgegenblicken. Aber jetzt galt es erstmal, zu warten.
Anders wusste nicht, wie viel Zeit vergangen war, als er erneut vernahm, wie die Tür aufgeschlossen wurde. Er blinzelte. Durch die Fenster schien honiggelb die Sonne des späten Nachmittags hinein. Der Staub in der Luft wurde von ihr angestrahlt und tanzte funkelnd vor sich hin.

Herein kamen drei schwerbewaffnete Wachen.

»Die Königin wünscht, dass ihr beide ihrer Krönung beiwohnt.«

Anders war aufgestanden und tauschte mit Jarika einen vielsagenden Blick aus. Sein Verlangen danach, die grausame Alchimistin wiederzusehen, hielt sich in Grenzen. Aber auf andere Weise als mit einer weiteren Konfrontation ließ sich all das hier vermutlich ohnehin nicht beenden.

Als sie zögerten packten die Wachen sie jeweils am Arm und führten sie hinaus und die lange Treppe hinunter den Weg, den sie Anders auch hierhergeführt hatten.

Sollte mit dem Machtwechsel von Jarika zu Ylisandre auch ein Stimmungswechsel einhergegangen sein, dann fiel er Anders jedenfalls nicht auf. Der Palast wirkte gleichermaßen bedrückt und von einer Euphorie darüber, dass man nun nicht weiter von einer grausamen Prinzipalin regiert wurde, war nichts zu spüren. Hochstimmung ob der bevorstehenden Krönung herrschte nicht.

Sie wurden in den Thronsaal geführt, der lang war, und im oberen Teil große Buntglasfenster besaß. An der Thronseite gab es ein riesiges rundes Rosettenfenster mit der Darstellung einer Geschichte, die Anders nicht kannte. Er fühlte sich an die Fenster einer Kathedrale erinnert. Der Saal selbst war prachtvoll auf seine Weise, angefüllt mit Ornamenten, Statuen und Büsten aus grauem Stein. Alles in allem sehr kunstvoll. Aber es war auch ein Ort der Düsternis. Dunkle Gefühle krochen aus den Spalten und Ritzen im Stein hervor, tropften von der Decke und wucherten auf allen Bänken und Logen, in denen jene Beamte, Soldaten und Höflinge aßen, die der Krönung beiwohnten.

Der Thron selbst war erstaunlich schlicht. Ein einfacher Sessel ohne jene verschlungenen Ornamente und Dekorationen des steinernen Saals – doch er war aus schwarzem Glas und grüne Polster und Decken waren hineingelegt, um ihn für die darauf Sitzende ein wenig behaglicher zu machen.

Ylisandre stand daneben und erwartete sie mit einem breiten Lächeln, das Anders an ein Haifischgrinsen erinnerte. Ihnen wurden Plätze seitlich des Podiums zugeordnet, auf dem der Thron stand. Mit bester Sicht auf das Geschehen, streng bewacht.

Aber dort saßen Aëlis und Simmie. Das Strahlen in ihren Augen verriet ihre Erleichterung und Wiedersehensfreude. Doch auch sie trugen eiserne Masken wie Anders, die sie daran hindern sollten, eine Geschichte zu erzählen.

Als alle saßen, kehrte allmählich Stille im Saal ein.

Ein dunkel gewandeter Herold verlas von einer langen Schriftrolle alle Titel und Rechte, die die Königin von Karran fortan auf sich vereinen wurde. Den zwischenzeitlichen Applaus hätte Anders allenfalls als höflich bezeichnet.

Schließlich bestieg Ylisandre das Podium und stellte sich vor den Thron.

»Liebe Bürgerinnen und Bürger von Karran«, rief sie selbstbewusst. »Lange ist es her, dass jemand rechtmäßig die Königskrone dieses Landes trug. Doch sie ward mir von Timoran versprochen, der um meine Weitsicht und Güte wusste.«

Neben Anders schnaubte Jarika verächtlich.

Ylisandre wurde auf einem Samtkissen eine große goldene und mit Smaragden besetzte Krone gereicht.

»Nach all den Jahren der Unterdrückung bin ich nun gekommen, meinen rechtmäßigen Platz auf dem Thron von Karran einzunehmen«, fuhr die Alchimistin fort. »Die Zeit der Angst wird vorbei sein und schon bald wird Karran in einem neuen Licht erstrahlen. Es wird weder Bedrückung geben noch Leid noch Furcht. Freude wird wieder einziehen in die Herzen der Menschen. Dafür stehe ich mit meinem Wort.«

Ylisandre nahm die Krone mit beiden Händen und hielt sie hoch über ihren Kopf, um sie sich langsam – ja beinahe genüsslich – aufzusetzen.

Anders konnte sich nicht verkneifen, ob der zur Schau getragenen Dramatik die Augen zu verdrehen. Aber gut, wenn Ylisandre jahrzehntelang als Schattenwesen dem Königshaus hatte dienen müssen, konnte er zumindest verstehen, welch erhabenen Moment diese Krönung für die Alchimistin bedeuten mochte. Er verachtete sie für ihre Grausamkeit, ihr Streben nach Macht und ihre Rachsucht. Aber die Bedeutung dieses Momentes für sie zu ermessen, das vermochte Anders.

Das Rosettenfenster über dem Podium zerbarst mit einem Krachen, bunte Glassplitter regneten herab. Und durch das Fenster stürzte Othyrian, direkt hinab auf die die Alchimistin und begrub sie unter sich. Sogleich wurde die Mantikorin zurückgeschleudert und Schatten sprangen hervor, die wie giftige Schlangen nach ihr schnappten. Doch die Mantikorin wich aus und hieb mit ihren Pranken Schattenköpfe ab.

Durch das große Loch im Rosettenfenster segelte die schwarze Eule herein. Sie hatte die Phiole in den Krallen, glitt zu Jarika hinüber und ließ das Gift in die Hände der Prinzipalin fallen.

»Nein«, schrie Yilsandre. Sie mühte sich, auf die Beine zu kommen, doch eine entsetzliche Bisswunde an ihrer Schulter hinderte sie. Stattdessen schickte sie nun ihre Schattententakel voraus. Othyrian stürzte dazwischen. Während die Mantikorin ihre Zähne in eines der Tentakel schlug und es abbiss, wurde sie von einem weiteren Tentakel durchbohrt und sank getroffen zu Boden.

Doch der Augenblick der Verzögerung hatte Jarika gereicht, das Fläschchen zu entkorken und den Inhalt hinunterzustürzen.

Dann trat Stille ein.

Es war, als wäre die Zeit stehengeblieben.

Etwas, das wie eine Kuppel aus rauchigem Glas wirkte, breitete sich von der Eule ausgehend aus. Die Grenze der Kuppel glitt durch Anders hindurch, durch Simmie und durch Jarika ebenfalls. Aëlis jedoch schob sie vor sich her. Ebenso die Wachen, die nahe bei Ylisandres Thron gestanden hatte.

Schließlich füllte die eigenartige Kuppel den halben Saal aus, wie eine überdimensionale Seifenblase, die auf dem Boden festpappte. In Ihrem Zentrum saß die Eule, die sich mit einer Drehung um die eigene Achse in eine hochgewachsene, blasse Frau verwandelte: Den Tod.

Der Tod blickte kurz nach links und rechts und vergewisserte sich, wer innerhalb der Kuppel war und wer außerhalb. Im Innern befanden sich nur noch Ylisandre, Othyrian, Jarika, Simmie, Anders sowie der Tod selbst. Alle anderen waren außen und schienen die Grenze der Kuppel nicht überwinden zu können. Nicht einmal ihre Stimmen drangen ins Innere.

Zufrieden nickte der Tod, hob die rechte Hand und schnipste einmal mit den Fingern, worauf alle Menschen außerhalb der Kuppel augenblicklich in tiefen Schlaf fielen.

Dann erst blickte sie die in der Kuppel verbliebenen der Reihe nach an.

Es war ein schöner Tod, dachte Anders, zumindest soweit man bei so etwas wie dem Tod von Schönheit sprechen konnte. Sie war ganz in schwarzes Leder gekleidet, ihre Jacke und ihre Hose hatten viele Taschen. Ihr Gesicht war schmal und hübsch, irgendwie traurig und auch ein wenig blass. Sie hatte tiefliegende große Augen, bei denen die Farbe der Iris nicht zu erkennen war. Ein sehr dunkles Blau? Ein Braun? Schwarz? Sehr hellblondes, beinahe weißes Haar flatterte dramatisch um ihr Gesicht, obwohl kein Wind wehte. Vielleicht zog ein kleines Lüftchen durch das zerbrochene Fenster … aber innerhalb der Kuppel herrschte absolute Windstille

»So«, sagte der Tod mit einer Stimme, die leise war und dennoch so durchdringend, dass man sie überall verstand. »Jetzt habe ich euch endlich alle beisammen, die ihr so gerne mit mir zu tun habt.«

Anders war mittlerweile fast alles egal, also fasste er sich ein Herz und trat vor. »Wieso sollten wir gerne mit dir zu tun haben?«, fragte er. »Eigentlich bin ich ganz froh, wenn du nicht in unmittelbarer Nähe bist.«

Erschrocken fuhr er sich mit den Händen ins Gesicht. Er hatte ganz automatisch gesprochen, ohne darüber nachzudenken. Aber die eiserne Maske um seine Kiefer war fort. Als wäre sie nie dort gewesen.

Auch Simmies Maske war fort. Othyrian stand aufrecht, als wäre sie nie verletzt worden. Die Schattententakel der Alchimistin waren verschwunden, die Bisswunde ebenfalls. Und neben Anders schnalzte Jarika testhalber mit ihrer Zunge, die sie auf einmal wieder besaß.

Anders rieb sich das stoppelige Kinn und sah zum Tod hinüber.

Der Blick aus ihren dunklen Augen war schwer zu deuten. »Jetzt bin ich jedenfalls ganz nahe bei euch. Nahe genug für eine Audienz.«

Jarika meldete sich zu Wort. »Aber ich war es, die das Königsgift getrunken hat. Ich bin es, der die Audienz gewährt wird.«

Ein freudloses Lächeln glitt über die Züge des Todes. »Ihr Menschen und eure engstirnigen Vorstellungen davon, dass ihr immer automatisch alle Spielregeln kennt. Sag mir, Jarika, war irgendwann einmal die Rede davon, dass der Person, die das Gift trinkt, die Audienz bei mir ganz allein gewährt wird?«

Die Prinzipalin antwortete nicht, sondern straffte bloß die Schultern.

»Was ist mit den anderen?«, wollte Anders wissen und zeigte auf Aëlis und die überall im Thronsaal zusammengesackte Krönungsgesellschaft.

Der Tod zuckte mit den Schultern. »Sie schlafen auf der Schwelle zum Tod. Koma sagt man in deiner Welt dazu, glaube ich.«

Ein bitterer Geschmack breitete sich auf Anders' Zunge aus.

Aber Simmie schaltete sich ein, noch bevor Anders etwas entgegnen konnte. »Warum wir? Warum bekommen ausgerechnet wir diese Audienz?«

Der Tod legte den Kopf schief.

»Weil ihr alle bereits versucht habt, mich für eure Zwecke einzuspannen«, gab sie zurück. »Eine Alchmistin, die dem Tod Bedingungen abtrotzen will. Eine Adelige, die sich diese Bedingungen durch das Gift zunutze machen will. Eine Mantikorin, deren Gift maßgeblich dazu beiträgt. Ein alter und ein junger Geschichtenerzähler, die den Tod herbeierzählen wollen.«

Anders blickte zu Simmie hinüber, der seinem Blick auswich. Also hatte auch Simmie Experimente mit dem Herbeierzählen des Todes getrieben. Nicht, dass es Anders wunderte. Er begriff Simmies Beweggründe vielleicht sogar etwas besser.

Othyrian und Ylisandre blickten eher gequält drein. Aber die stolze Prinzipalin reckte ihr Kinn. »Dürfte ich dann meine Bitte vortragen?«

»Deine Bitte?« Der Tod blickte ernsthaft verwundert drein. »Liebe Jarika, deine Bitte kenne ich bereits. Schließlich bin ich der Tod. Du musst hier nichts vortragen.«

Die Verwunderung ging vom Gesicht des Todes auf Jarikas Züge über. »Aber… aber ich dachte, eine Audienz mit dem Tod beinhaltet die Chance, etwas vorzubringen.«

»Ich kenne dein Herz besser als du selbst, Jarika«, antwortete der Tod und spitzte die Lippen. »Du möchtest geliebt werden. Du möchtest Liebe erfahren. Echte, aufrechte Liebe. Und die Möglichkeit dazu werde ich dir gewähren: Denn in den Welten der Lebenden hast du jede Chance darauf bereit verspielt. Die Dinge, die du getan hast, werden von den Menschen als unverzeihlich betrachtet. Sie können dich nicht mehr lieben. Was solltest du also noch bei ihnen wollen?«

»Ich könnte weit fort gehen«, sagte Jarika. Sie sprach nun leise, nachdenklich. »Irgendwohin, wo mich niemand kennt. Neu anfangen und …«

»Die Chance auf einen Neuanfang bekommst du, Jarika«, unterbrach der Tod sie. »Von mir.«

Jarika presste die Lippen zusammen.

Anders fasste sich ein Herz.

»Wieso die Audienz?«, wollte er wissen. »Wenn wir nicht hier sind, um Bitten vorzutragen – weswegen treten wir dann vor dich?«

Der Tod lächelte dünn. Ihr Haar umwehte weiter ihr Gesicht, als stünden sie alle hier in einem tosenden Sturm. Doch es herrschte absolute Stille. Anders konnte den eigenen Atem hören.

»Ich möchte etwas wiederhaben«, sagte der Tod schließlich. »Einst war ich das Schicksal. Ich war eine Beobachterin. Ich sah zu. Und wenn es an der Zeit war zu sterben, dann spielte ich meine Rolle, nahm die Sterbenden bei der Hand und half ihnen hinüber, damit sie weitergehen durften.«

»Aber so ist es nicht mehr«, stellte Anders fest.

»Richtig. Es ist lange her«, sagte der Tod. »Etwas hat sich verändert. Geschichten erzählen mich herbei, Gifte fordern Audienzen ein – ich bin zu einem Werkzeug geworden. Ich hasse das. Und es ist grundlegend falsch. So sollte der Tod nicht sein. Und ich möchte diesen Umstand wieder ändern. Ich wäre gerne wieder die Beobachterin des Lebens. Nicht verwoben mit ihm. Bloß seine Helferin, wenn es zu Ende geht. Ich will kein Werkzeug mehr sein.«

Sie blickte noch einmal in die Runde. Von Ylisandre über Othyiran bis hin zu Jarika, Simmie und Anders.

»Hier ist also, was ich selbst vorzutragen habe«, verkündete sie ihnen schließlich. »Deswegen habe ich euch zu dieser Audienz versammelt. Wer von euch mir einen brauchbaren Vorschlag abliefert, wie ich mein Dasein als Werkzeug von Erzählungen abstreife und wieder zum reinen Schicksal werde, der darf gehen. Die anderen nehme ich mit mir.«

# ZEHNTES KAPITEL

## Theresa Hannig

Die Königinnen versuchen zu verhandeln. Zwei Erzähler wechseln ihre Plätze und Anders erzählt die Wahrheit.

Anders war wie erstarrt. Was konnte er tun, was erzählen, damit der Tod wieder aus dieser Welt verschwand? Er hatte sie herbeierzählt, er hatte eine Geschichte gesponnen und jetzt war sie Wirklichkeit geworden. Aber wie konnte das alles wieder rückgängig gemacht werden? Ihm musste etwas einfallen und das schnell, doch noch ehe er einen klaren Gedanken fassen konnte, trat Jarika bereits vor und sagte wieder mit der lauten, klaren Stimme, die Anders von ihr aus der Arena kannte: »Ich habe einen Vorschlag. Du hast mit allem, was du gesagt hast, recht, oh großer und mächtiger Tod. Es ist ein Unding, dass Geschichtenerzähler Dinge und Personen herbeifabulieren und die Wirklichkeit verändern können, wie es ihnen passt. Das alles hat nur Unglück und Leid über diese Welt gebracht. Das hat mein Vater bereits erkannt und ich habe sein Werk fortgeführt. Deshalb habe ich das Fabulieren verboten und versucht, wieder Ordnung in diese Welt zu bringen. Mit deiner Erlaubnis werde ich auf den Thron zurückkehren. Ich werde mein Werk vollenden und das Geschichtenerzählen in Karran ein für alle Mal aus der Welt schaffen. Ich werde die Geschichtenerzähler, die glauben, sich über die allgemeingültigen Regeln hinwegsetzen zu können, verfolgen und einsperren lassen. Niemand wird es mehr wagen, die Wirklichkeit unerlaubt zu verändern.

Ich werde eine gute und gerechte Königin sein und den Menschen die Freiheit zurückgeben, die sie verdienen. Jeder soll selbst über sein Schicksal verfügen und sein Leben ohne die Verwirrungen und Ungerechtigkeiten der Geschichten bestreiten können. Diese Welt soll eine reine und klare Welt sein, in der das, was gestern war, auch morgen noch gilt. Und wenn die Zeit gekommen ist, wird dir jeder Mensch gegenübertreten und sich deinem Willen beugen und niemand wird dir je wieder durch eine Erzählung Vorschriften machen oder dich in seinen Bann zwingen. Deshalb unterwerfe ich mich deinem gerechten Urteil in der Hoffnung, dass du die richtige Entscheidung treffen wirst.«

Jarika senkte den stolzen Blick und kniete vor dem weiblichen Tod nieder. Doch die dunkle Gestalt schwieg.

Da trat Ylisandre auf den Tod zu und ergriff ihrerseits das Wort: »Meine Gebieterin, ich habe einen anderen Vorschlag, denn ich kann nicht mit ansehen, wie diese Lügnerin, diese falsche Schlange und Menschenschinderin versucht, wieder die Macht an sich zu reißen. Sie hat hunderte von Leben zerstört und nennt es Gerechtigkeit. Sie schert sich keine Sekunde um das Wohl ihres Volkes oder um die Zukunft von Karran, solange sie nur selbst einen weiteren Atemzug tun kann. Ich stand in ihren Diensten, ich kenne ihr Herz und ich weiß, dass nichts und niemand sie aufhalten wird, wenn sie erneut die Macht über dieses Land erhält. Ich hingegen wollte von Anfang an nur die Geschichten der Menschen erforschen und sammeln. Ich habe nach Weisheit gesucht und bin in alle menschlichen und tierischen Abgründe gestiegen, um das Wesen des Lebens und des Todes zu ergründen. Und ja, auf diese Weise habe auch ich Anteil daran gehabt, dich herbeizurufen. Aber mit diesem Wissen kann ich dir nun auch zu Diensten sein. Die Menschen lieben Geschichten, sie werden niemals aufhören, sie zu erzählen, außer man rottet sie alle aus und dann wäre auch deine Herrschaft vorüber. Jarikas Plan ist unmöglich umzusetzen. Ihr Vorschlag ist eine Lüge.

Ich hingegen kann einen Saft brauen, einen Trank nur für dich, der dich für eine bestimmte Zeit gegen die Fabulierkunst der Menschen schützt. Ich kann ein Mittel herstellen, das dich aus dieser Welt entrückt, damit du wieder als Betrachter in die Sphären der Unsterblichkeit zurückkehren kannst. Mit deiner Erlaubnis werde ich in Karran über die Menschen wachen und dafür sorgen, dass sie aus der Ära der alten Geschichten in eine neue Zeit vorstoßen. Ich bin als Schatten in die Welt der Maschinen gereist und habe gesehen, wie die Menschen dort leben. Für sie sind Geschichten bloße Unterhaltung und haben keine Macht über Leben und Tod. In dieser anderen Welt gibt es nur eine Wirklichkeit, denn sie haben die Technologie an Stelle der Magie gesetzt. Wenn Karran einst so wird, brauchst du auch keine Angst mehr vor den Geschichten haben und bist frei. Ich werde diesen Wandel herbeiführen, ich werde ihn beaufsichtigen und die Menschen in die richtigen Bahnen lenken und dir, bis dies vollbracht ist, zuverlässig den Trank brauen, damit dich niemand mehr herbeibeschwören, herbeiwünschen oder herbeierzählen kann. Diesen Vorschlag unterbreite ich dir als deine untertänigste Dienerin.«

Bei den letzten Worten hob Ylisandre mit großer Geste ihr Gewand, machte einen Knicks und senkte den Kopf bis zu den Knien. Da fiel etwas aus ihrer Tasche und schlug polternd auf den Steinboden. Ylisandre und Jarika, die gerade noch darum gewetteifert hatten, wer sich am demütigsten hinabbeugen konnte, schreckten auf und verfolgten mit ihren Blicken die Nuss, die wie ein Kreisel über den Boden taumelte, bis sie an Simmies Schuhspitze zur Ruhe kam.

»Schon wieder eine Nuss!«, schoss es Anders durch den Kopf. Irritiert tastete er in seiner Jackentasche nach den Schalenresten, die von Kenos Besuch übriggeblieben waren.

Simmie bückte sich, hob die Nuss auf und wog sie in der Hand. Mit einem Mal wandelte sich sein Gesichtsausdruck. Seine düstere Miene verzerrte sich, als ob er Schmerzen litt, dann weiteten sich seine Augen, er schien zu erstarren. Einen schrecklichen Augenblick lang hatte Anders das Gefühl, da stünde nicht Simmie, sondern Ulf, genauso wie damals in der Schlafkammer, als er geträumt und doch nicht geträumt hatte. Ulf mit den schwarzen Augen. Ulf, in dessen Pupillen sich Patricia spiegelte. Doch schon eine Sekunde später war Simmie wieder Simmie und Anders fragte sich, ob es jetzt einfach an der Zeit war, den Verstand zu verlieren. Doch da fand er den Blick des jungen Mannes und Anders wusste, dass er nicht geworden verrückt war. Simmie lächelte und seine Augen blitzten so herausfordernd, wie an dem Abend, als er ihn zum ersten Mal in der *Harpune* getroffen hatte. Es war klar, dass der Gaukler einen Plan hatte, dass er Anders etwas mitteilen wollte, aber was? Unmerklich schüttelte Anders den Kopf. Er hatte keine Ahnung, was er tun sollte. Doch Simmie schien sich gar nicht um ihn zu kümmern. Er drehte die Nuss hin und her, warf sie in die Luft und grinste. »Ich will euch etwas über diese Nuss erzählen«, sagte er. »Sie stammt nicht aus dieser Welt und doch ist sie hier. Das ist die Wahrheit. Sie enthält Furcht und Schmerz, und das ist die Wahrheit. Es sind Furcht und Schmerz, die uns zu den Geschichten treiben, denn sie beruhigen uns, sie trösten unsere brennenden Herzen und sie spenden Hoffnung, wenn alles verloren scheint. Sie bewegen uns so sehr, weil sie unsichtbar und unaufhaltsam unsere innersten Gedanken und Gefühle ergreifen. Wir suchen Liebe und Trost und haben solche Angst, sie nie zu erlangen. Wir sehnen uns nach Wärme und Miteinander und fürchten nichts so sehr, als dass sie uns genommen werden. Wir wünschen uns Anerkennung und Sinn und hassen diejenigen, die behaupten, wir seien bedeutungslos. Indem wir uns unsere Geschichte erzählen, erschaffen wir die Welt und unseren Platz darin. Und selbst die schrecklichste Geschichte, die in finsterster Nacht erzählt wird, ist eine Erleichterung, weil wir wissen, dass nach der Nacht der Morgen kommt und nach dem *Ende* ein neues *Es war einmal*. Die Geschichten werden niemals verschwinden. Nicht, solange es Menschen gibt, die ihr Dach, ihr Feuer und ihre Zeit miteinander teilen. In Geschichten können wir wahrhaftig sein, selbst wenn die Worte wie Lügen erscheinen. Hier, Anders. Nimm die Nuss. Und erzähle uns die Wahrheit.«

Simmie warf die Nuss quer durch den Raum und Anders ergriff sie reflexartig, ohne überhaupt darüber nachzudenken, was er da auffing. Sie war etwa so groß wie ein Golfball und hatte die Form einer Haselnuss. Ihre Schale war kühl und glatt und schmiegte sich angenehm in seine Handfläche. Und mit einem Mal wusste Anders, was er sagen musste.

*»Es war einmal ein junger Mann, der lebte im Land Karran, das von jeher von den größten Geschichtenerzählern der Welt regiert wurde. Dieser junge Mann hatte von klein auf einen Traum: er wollte ein Meistergeschichtenerzähler werden. Wann immer er konnte, lauschte er den Geschichten, die im Kerzenschein bei Tisch, unterm Sternenlicht bei den Schafherden oder vor den zuckenden Flammen des Lagerfeuers erzählt wurden. Er sog sie auf, lauschte jedem Wort und jedem Satz und sagte sie sich im Geiste vor, damit er sie nicht vergaß. Doch wenn er versuchte, selbst eine Geschichte zu erzählen, versagte ihm die Stimme. Die Worte kamen ihm übellaunig und sperrig über die Lippen. Die Zunge schien wie ein Feind, der ihn bekämpfte, nicht wie ein Werkzeug, mit dem er seine Träume in die Köpfe der Zuhörer pflanzte. Und so lange Simmie auch übte, seine Geschichten blieben leblos und hölzern: die Handlung war zu kompliziert, die Sprache zu holprig und die Vortragsweise so stockend und nervös, dass es kaum jemand aushielt, einer Geschichte vom Anfang bis zum Schluss zu lauschen. Simmie war verzweifelt. Er wünschte sich nichts sehnlicher, als ein Meistererzähler zu werden, denn sie und nur sie hatten die Fähigkeit, die Wirklichkeit mit ihren Geschichten zu verändern. Sie wurden von allen verehrt und geliebt, denn einem richtigen Meistererzähler gelang es,*

*einen drohenden Sturm hinwegzuerzählen, während einer Dürre neue Knollen sprießen zu lassen oder aus einem tollpatschigen Bauernsohn einen mutigen Recken zu machen. Und Simmie war sich sicher: Einem echten Meister würde es auch gelingen, im Herzen eines anderen Menschen Liebe für sich zu entfachen.*

*Denn er hatte sich in eine junge Frau verliebt, doch sie beachtete ihn nicht. Er wollte sie für sich gewinnen, beschenkte sie, half ihr, wo er nur konnte, überhäufte sie mit Komplimenten und versuchte, ihr mit Geschichten das Glück herbeizuerzählen. Sie war ihm freundschaftlich verbunden, doch ihr Herz schlug für jemand anderen. Und trotz Simmies unablässigem Werben vermählte sie sich bald mit diesem anderen. Sie sah in Simmie nichts als einen Jugendfreund, einen Geschichtenerzähler und Gaukler, der zwar stets freundlich war, mehr aber nicht.*

*Simmie war verzweifelt. So sehr er sich auch bemühte – seine Geschichten wollten nicht Wirklichkeit werden und das Herz seiner Liebsten wollte sich nicht für ihn öffnen. Er bat alle Erzähler, die er traf, um Rat, doch jeder beteuerte: Es sei nicht möglich, mit einer Geschichte die freie Wahl des Herzens zu beeinflussen. Aber Simmie war sich sicher, dass es eine Möglichkeit gab. Er musste sie nur finden. Und so studierte er jahrelang alle Geschichten, derer er habhaft werden konnte, feilte an ihnen, formte, lenkte, fabulierte, verwarf und entwarf von neuem immer auf der Suche nach einer Geschichte, mit der er das Herz seiner Liebsten erweichen konnte. Und endlich! Nach sieben Jahren gelang es ihm. Er schrieb die Geschichte auf eine einzige Pergamentseite und trat vor das Haus seiner Liebsten, um es ihr noch im Türstock vorzulesen und mit ihr fortzugehen.*

*Doch als er von außen durch das Fenster blickte und sah, wie sie im Schein der Laterne fröhlich mit ihren Kindern spielte und sang und ihren Mann mit Küssen bedachte, da bebte Simmies Herz. Denn er begriff, dass er sie gerade für das liebte, was er ihr nehmen wollte und wenn er sie zwänge, ihn zu lieben, so würde er sie gerade deshalb selbst nicht mehr lieben können.*

*Da erkannte Simmie seinen Fehler und warum alle Meister ihm eingeschärft hatten, wahre Liebe lasse sich nicht herbeifabulieren. Denn wahre Liebe verändert selbst die Wirklichkeit. Keine Geschichte kann es damit aufnehmen.*

*Simmie blickte auf die vergangenen Jahre und befand, dass er seine Zeit und sein Können vergeudet hatte. Jetzt blieb ihm nichts mehr. Da konnte er seinem Leben auch gleich ein Ende setzen. Also wanderte er aus dem Dorf hinaus, die Uferstraße entlang, bis ganz nach oben zum Leuchtturm, wo nur eine niedrige Mauer die Wanderer davon abhielt, in die Tiefe zur stürzen. Und genau das wollte Simmie tun. Er würde seinen Leib unten auf den Klippen zerschmettern und von den Wellen forttragen lassen. Er wollte genauso spurlos verschwinden wie die Geschichten, an die sich bald niemand mehr erinnern würde.*

*Doch als er hinaufgeklettert war und den letzten Schritt ins Nichts wagen wollte, sah er neben sich plötzlich eine Gestalt auf der Mauer sitzen. Sie war ganz in Schwarz gekleidet und starrte auf das Meer hinaus. Simmie hielt inne und wartete darauf, dass sie etwas sagte, ihn vielleicht aufhalten wollte, doch sie schwieg. Auch Simmie schwieg. Er überlegte, ob er sich trotzdem fallenlassen sollte, doch die Vorstellung kam ihm mit einem Mal unpassend, geradezu obszön vor. Er konnte sich doch nicht vor den Augen eines Fremden in den Tod stürzen.*

*‚Bist du noch länger hier?‘, fragte Simmie schließlich.*

*‚Solange es nötig ist‘, sagte der Fremde.*

*‚Und wie lange ist das?‘*

*‚Bis du dich entschieden hast; bis die Welt zu Ende geht; wer weiß das schon‘, sagte die Gestalt.*

*Die Stimme des Fremden klang, als würde jemand mit Sandpapier über Granit streichen. Leise, aber unerbittlich. So eine Stimme duldete keinen Widerspruch.*

*‚Willst du mich nicht aufhalten?‘, fragte Simmie hoffnungsvoll, doch der Fremde schüttelte den Kopf und da begriff Simmie, dass er dem leibhaftigen Tod gegenüberstand.*

*‚Du bist hier, um mich mitzunehmen.‘*

*‚Das kommt darauf an‘, sagte der Tod und musterte Simmie aus seinen ausdruckslosen Augen, die keine Gedanken, keine Gefühle und keine Seele dahinter erahnen ließen. Und doch wirkten sie traurig.*

*‚Du bist ein Meistererzähler', begann der Tod schließlich leise. ‚Und du trägst eine Geschichte bei dir, die so mächtig ist, dass sie die Wirklichkeit verändern kann. Aber du willst die nicht erzählen, sondern dich stattdessen lieber in den Abgrund stürzen. Warum?'*

*Simmie erklärte es ihm. Der Tod hörte sich seine Worte an. Am Ende sagte er: ‚Ich hätte durchaus Verwendung für deine Geschichte. Würdest du sie mir überlassen? Denn meine Gefühle werden nicht durch menschliche … Skrupel behindert. Natürlich müsstest du die Geschichte umschreiben. So anpassen, dass sie meinen Zwecken dient.'*

*‚Warum sollte ich das tun?', fragte Simmie.*

*‚Ich kenne die Menschen. Ich kenne sie sehr gut. Wer alt und krank und voller Schmerzen ist, für den bin ich eine Erlösung, der kommt gerne zu mir. Doch du bist weder alt noch krank und dein Herzschmerz wird verwehen, wie der Wind. Ich könnte dich davor bewahren, jemals alt und krank zu werden. Im Gegenzug verlange ich lediglich diese eine Geschichte.'*

*Simmie dachte nach. Wo vor wenigen Minuten noch Verzweiflung gewesen war, öffneten sich nun völlig neue Möglichkeiten. Sein Leben war nicht vergeudet, war nicht vorbei. Was, wenn es gerade erst begann?*

*Und so willigte er in den Handel ein. Er veränderte die Geschichte, die er für seine Liebe erdacht hatte derart, dass der Tod sie für seinen Liebsten verwenden konnte. Im Gegenzug versprach der Tod, ihn nicht heimzusuchen, ihn nicht eher zu holen, als dass Simmie selbst danach verlangte. Simmie sollte in der Zeit bis dahin weder altern noch erkranken noch in sonst einer Weise aus dem Leben scheiden. Doch eine Bedingung stellte der Tod: Alle fünfzig Jahre wollte er Simmie auf dieser Mauer wieder treffen, damit er ihm berichte, wie es ihm ergangen sei.*

*Von diesem Tag an führte Simmie das Leben eines Bilderbuch-Vagabunden. Er reiste sorglos durch die Lande, verdingte sich als Tagelöhner und als Gaukler, hörte tausende Geschichten und erzählte mindestens ebenso viele. Doch er achtete stets darauf, dass es keine fabulierenden Geschichten waren, die die Wirklichkeit veränderten. Denn er wusste nun, welche Gefahr eine solche Erzählung in sich barg.*

*Egal ob die Sonne schien, es regnete oder schneite, Simmie seinen Kopf auf ein weiches Federkissen oder den harten Pflasterstein der Straße bettete, er erwachte morgens frisch und gut erholt, wurde nie krank oder gebrechlich und erfreute sich stets bester Gesundheit.*

*So vergingen die 50 Jahre wie im Flug und Simmie und der Tod trafen sich wieder an der Mauer auf der Klippe.*

*Es schien, als sei keine Zeit vergangen, denn der Tod wirkte dunkel und still wie immer. Und auch Simmie war um keinen Tag gealtert.*

*‚Wie ist es dir ergangen?', fragte der Tod.*

*‚Es war herrlich!', sagte Simmie und erzählte von seinen Abenteuern und Reisen, von den vielen Männern und Frauen, die er kennengelernt und deren Geschichten er in seinem Gedächtnis aufbewahrt hatte.*

*Der Tod schwieg die ganze Nacht.*

*Erst als die Sonne kurz davor war, über den Horizont zu kriechen, fragte der Tod: ‚Also willst du weiterleben?'*

*Simmie lachte und sagte: ‚Natürlich!' Und ihre Wege trennten sich wieder.*

*Danach beschloss Simmie, etwas Neues auszuprobieren. Er wurde Soldat, kämpfte bei berühmten Schlachten, vollführte tollkühne Heldentaten und machte sich einen Namen als furchtloser und listenreicher Heerführer. Dutzende Male entrann er dem Tod nur um Haaresbreite und auch wenn um ihn herum Freund und Feind wie das Heu unterm Schnitter fielen, so ging er doch stets unverwundet vom Schlachtfeld und berauschte sich an Sieg, Ruhm und Beute.*

*Jahrelang zog er mit seinen Kameraden übers Land, verheerte Städte und Dörfer, plünderte die Schatzkammern der reichsten Fürstenhäuser und erbeutete alles, was er in die Finger bekam. Keine Armee war ihm gewachsen, keine Festung hielt ihm stand. Die Städte öffneten ihm die Tore und hofften auf seine Gnade aus Furcht vor seinem Zorn.*

*Jahrelang genoss er das Leben in Freiheit und Macht, doch irgendwann wurde es selbst seinen Gefährten zu bunt. Sie begannen ihn zu fürchten, vermuteten, er sei mit dunklen Mächten im Bunde – was im Grunde ja auch stimmte – und versuchten, ihn beiseitezuschaffen. In der Nacht, in der Simmie endlich begriff, dass sie schon viele Male vergeblich versucht hatten, ihn zu vergiften, zu ertränken, zu erschießen oder hinterrücks zu erstechen, verstand er plötzlich das Flackern in ihren Blicken und das Zittern in ihren Stimmen. Vorbei das Vertrauen und die Kameradschaft. Sie hatten ihm Gehorsam und Treue geschworen. Er hatte ihnen unzählige Male das Leben gerettet und sie zu Reichtum und Ruhm geführt. Und so dankten sie es ihm. Da wurde ihm das Herz so bitter, dass er das Lager niederbrannte und alle tötete, die nicht von den Flammen verzehrt wurden. Zwischen Feuer und Blut übergab er seine Freunde der schwarzen Gestalt, die jeden mit sich nahm und keinen verschonte außer ihn.*

*Als Simmie den Tod das nächste Mal auf der Mauer traf, schwieg er die ganze Nacht. Dafür war der Tod es, der erzählte. Von den Schlachtfeldern, von den Müttern im Kindbett, von den Herren und Knechten, die allesamt zu ihm kamen. Und von der Stille, die ihn seit jeher begleitete. Der Morgen graute und Simmie machte sich wieder auf den Weg.*

*Die nächsten Jahre schlich er als Bettler durch das Land. Er schlief, wenn er müde war, aß, wenn er hungrig war. Doch meist mied er die Menschen, wollte nicht mit ihnen reden, konnte ihnen nicht in die Augen sehen. Denn oft sprachen sie vom Leid und dem großen Krieg, der das Land verheert hatte. Simmie wollte nichts davon hören. Immer wieder dachte er an die Klippe, und ob es nicht Zeit sei, den Tod früher herbeizurufen, denn seine Seelennot wuchs mit jedem Tag. Doch da geschah es plötzlich, dass er sich in eine Frau verliebte. Sie ähnelte keiner, die er in 150 Jahren getroffen hatte. Sie war wie aus einer exquisiten Geschichte entsprungen, völlig neu und noch nie dagewesen. Ihr zuliebe fing er wieder an, Geschichten zu erzählen und sie hörte ihm zu, wie noch nie jemand gelauscht hatte. Eines Nachts gestand sie ihm ihre Liebe und er konnte sein Glück kaum fassen. Kein Jahr später feierten sie Hochzeit und kurz darauf kam schon das erste Kind auf die Welt. Zwei weitere Kinder folgten. Simmie und seine Familie lebten als angesehene Leute auf einem eigenen Hof und aus ihm wurde ein tüchtiger Bauer und geschätzter Nachbar, denn er hatte in seinem langen Leben so manches Handwerk erlernt und konnte jedem im Dorf zur Hand gehen, egal ob die Schafe geschoren, die Ernte eingebracht oder das Dach neu gedeckt werden musste. Simmie hatte immer Zeit zu helfen. Es war das perfekte Glück. Jahrelang.*

*Das nächste Treffen mit dem Tod vergaß Simmie beinah. Eine Nacht reichte kaum aus, um von all dem zu erzählen, an dem er nun teilhaben durfte.*

*Doch auch wenn für Simmie die Zeit stehenblieb, verging sie für alle anderen unaufhaltsam. Die Kinder wuchsen heran und seine Frau wurde immer älter. Und als die Fragen immer drängender wurden und er es nicht mehr aushielt, gestand er seiner Familie den Handel mit dem Tod. Gemeinsam ersannen sie eine List, täuschten sein Ableben vor und nahmen ihn bald darauf wieder als Knecht bei sich auf. Alles gelang, denn Simmie war ein Meistererzähler ohne Gleichen und konnte sein Kommen und Gehen mit Geschichten unterfüttern, die augenblicklich zu Erinnerungen wurden. Doch die Zeit schritt unerbittlich voran und irgendwann starb Simmies Frau. Er war untröstlich.*

*Seine Kinder versuchten, ihn aufzufangen und eine Weile gelang es ihm, die Lebensfreude durch seine vielen Enkel und Urenkel wiederzuerlangen. Doch nach und nach starben auch sie und irgendwann war niemand mehr da, den Simmie liebte, nur noch Menschen, die dem Stammbaum nach mit ihm verwandt, aber ansonsten Fremde für ihn waren. Irgendwann beschloss er Abschied zu nehmen und machte sich wieder auf den Weg. Als er fort war, suchte niemand nach ihm.*

*Als er das nächste Mal auf der kleinen Mauer neben dem Leuchtturm auf den Tod wartete, blieb er allein. Die ganze Nacht über saß er dort und dachte über sein Leben nach. Doch als die Sonne sich über den Horizont schob, war der Tod nicht erschienen.*

*Simmie wusste nicht, was er davon halten sollte, wusste nicht, was es bedeutete. Also wanderte er wieder über das Land und lauschte den Geschichten der Fabulierer. Doch egal wie gut er auch zuhörte und wie oft er nachfragte, niemand wagte es, über den Tod zu sprechen. Stattdessen erzählten sie immer nur die gleichen Geschichten von Liebe, Leid und Abenteuer, derer Simmie schon lange überdrüssig war. Selbst die großen Fabulierer, die alles und jeden herbeierzählen konnten, hatten doch immer nur das Gleiche zu sagen. Simmie hatte es so satt. Da hörte er von Alfgard dem Meistererzähler und beschloss, zu ihm zu gehen und sich seine Geschichten anzuhören. Sie waren von brauchbarer Qualität und durchaus unterhaltsam. Doch es war keine unter ihnen, die er nicht schon ein Dutzend Mal gehört hatte. Etwas anderes faszinierte ihn: Alfgard besaß eine Sammlung von Talismanen, die nicht von dieser Welt zu sein schienen und doch nicht herbeierzählt waren! Nie zuvor hatte Simmie von einem dieser Gegenstände gehört. Sie waren einzigartig! Sie waren unerhört! Da begriff Simmie, dass es außerhalb der Welt noch eine zweite geben musste. Aus dieser anderen Welt konnten neue Geschichten kommen. Also ließ er sich von Alfgard alles über diese zweite Welt erzählen. Alfgard behauptete, sie in seiner Jugend bereist zu haben, doch die Tore seien schon lange verschlossen. Da wusste Simmie, was nach all der Zeit wert war, wieder herbeifabuliert zu werden. Denn schon lange hatten die ewig gleichen alten Geschichten Leid und Ungerechtigkeit in der Welt verfestigt und die Prinzipalin Jarika wollte in ihrem Unverständnis und ihrer Angst vor Wandel das Geschichtenerzählen verbieten, damit alles beim Alten blieb. Doch zum ersten Mal seit unsagbar langer Zeit fühlte Simmie so etwas wie Hoffnung: Hoffnung auf einen Neuanfang. Darum blieb er bei Alfgard, leistete ihm Gesellschaft, hörte ihm zu, wurde sein Freund. Nach und nach lernte er all die anderen Erzähler und Erzählerinnen kennen, die sich um Alfgard scharten, um von seiner Meisterschaft zu lernen. Und Simmie übte sich in Geduld und wartete.*

*Eines Tages kam eine junge Frau nach Aarlund: Aëlis. Die Suchende, die Ungestüme, die zukünftige Meistererzählerin. Als Simmie das erste Mal eine ihrer Geschichten hörte, wusste er, dass sie es sein würde, die einzigartige Geschichten über die Welt bringen und damit alles erneuern konnte; auch wenn Aëlis noch jung war und viel lernen musste. Also blieb Simmie bei Alfgard und beobachtete, wie dieser Aëlis ausbildete, sie alles über das Geschichtenerzählen lehrte und ihr das Weben der Wirklichkeit beibrachte.*

*Doch mit jedem Tag, den Aëlis lernte, wuchs auch ihre Ungeduld, denn wie jede andere Geschichtenerzählerin in Karran hasste sie Jarika und wollte der bösen Herrscherin endlich das Handwerk zu legen. Obwohl Simmie sie beschwor, geduldig zu sein und obwohl ihre Ausbildung noch längst nicht abgeschlossen war, stahl sie sich eines Nachts davon, um in die Hauptstadt zu reisen und Jarika in der alten Arena der*

*Geschichtenerzähler gegenüberzutreten. Als Simmie eines Morgens ihr Verschwinden bemerkte, wandte er sich an Alfgard. In aller Hast machten sie sich auf, um Aëlis vor einer großen Dummheit zu bewahren. Doch es war bereits zu spät. Als sie in der Hauptstadt ankamen, hatten Jarikas Schergen Aëlis bereits gefasst. Die Prinzipalin hatte schon den Dolch gezückt, um ihr vor aller Augen die Zunge herauszuschneiden – die Strafe für alle Geschichtenerzähler, die es wagten, sich Jarikas Verbot zu widersetzen. In einem Meisterstück der Fabulierkunst, das selbst Simmie noch nicht gesehen hatte, schaffte Alfgard es, Aëlis freizuerzählen, sodass Simmie mit ihr fliehen konnte. Alfgard indes musste in der blauen Arena den Preis für seine Kunst bezahlen.*

*Simmie kehrte mit dem versehrten Alfgard nach Aarlund zurück. Er fühlte sich schuldig, weil er es gewesen war, der Alfgard zur Rettung von Aëlis überredet hatte. Und Alfgards Groll gegen seine Schülerin saß tief. Mit bluttriefendem Mund und Tränen in den Augen verstieß er sie aus seinem Haus und aus der Stadt. Simmie konnte den Alten gut verstehen, aber er ahnte auch, dass Aëlis die einzige Hoffnung war, um die Welt von Jarikas Schreckensherrschaft zu befreien. Deshalb nahm er Aëlis an der Wegscheide vor Aarlund beiseite und erzählte ihr von der anderen Welt und wie man über das Portal auf der Klippe hinübergelangen konnte. Seit diesem Tag hatte Simmie nur noch warten müssen.«*

Als Anders den letzten Satz ausgesprochen hatte, schwieg er betroffen. Die Geschichte war aus seinem Mund herausgeflossen, noch bevor er sie in seinem Kopf in einzelne Sätze hatte fassen können. War das die Wahrheit? Oder hatte er die Wahrheit herbeierzählt? Wie konnte das sein, wenn er doch selbst durch das Portal und… Anders schwindelte.

»Und was soll das jetzt bedeuten?«, fragte Jarika gereizt. Simmie hingegen wirkte wie gelöst, als sei eine unsichtbare Last von seinen Schultern genommen worden. Er lächelte, als er sagte: »Jetzt will ich den Pakt einlösen, denn die Not ist groß. Jetzt will ich mit dem Tod sprechen. Mit MEINEM Tod.«

Die dunkle Frau – Airin – Anja – der weibliche Tod – wie immer ihr richtiger Name auch sein mochte, starrte ihn einen Moment an, dann begann sie zu lachen. Sie lachte und lachte und hörte gar nicht mehr auf, selbst als neben ihr eine zweite Gestalt erschien, die noch hagerer, noch fahler, noch düsterer zu sein schien als sie.

»Simmie«, sagte der Tod.

»Ich grüße dich«, erwiderte Simmie freundlich. »Ich habe dich bei unserem letzten Treffen vermisst.«

Der Tod schwieg.

»Ich möchte dir einen Handel vorschlagen.«

Der Tod schwieg.

»Ich habe alles über die Menschen erfahren, was es auf dieser Welt zu wissen gibt. Ich kenne sie und ich will sie beobachten, ohne weiterhin Teil ihrer Welt zu sein. Und ich kann mit meinen Geschichten dafür sorgen, dass sie dich und mich und Airin nie wieder herbeierzählen können. Ich möchte den Platz an deiner Seite an Airins statt einnehmen. Ich will dein Gefährte sein, dein Freund, dein Stellvertreter. Solange ich bei dir bin, wird dich nie wieder jemand bannen können. Was sagst du dazu?«

Der Tod blickte Airin an und sie nickte. Da kam ein Wind auf und verwehte sie wie einen Haufen Asche.

»Was bei allen Schatten und Dämonen?«, rief Ylisandre. Weiter kam sie nicht, denn auch sie löste sich auf, wurde immer blasser und dünnte aus wie Tinte, in die immer mehr Wasser gegossen wurde, bis sie ganz durchsichtig war. Dann war sie verschwunden. Und Jarika? Sie schüttelte den Kopf und schrie: »Nein, so kann es nicht enden. Das ist nicht gerecht. Ich will nicht. Ich will noch eine Chance, ich…«, doch ihr versagte die Stimme, denn sie hatte keine Zunge mehr. Als das Königsgift ihr Herz erreicht hatte, beendete es mit einem letzten Schlag ihr aufgeschobenes Leben.

»Was ist mit dir?«, fragte der Tod die Mantikorin.

»Ich bin durchbohrt«, sagte Othyrian ungerührt. »Aber ich bin schon viele Male geschlagen worden. Das kann mir nichts anhaben. Meine Rache ist vollkommen, denn Ylisandre ist nicht mehr und wird nie wieder sein. Wenn du gestattest, werde ich in meine Heimat zurückkehren und dort die Geschichte von dem Meistererzähler verbreiten, der den Tod begleitet und keinen weiteren Handel zulässt.«

»Tu das«, sagte der Tod und die Mantikorin erhob sich in die Luft, durchbrach das durchsichtige Schild, als wäre es nichts und flog durch das zerbrochene Fenster hinaus.

Der Tod drehte den Kopf und musterte Anders. Unendlich lange Sekunden verstrichen, in die ein ganzes Leben, vielleicht sogar zwei gepasst hätten. Anders glaubte zu spüren, wie sich jede Zelle in seinem Körper bildete, lebte, atmete, abstarb und durch eine neue ersetzt wurde. Sein Herz schlug einmal, zweimal, dreimal. Dann sprach der Tod endlich weiter: »Du glaubst, du hast die Wahrheit gesprochen«, sagte der Tod und Anders meinte, in der leblosen Stimme einen amüsierten Unterton wahrzunehmen, als die unergründlichen Augen der Gestalt sich in seine Seele bohrten.

Er schloss die Hand fest um die Nuss und wünschte, dass sie zu einem Stock oder einem Baum werden würde, an dem er sich festhalten konnte, denn er fürchtete, jeden Moment die Besinnung zu verlieren.

»Du hast deine Sache gut gemacht«, sagte Simmie, der auf Anders zuschritt und ihn an der Schulter hielt, was erfreulicherweise den gleichen Effekt hatte wie der Baum, den er sich gewünscht hatte. »Ich danke dir für deine Hilfe, Anders, Meistererzähler!«

»Was… passiert jetzt?«, fragte Anders heiser.

»Hab keine Angst. Ich werde mit ihm gehen. Und du wirst in deine Welt zurückkehren.«

»Und was ist mit Aëlis und Karran? Was ist mit Ulf und Patricia?«

»Deiner Familie geht es gut. Um Karran wird Aëlis sich kümmern. Sie ist die letzte verbliebene Meistererzählerin und sie wird das Land mit ihren Geschichten wieder aufbauen. Sie hat in deiner Welt viel gelernt und kann neue Geschichten weben. Bald wird es wieder neue Meisterfabulierer geben und irgendwann werden die Wunden, die Jarika und Ylisandre der Welt zugeführt haben, verheilen.«

»Dann… heißt das wohl jetzt Abschied für immer«, sagte Anders.

»Nein, nicht für immer. Wir werden uns wiedersehen, Anders. Aber nicht heute und nicht in dieser Welt.« Er trat zurück, hob die Hand zum Gruß, die dunkle Gestalt hinter Simmie nickte einmal kurz und dann waren beide verschwunden. Die Blase platzte.

Anders fiel auf die Knie. Um ihn herum brandete die Realität an seine Sinne wie eine tosende Flutwelle. Glas splitterte, Menschen schrien und stoben wild durcheinander. Die Soldaten ließen ihre Waffen fallen und flohen aus dem Palast. Anders kniff die Augen zusammen und presste die Hände auf seine Ohren. Dabei begriff er, dass er die Nuss noch immer festhielt. Er wollte sie von sich schleudern, aber eine Hand auf seiner Schulter hielt ihn davon ab.

»Anders«, sagte Aëlis eindringlich. »Anders, geht es dir gut?« Er blickte auf, sah ihr fröhliches Gesicht und ihre glänzenden Augen, die so gar nicht zu seiner eigenen Zerrissenheit passten.

»Aëlis«, sagte er mit erstickter Stimme und stemmte sich ächzend hoch. »Du glaubst nicht, was passiert ist.« Doch bevor er etwas sagen konnte, schloss sie die Arme um ihn und er ließ sich halten; ließ sich lange von ihr halten, bis das Zittern aus seinen Gliedern wich und sein Herz wieder langsam und gleichmäßig schlug.

»Ist gut«, flüsterte sie. »Jetzt ist alles gut.«

Aëlis, die neue Königin von Karran, begleitete Anders zurück zum Portal. Es war diesmal keine beschwerliche Zweitagesreise zu Fuß, sondern die Fahrt in einer prunkvollen Reisekutsche mit königlichem Komfort. Anders hatte nicht die Kraft, Aëlis zu erzählen, was in der Zeitblase geschehen war. Zu seiner Erleichterung musste er das auch gar nicht. Die Magie der Geschichte hatte dafür gesorgt, dass Aëlis alles wusste, dass ganz Karran wusste, was geschehen war und niemand ihn mit Fragen belästigte. So durfte er sich in Ruhe stärken und erreichte bereits am Abend den Felsen, auf dem das unsichtbare Portal auf seine Rückkehr wartete. Die Kutsche hielt etwas abseits, sodass Anders und Aëlis die letzten Meter zu Fuß zurücklegten.

»Ich schätze mal, du wirst nicht mitkommen und noch eine Schale Milch bei mir trinken?«, fragte er, weil er nicht wusste, was man Angemessenes bei einem solchen Abschied sagen sollte.

»Nein. Ich muss hierbleiben. Es gibt viel zu tun. Ich muss mich um das Land kümmern. Die Menschen müssen wieder Geschichten weben und Karran wieder zu dem machen, was es früher einmal war. Aber das wäre nicht möglich gewesen ohne deine Hilfe.«

»Ja, hm… ich weiß auch nicht. Jedes Mal, wenn ich darüber nachdenke, ob das alles ein abgekartetes Spiel von dir und Simmie war oder nicht, füllt sich mein Kopf mit lauter Knoten und ich komme nicht weiter.«

»Das macht nichts«, sagte Aëlis lachend. »Vielleicht wird es dir klarer, wenn du zu Hause eine Geschichte davon erzählst.«

»Zu Hause… ich weiß gar nicht, ob es da jemanden gibt, der das alles hören will.«

»Ich denke schon«, sagte Aëlis und wies mit dem Kopf auf die Nuss, die Anders wieder in der Hand hielt. Er hatte sie die ganze Fahrt über immer wieder aus der Tasche geholt und betrachtet, nur um sie kurze Zeit später abermals zu verstauen. Er wusste nicht, was er damit anstellen sollte, aber er wollte sie auch nicht hierlassen.

»Also dann…«, sagte Anders. »Was ist mit dem Portalgeist … wird der versuchen, mich am Durchgang zu hindern?«

»Nein. Ich bin jetzt die Herrin von Karran. Deine Reise wird ohne Schwierigkeiten verlaufen.«

»Und… kann ich auch wieder zurückkommen?«

Jetzt sah Aëlis ihn traurig an. »Ich fürchte, ich werde das Portal für eine Weile hinter dir verschließen müssen. Karran muss sich erholen. Wir müssen wachsen und stark werden. Aber eines Tages werde ich es wieder öffnen. Und dann werde ich dich besuchen kommen.«

»In Ordnung. Damit kann ich leben«, sagte er und konnte zum ersten Mal seit langer Zeit wieder lächeln. »Danke, dass du mich in dieses Abenteuer verwickelt hast.«

»Ich danke dir«, erwiderte sie ernst. »Jetzt wird alles anders.« Sie umarmte ihn noch einmal, gab ihm einen Kuss auf die Wange und trat zurück. Anders atmete tief durch und schritt durch das Portal.

Als er seine Wohnung betrat, schlug ihm ein Geruch nach Farbe, neu gekauften IKEA-Möbeln und verfaulten Bananen entgegen. Es war nicht der Duft nach Zuhause, den er sich gewünscht hätte, aber er wusste, dass es nur eine Frage der Zeit war, bis diese fremde Wohnung sich auch wie sein Zuhause anfühlen würde.

Das Handy lag auf dem Tisch – der Akku war leer. Er steckte das Ladekabel ein und schaltete das Gerät an. 21 Anrufe in Abwesenheit. Dutzende Nachrichten von Ulf. Anders nahm all seinen Mut zusammen und wählte die Nummer der Mailbox. Mit klopfendem Herzen lauschte er den Nachrichten seines Sohnes, die zunächst in normalem Tonfall, dann immer hektischer, ängstlicher und schließlich panisch wurden. »Wo bist du? Was machst du? Ruf mich zurück! Patricia ist krank! Oh Gott Patricia stirbt.«

Und dann: »Alles gut. Patricia geht es besser. Das Kind ist in Ordnung. Patricia ist aufgewacht. Wir sind zu Hause. Ruf mich an! Wo zum Henker bist du?«

Erleichtert legte Anders das Telefon beiseite. Er ließ sich in seinen alten Ledersessel fallen und schrieb eine Nachricht an Ulf: Es gehe ihm gut und er würde alles erklären, wenn Ulf am nächsten Tag zu Besuch käme. Dann schaltete er das Handy wieder aus. Er konnte jetzt noch keine Telefonate führen.

In der Küche ließ er sich ein Glas Wasser einlaufen. Als er trank, schweifte sein Blick durch die Küche. Alles so echt, alles so praktisch und nüchtern. Hier musste er nicht befürchten, einen echten Mantikor durch die Scheibe stürzen zu sehen. Aber war die Wirklichkeit tatsächlich so frei von Geschichten? In dieser Pfanne hatte er für Anja früher seine berühmten Pfannkuchen gebraten. Und hier in diesen Kalender hatten sie immer ihre Termine geschrieben. Diese Gabel war verbogen, weil Anders versucht hatte, mit ihr den kaputten Verschluss einer Kette zu reparieren. Und hier in dem Umzugskarton waren all die Fotos von ihm, Anja, Ulf und ihrem gemeinsamen Leben. Das alles war vergangen und doch stand es ihm vor Augen wie ein Film, den er selbst von seinem Leben gemacht hatte. Wie eine unendliche Geschichte, in der ein Kapitel auf das nächste folgte und die zwar Höhen und Tiefen kannte, aber nie endete, weil es immer jemanden gab, der sie weitererzählte.

Anders durchstöberte die Kartons, räumte Tüten aus, spürte den Schmerz in seinem Kreuz, als er eine viel zu schwerer Kiste herunterwuchtete und fand schließlich, was er suchte: Einen alten Blumentopf, den er partout nicht hatte wegwerfen wollen, obwohl Ulf ihn deshalb für verrückt erklärt hatte. Wer zog schon mit einem alten Pflanzenkübel um? Anders nahm einen Löffel, weil er keine Schaufel finden konnte und ging hinaus, um hinter dem Haus Erde in den Tontopf zu schaufeln. Dann trug er ihn vorsichtig in die Wohnung zurück und stellte ihn auf seinen Balkon.

Als die Nacht hereinbrach, holte Anders die Nuss hervor, die die Reise durch das Portal überstanden hatte. Sie sah anders aus als die erste Nuss. Ganz glatt und dunkelbraun mit einem leichten goldenen Schimmer. Anders hob mit dem Löffel ein Loch im Pflanzkübel aus, platzierte die Nuss in der Mitte und bedeckte sie wieder mit Erde, bis nichts mehr von ihr zu sehen war. Dann klopfte er vorsichtig an den tönernen Topf und flüsterte: »Die Luft ist rein, Keno. Du kannst jetzt rauskommen.«

# DIE AUTOR:INNEN

**Bernhard Stäber** wurde 1967 in München geboren, studierte in Berlin und arbeitete lange im sozialpsychiatrischen Bereich, sowie in der Kinder-und Jugendhilfe bei verschiedenen freien Trägern in Berlin und Hannover. Seit 2012 lebt er als Autor, Lektor und Übersetzer in Norwegen auf einem Hügel zwischen Wald und See. Seine Romane sind stark beeinflusst von Mythen und Volksüberlieferungen, in letzten Jahren auch besonders der skandinavischen Länder. Unter dem Pseudonym **Robin Gates** veröffentlichte er mehrere Romane im Fantasygenre, darunter *Dilmun* und *Feuermuse*. Unter seinem Klarnamen erschienen seit 2014 eine Reihe von Norwegenthrillern, zuletzt *Raubtierstadt* und *Dunkles Abbild*, sowie der zweibändige Urban-Fantasy Roman *Wächter der Weltenschlange.*

**Christian von Aster,** geboren 1973, gegenwärtig in Leipzig ansässig, ist seit einem versehentlichen Germanistik- und Kunststudium als freier Autor, Regisseur, Sprecher und Kabarettist tätig. Er hat ein ausgeprägtes Faible für Sprache und Phantastik, veröffentlichte diverse Romane und Kurzgeschichten in diversen Verlagen, gewann verschiedene Preise für verschiedene Tätigkeiten und wird im Regelfall nicht von der Vernunft geleitet. Der Autor ist direkt oder über den Verlag für Lesungen buchbar.

**Sonja Rüther**, geboren am 9. September 1975 in Hamburg, schreibt Thriller, Horror, Liebesromane, Phantastisches und Erotik (Poppy Lamour). Ihr Phantastikroman *Geistkrieger* wurde 2018 auf den ersten Platz der Phantastik-Bestenliste gewählt, und für den deutschen Phantastikpreis Seraph nominiert. Sonja Rüther arbeitet mit großen Verlagen wie Aufbau und Droemer Knaur, sowie der Hörbuchplattform Audible zusammen. 2009 gründete sie ihren Verlag Briefgestöber; ein Jahr später eröffnete sie den Kreativhof Ideenreich in Buchholz in der Nordheide. Dort finden inzwischen jährlich Workshops und Seminare mit den erfolgreichen SchriftstellerInnen Sina Beerwald, Thomas Finn, Markus Heitz und Boris Koch zum Thema Professionelles Schreiben statt. 2021 ist der erste Teil der erfolgreichen erotischen Liebesromanreihe FIG unter dem offenen Pseudonym Poppy Lamour erschienen.

**Fabienne Siegmund**, geboren in den frühen 80ern, lebt in Erftstadt. Seit 2009 veröffentlicht sie regelmäßig Romane, Novellen und Kurzgeschichten. In ihren zumeist märchenhaften und mitunter poetischen Geschichten bewegt sie sich dabei am Rande der Realität und tritt über die Grenzen in phantastische Welten. 2015 erschuf sie gemeinsam mit Vanessa Kaiser, Stephanie Kempin und Thomas Lohwasser die Welt der *Herbstlande*, in der seither mehr als 50 Autor:innen und Illustrator:innen ihre künstlerischen Fußspuren hinterlassen haben. Ihre Novelle *Der Karussellkönig* wurde 2016 mit dem Goldenen Stephan ausgezeichnet, zuletzt erschien *Der Wolkenphönix* in der Edition Roter Drache.

Nach seiner Karriere bei einer Terrorjazz spielenden Postpunkband als Textschreiber und Shouter hat **Vincent Voss** 2008 mit dem Schreiben begonnen und seither zahlreiche Erzählungen in verschiedenen Genres veröffentlicht. Sein kulturwissenschaftliches Studium, aber mehr noch seine Tätigkeiten währenddessen als Tankwart, Aushilfe in einer Aluminiumverarbeitung, Marktverkäufer, Pflegehelfer auf einer akutpsychiatrischen Station, SAP-Logist in einem Telekommunikationsunternehmen, Call-Center-Agent, Pädagoge, Altenpfleger, Bestatter, Fotografenassistent, Packer, Bodyguard und derzeit als Integrationsbeauftragter einer Großgemeinde haben ihn zu Beobachtungen geführt, von denen er beim

Schreiben zehrt. Er lebt glücklich mit seiner Partnerin und drei Kindern im Norden Hamburgs in Wakendorf II in der Nähe eines Moores und mag sich gerne gruseln. Viele seiner Romane spielen vor seiner Haustür.

**Alessandra Reß** wurde 1989 im Westerwald geboren. 2013 erschien ihr Debütroman, seither folgten weitere Romane, Novellen und Kurzgeschichten. Daneben arbeitet sie im Bereich E-Learning und betreibt den Blog FragmentAnsichten. Ihre Werke waren u. a. für den SERAPH und den Deutschen Science Fiction Preis nominiert.

**Swantje Niemann** wurde 1996 geboren und studierte Kulturwissenschaften und Europäische Kulturgeschichte. Sie wohnt in Berlin, wo sie arbeitet, liest, schreibt, bloggt und nicht um die Einsicht herumkommt, dass sie mit ihrer Vorliebe für Tee, nächtliches Arbeiten und schöne Notizbücher ein ziemliches Autorinnenklischee ist. Zuletzt erschien ihr Urban-Fantasy-Roman *Das Buch der Augen* in der Edition Roter Drache.

**Christian Handel** wurde in der Schneewittchen-Stadt Lohr am Main geboren, die im sagenumwobenen Spessart liegt. Inzwischen lebt er in Berlin und ist selbst davon überrascht, wie sehr er sich als Landpflanze im Großstadtdschungel wohlfühlt. Er begeistert sich für Stoffe über starke Frauen, märchenhafte Motive und queere Themen. Sein Märchenfantasyroman *Schattengold – Ach, wie gut, dass niemand weiß ...* wurde 2023 auf die Longlist für den Phantastikpreis der Stadt Wetzlar gewählt.

**Thilo Corzilius** lebt im Münsterland und pflegt dort eine Leidenschaft für Regenwetter. Manchmal schreibt er Bücher, meistens Fantasy. Mit einem davon hat er sogar schon einmal einen richtig dicken Preis gewonnen.

**Theresa Hannig** studierte Politikwissenschaft und arbeitete als Softwareentwicklerin und Lichtdesignerin, bevor sie sich hauptberuflich dem Schreiben zuwandte. In ihren Geschichten und der Kolumne *Über Morgen* in der wochentaz beschäftigt sie sich meist mit der der Zukunft unserer Gesellschaft in Hinblick auf Überwachung, KI und Klimawandel. Manchmal suchen sich die Geschichten aber auch andere Wege und werden dann zu realistischen Texten, phantastischen Erzählungen oder Theaterstücken. Für ihr Engagement, schreibende Frauen in der Öffentlichkeit sichtbar zu machen, wurde sie 2023 mit dem Tassilo-Kulturpreis der Süddeutschen Zeitung ausgezeichnet. Auf der Leipziger Buchmesse 2023 erhielt sie für ihren Roman *Pantopia* den Seraph für das Beste Buch.

Falls euch das Buch gefallen hat, besucht unsere Präsenzen im Netz und folgt uns auf den sozialen Medien:

www.roterdrache.org/cms

www.roterdrache.org/catalog

editionroterdrache

Verlag.EditionRoterDrache

YouTube Edition Roter Drache

twitch RoterDrache2006

Die Edition Roter Drache ist Fördermitglied im

**Phantastik-Autoren-Netzwerk e.V.**

PAN

PHANTASTIK-AUTOREN-NETZWERK E.V.

www.wir-erschaffen-welten.net